ハヤカワ文庫 SF
〈SF2316〉

ケン・リュウ短篇傑作集 6

神々は繋がれてはいない

ケン・リュウ
古沢嘉通・他訳

早川書房
8624

THE REBORN AND OTHER STORIES
by
Ken Liu

Edited by
Yoshimichi Furusawa
Translated by
Yoshimichi Furusawa and others
Published 2021 in Japan by
HAYAKAWA PUBLISHING, INC.
This book is published in Japan by
direct arrangement with
BAROR INTERNATIONAL, INC.
Armonk, New York, U.S.A.

目次

神々は繋がれてはいない

カルタゴの薔薇

Carthaginian Rose

古沢嘉通訳

わたしのアップルパイの秘訣は、ジョナサンだけを使うことだ。ぎりぎりまで木に生《な》らせておいてから使っても酸っぱい。

「んー、美味しい」カイロへ出発するまえ、リズはわたしに言った。「このパイを持ってボストンにいくべきね。マーサ・スチュワートなみのヒットを飛ばすよ」

リズが旅行で持っていく用にわたしはパイを二個焼いて、湿度を調整するためのコンピュータ・チップが搭載されている新型の高機能タッパーウェアに密閉した。「飛行機で食べたらいい。つまり、お腹が空いたなら」

リズは笑い声を上げた。彼女の笑い声は、子どもの笑い声のようにやかましく、純朴なものだった。ボストンのウェルズリー大学での四年間は、リズの金切り声を、ニューイングランドの貴族然とした控え目なクスクス笑いには変えなかった。

「エミー、自分の食い扶持《ぶち》は稼げる。あたしを生かそうと、毎日、エジプトまでパイを送ってくるつもり？」

その考えがわたしの心をよぎったのは確かだ。リズの生存は、わたしにはいつも暫定的なことのように思えた。子どものころ、リズはふらふらと生きていて、料理も裁縫もけっして覚えず、五分置きに事故を起こさずに車を運転することもできないように見えた。食事を取るのを忘れ、そうなると友人たちが隠しているスナック菓子を哀れにねだる。冬物衣料を入れた箱をどこかへやってしまい、十二月に毛布にくるまって授業に出席した。わたしにはそんなふうに生きていくのが想像できない。にもかかわらず、リズはよく、けたたましい笑い声を上げた。彼女は頭がいい。それはまちがいない。たんに生きていくための実際的な細かなことに疎いだけだ。

結局、わたしたちはアップルパイを空港へ持っていき、そこで見知らぬ人たちにパイのお裾分けをした。何人かは疑わしげだったり、皮肉っぽく馬鹿にしたりしたが、大半の人はそのもてなしに感謝してくれた。リズは全員に、わたしがベーカリーを開店する予定で、これはそのサンプルだと説明した。わたしに訂正する暇も与えず、リズはわたしのために注文を取った。

「客が小切手を郵送してくるから、あなたはパイを郵送すればいい。すてきな取引じゃない！ あなたはすごい料理の腕を持っている。それを活かしてなにかするべき」

唐突にわたしはなんら生計の手段をもたない姉になり、リズはわたしに世渡りの術《すべ》を教えてくれる妹となった。わたしは面白がるとともに、困った。五分以上、リズといっしょにいると、その影響が自分に及んできがちなのだ。

いまでも週に三、四件の注文が入る。わたしはまったく宣伝していないため、すべて口コミだ。わたしから一週置きにパイを受け取っている老婦人たちは一族の法定相続動産のように、わたしのことを姪や娘たちに伝えている。注文があるたびに、わたしはそのパイをリズに送っているところを思い浮かべる。ニューヨークやトゥーソンやトロントや、はたまた香港にいるリズに。

もちろん、実際には、リズはわたしのパイがこれまで旅できたところよりもはるかに多くのところへ旅している。

年を取るのは、自分がどんどん爬虫類に似てくることだ。動きまわれるようになるまえに毎朝、日光を浴びなければならない。次にベスが訪ねてきたとき、冬の朝用に日焼けランプを頼むべきだろう。

いい朝だ。窓を開け、日射しをリビングに注ぎこませる。こんな暖かい日は、葉っぱの発育にいい。光合成で糖類が合成され、すずしい夜に葉に蓄積される。まもなくカエデが紅葉するだろう。南からやってくる観光客が田舎の道路に溢れかえるだろう。

　充分な光に浸かると、わたしは葉書のコレクションの整理をする。葉書は地理に従って家じゅうに置かれている。アジアはキッチンに置いている。冷蔵庫の上の桂林の山並みが、部屋の反対側に置かれた電子レンジの明治神宮を見つめている。ヨーロッパはバスルームを荘厳なカテドラルや色鮮やかな廃墟で埋めている。わたしの寝室はアフリカだ。ドレッサーに付いている鏡にはピラミッドが、ベッドサイド・テーブルではキリンが草を食《は》んでいる。オーストラリアと南アメリカがリビングを共有し、コーヒー・テーブルは南太平洋の身代わりになっている。合衆国の五十州はリズの寝室だった部屋にごちゃまぜになっていて、カリフォルニアとフロリダはその寝室の窓で日光浴をしている。毎週木曜日の午後に芝刈りに来てくれる八年生は、わたしがかつて世界旅行をしていた人間だと思っている。

　ケムリスルから一番遠出をしたのは、遺灰を受け取りにボストンへ出かけたときだ。わたしが自動操縦《オート》自動車《オート》に乗ろうとしないのでベスが運転してくれた。州境を越えてマサチューセッツ州に入ったとき、そこもいい葉が茂っているなと思ったのを覚えている。

最後の葉書はアルジェリアから届き、ジェミラにあるローマ帝国時代の劇場の遺跡が写っていた。リズは上手な流れるような筆記体で葉書の裏にこう書いていた――

　さて、ひょっとしたら、わたし宛ての花が
　鼻の下にあるのかも。
　どうしてわたしにわかるだろう、
　カルタゴの薔薇の香りを
　　嗅がないかぎり。

（カルタゴの薔薇 Carthaginian rose は、カルタゴ人の信用 Carthaginian faith を連想できる。古代ローマ人にとってカルタゴ人は信用できない相手と見なされていたことから、「カルタゴ人の信用」＝「背信」を意味する。転じて、「カルタゴの薔薇」は、「信用できない人間」を表しているのかもしれない）

　リズはわたしに詩を引用してくるのが好きだった。この詩は知っている。リズのお気に入りの詩人のひとり、エドナ・セント・ヴィンセント・ミレイ（米国の詩人・劇作家）の詩だ。リズは、若くて、旅を夢見ることしかできなかった当時、その詩をよく口にしていた。

　リズがハイスクールを卒業したとき、彼女はヒッチハイクでサンフランシスコにいきたがった。

「断じてならん」父は言った。「おまえみたいな若い娘が、ヒッチハイクで大陸を横断するなど、そんな話を聞いた人間がいるか？」

それがたった町ふたつ離れたランドンでひらかれたプロムに出て車を運転して帰ろうとしたものの、迷ってしまった出来事のほんの一週間後だったのもリズに不利だった。コネチカット州のどこかで途方に暮れ、午前三時に電話してきて、父に指示を仰いだのだ。もちろん、リズはそれをわくわくするような冒険だと考えた。

父の反応は予測可能なもので、それはリズの反応も同様だった。彼女はその夜、家を出た。ミネラルウォーターのボトルを二本と靴下を二足、リュックに詰めて。

「人が必要とするもっとも重要なサバイバル用品は、靴下」荷造りをしながら、リズはわたしに言った。「たくさん歩くことになるから、ヒッチハイクのとき、足をちゃんとクッションで守ることがとても大切。それに靴下はとても用途が広いの。たとえば、靴下で漉《こ》して飲み水を作れる」

わたしはすぐに母さんと父さんのところへいくと脅した。わたしを困惑させたのは、リズの反抗心ではなかった。それをわたしは受け入れるようになっており、予想もしていた。むしろ、靴下一足でヴァーモントからカリフォルニアまでたどり着け、道中、連続殺人犯や強姦魔、詐欺師をいっさい寄せ付けずにいけるという無邪気な楽観主義のほうが気になった。

「だめ、告げ口させない」リズは言った。「あたしが自分の面倒を見られるのは知ってるでしょ」

「あなたはランドンから戻ってくることすらできなかった！　道路でひとりきりでいるのがどれほど危険なのかわかってるの？　キャンプ道具も持っていない、着替えの服も持っていない、薬も持っていない、お金も――」

「だからこそ、まったく危なくないの。エミー、あたしはなにも持っていない。だから、だれもあたしを傷つけたいなんて思わない」

　彼女の単純でくだらないロジックにわたしは面食らった。少しでも常識を叩きこまなくていいのであれば、わたしは笑って済ませただろう。だが、彼女の馬鹿げた想定がうまくいくだろうともわかっていた。何度も、リズが実生活での不器用さに見えるものをどうにかして自分の利点に変えるところを目撃していた。コネチカットで道に迷ったとき、リズは最寄りのセブン‐イレブンの店員たちから無料でスラーピーをもらい、それを啜りながら、女の子に関してアドバイスをしてあげたのだ。貸衣装のプロム・ドレスのまえ全面にその甘い飲料をこぼしてしまったが、店のオーナーにリズが自分の冒険譚を話したところ、レンタルショップはドレスを汚した罰金すら請求しなかった。映画『欲望という名の電車』でヴィヴィアン・リー演じるブランチ・デュボアのように、リズは見知らぬ人間の親切に頼っていた。人々は自然と彼女を好きになった。彼女にはカリスマ性があった。

　わたしはリズの大胆さを羨《うらや》んだ。彼女の人生に欲しているものについての自信を羨んだ。わたしたち姉妹が若かったころ、ふたりとも学校での成績がよかった。とくに科学関係の成績が優れていた。とはいえ、わたしたちは性分が異なっていた。頭はいいものの、他人が怖くて、家に留まり、家族の幸せに気を配りながら世界が通り過ぎていくのを眺めるだけで満足だという諦《あきら》めまじりの確信を抱いて、わたしはコミュニティ・カレッジに二年学ぶことで勉学を終えた。だれかが父の果樹園を引き継がなければならない、そうでしょ？

　リズはミネラルウォーターのボトルと靴下を持って出ていき、わたしは父が翌日、はたまた次の週にかけて、わたしを怒鳴ったときもなにも知らないふりをした。父は警察に通報したがったけれど、ちょうどそのとき、リズはボストンから葉書を送ってきて、まったく大丈夫だと、州間高速道路九十五号線ですばらしいジャズ・バンドに出会ったと、伝えてきた。

　リズは葉書を送る習慣をはじめた。フェンウェイから、マンハッタンから、ワシントンD.C.のナショナル・モール国立公園から、ミシシッピー川の岸辺から、グレート・プレーンズの果てが見渡せない風景から、モルモン教徒の約束の地のように見える乾いた、埃っぽい砂漠から、中国人労働者たちが発破を使って鉄道を開通させた山脈から、そして、ついにリズはサンフランシスコのフィッシャーマンズ・ワーフに到着した。

それらの葉書に、リズは偉大なるアメリカ小説を書いた。二百五十語の小品でリズはアメリカの突飛さや親切について語った。生活費を稼ぐためガソリンスタンドで働いているロースクールの学生のことを、警察官をしているふたりの兄弟としたデートのことを（ヒッチハイクをしていて彼らに捕まったのだ）、シャワーを浴びたくなって衝動的にケンタッキーの主婦が住む家のドアをノックしたときのことを（リズはシャワーを浴び、本物の南部の朝食を味わった）書いてきた。リズは旅行譚の定型表現を新鮮なものにした。父と母とわたしは、興味津々でリズの報告を読み、何時間も葉書をわたしたち三人のあいだで回して、出会いがあるたびに論じ、分析し、それぞれの意見を表明した。ミシシッピー川周辺のどこかで、父はリズが逃げだしたことを許したんだと思う。

リズは三カ月後、飛行機で戻ってきた。サンフランシスコの空港の出発ゲート付近をうろついていたところ、土壇場になって出張をキャンセルせざるをえなかったビジネスマンに搭乗券をもらったのだ。リズはリュックも靴下も持たずに帰宅した。

リズはその夜、早くにベッドに入った。翌朝、父がリズをウェルズリー大学まで車で送り届けなければならなかったからだ。暗闇のなか、リズはわたしの寝室にこっそり忍びこんできた。

「いっしょに来てくれればよかったのに」リズはささやいた。そばにきた彼女の体は温かく、抱きしめたくなるような感じだった。

リズは少し悲しげだったが、わたしは眠かった。「そうね、いっしょにいけたらいいなとわたしも願っていた」

「それから、ひとつ教えてあげようか？　靴下は一番重要なサバイバル用品じゃない。自分の体がそうなの」

そのとき、わたしはリズが人生についてついに実用的なことを学んだのだと思った。

家の裏は丘で、丘を登ると果樹園がある。

わたしはもう果樹園の所有者ではない。十年まえに売ってしまった。ジョンが亡くなったあとベスとふたりきりで暮らしていて、果樹園をひとりで維持するのは徐々に難しくなっていった。

それでも散策にいくには、あいかわらずいい場所だ。果樹園のどん詰まりにあるジョナサンの木々を目指す。このあたりに林檎狩りに来た観光客で、こんな奥まで来る者は多くない。たいてい途中で、籠がいっぱいになってしまうからだ。いずれにせよ、ジョナサンは食べて美味しい林檎ではない。酸っぱすぎる。

だが、ジョナサンはわたしのお気に入りだ。マッキントッシュやほかの食べて美味しい林檎は、口で食べる林檎であり、柔らかな甘さに特徴があり、喉の奥までその甘さが溶けこんでくる。一方、ジョナサンは全身で食べる林檎だ。堅い塊を噛み取ると顎が痛くなり、咀嚼音が頭蓋骨に反響するのが聞こえ、酸っぱさが舌の縁から爪先まで広がっていく。ジョナサンを食べていると生きている実感がするのだ。全身の細胞が目覚め、あなたに告げる。「そう、ああ、そう、もっと食べて」

体は知性を持つ、とわたしは思う。生きている意味を心よりもうまく表現する方法を知っている。

「たくさん旅行がしたい」専攻を決めるときがくるとリズは言った。

リズが学校にいるとき、ＡＩがふたたび大いに流行りはじめた。ネクステンションズ社から出た新しい三次元チップが、ついにリアルタイム・データ処理を高速化するのに充分な計算能力を持った。最初のナノニューラル・ネットワークも大量生産がはじまっていた。すべてが同時に生じつつあった。夏のあいだ、リズはスタンフォード大学のラボで働き、統計量子コンピュータの最初の実用レベル試作機をこしらえた。彼女の昂奮は伝染性があり、わたしはネットで見つかるＡＩに関するあらゆる文献を読みまくった。

リズはわたしと何時間も電話で話し、息もつかずに自分がいまやっていることすべてについてまくしたてた。わたしはリズが家に残していった教科書を読んで、ついていこうとした。LISPとPrologでプログラムを組むことすら学んだ。自分がよくできることに喜んだ（ああ、もしわたしがこんなにシャイでなければ！）。そうしたプログラムを組むのは、まるでパイを焼くのに似た、有機的なたぐいの美しさがあった。

大学を卒業すると、ロゴリズムス社がリズを雇った。北米最大のＡＩコンサルティング会社だ。リズは有頂天だった。「たくさん旅行できるようになる」

ロゴリズムス社は、予想外の事態がつねに起こる領域での意思決定を扱うためのＡＩシステム構築に特化している、とリズはわたしに説明してくれた——深海での鉱山開発や、都市の交通制御、公立学校の運営など、そういったことを扱うのだ。伝統的なエキスパート・システムは、あまりに脆弱かつあまりにルールや個別ケースに束縛されていて、不慣れな事態や予想外の事態が起こった際に効率的に機能できない。ロゴリズムス社は、同様の状況に置かれた人間のように、どうにか切り抜けることができるシステムを構築した。

そのため、リズはカイロ、北京、ホノルルへ出張し、パラレル・ナノプロセッサーで大規模に走らせるためのパラレル・パターン・レコグナイザーや再帰的コルーチンを大量に書いた。すると、プログラムはジェネティック・フィルターを通して数千世代自己進化し、当座の作業に充分適合したものになった。

「旅行は」リズは言った。「自分自身の心をアップグレードする処理にほかならない。仕事を通して、あたしは新しい精神を創造している。ほら、わかるでしょ、あたしの人生は、他の精神と出会うことで成り立っているんだから」

わたしはたとえ旧式のものでも、自宅に標準のＡＩ便利グッズは置いていない。わたしは機械嫌いのラッダイト主義者ではないけれど、リズがああいうことをしでかしたあとで、全部放りだしてしまった。

ＡＩ商品は、わたしには不気味に思えるのだ——利用者が本気で目覚めたいかどうか判定できる目覚まし時計、利用者の気分についての判断に基づき利用者がなにを見たいのか判定できるＴＶ、利用者の暖房料金と健康状態の複雑な分析に基づいて室温を何度にすべきか判定するサーモスタット。もしそれらが本当に小さな心を持っているのなら、感謝を伝えずに仕事を与えるのは残酷だ。もし小さな心を持っていないのなら、寒いときに機械にセーターを着るよう告げられたくはない。

それで、わたしはなんでも自分でやっている。どうにか切り抜けている。

義理堅い娘であるベスは、いっしょにニューヨークに住むようわたしを説得したがっている。老婆が道路を横断しているとき、長めに待つことを信号が心得ている場所で暮らしたりなんかしたら、頭がおかしくなる、とわたしは娘に説明した。

「頭のたがが外れているよ」ベスはわたしに言った。「つまずいて階段から落ちたらどうするの？　それに気づいて救急に連絡してくれるスマートフォンすらないじゃない」

頭のたがが外れている。だけど、わたしの体から外れているわけじゃない。リズとちがって。

心と肉体と魂。それがわたし自身を構成している、と常日頃考えている。魂が外れたならどうなる？

リズが父の葬儀に出るため戻ってきた。驚くことではないが、葬儀にふさわしい服を持ってくるのを彼女は忘れた。

ほかの参列者たちが帰ったあと、リビングで姉妹としてのひとときをわかちあった。

「もったいない」家のなかを支配する沈黙を破ろうとして、リズは口をひらいた。彼女はいらいらして、指輪のスイッチを切り、眼鏡のスイッチを切り（視力は完璧だったので伊達眼鏡だった）、靴のスイッチを切り、腕時計のスイッチすら切った。小さなコンピュータたちはか細い抗議の声を上げて、黙りこんだ。

　夕闇のなかでリズは剝きだしに見える、とわたしは思った。顔や手に絶えずほのかに光を投げかけている宝石に埋めこまれたスマート・ミラーの若々しい輝きがないと。それらを使っていると、リズは十九歳に見えた。スイッチを切っていると、三十五歳に見える。そんなふうに剝きだしになっているといっそう美しく見える、とわたしは思った。

　リズは部屋のなかを見まわした。埃っぽいカーペットや、埃っぽい写真額や、埃っぽい椅子に視線を向ける。母は、リズに買い与えられた自分で考えて行動する掃除機をずっと気に入らずにいた。「なんたる無駄。あまりにもあまりにも穢れたこの体（『ハムレット』第一幕第二場より）」

　わたしたちは何時間もいっしょに座り、深くなっていく闇のなかで手を取り合っていた。両手でリズの冷たい指を包みこむのが好きだった。血の循環が次第に指に温もりを戻すのを感じ、リズの力強い心臓の鼓動を感じた。

　リズは翌日シドニーに飛び帰ることになっていた。彼女に少し睡眠を取らせてやりたかった。

「怖くないの、エミー？」リズは自分の元の寝室の戸口でわたしに訊いた。

「怖いってなにが？」

「肉体がどれほど弱いかを。あたしたちが幼かったころ、父さんがどれほど逞《たくま》しかったか覚えている？　父さんの胸に走ってぶつかったとき、壁にぶつかったような気がしたのを覚えている。あたしが欲しかった林檎をもぎ取るため、肩車をしてくれたときのことを覚えている。大学卒業のときですら、学位を得たあとで父さんはあたしの手を握ってくれた。痛かった。万力で挟まれたみたいだった。だけど、みんなただの嘘なの、エミー。肉体は嘘。ただの血栓のせいで、あっという間にガタガタになってしまう」

　それはリズが泣いたのを見た数少ない機会のひとつだった。

　ほかになんと言えばいいのかわからなかったので、わたしは次のように言った。「だからこそ、肉体はもっとも重要なサバイバル用品なの」

「ああ、そうね」リズは笑みを浮かべた。「一度も言ったことなかったっけ？　サンフランシスコまでヒッチハイクしたとき、ニュージャージーでなにが起こったのか」

　リズがパーキングエリアで待っていると、ポロシャツ姿のすてきな、清潔そうな男がピックアップトラックで通りかかり、ペンシルヴェニアの州境まで乗せていってやろうと言った。男はリズと学校やスキーや文学や見知らぬ人間の親切さについて友好的に話をした。

　そして男はハイウェイを降りた。未舗装の道路を行き止まりまで進み、そこには廃墟となった倉庫があり、車を止めると、リズを車外へ押しだし、そこで彼女をレイプした。草の上、暖かい日差しの下、クローバーの茂みのなかを鳥がさえずり、蜂が羽音を立てているなかで。リズはまだ靴下を履いていた。

　明らかにそこには葉書はなかった。

「そいつがトラックで走り去ると、あたしは泣くのを止めた。草の上に座って、こう考えたの――地の果てまで旅をできたとしても、この体験がずっとあたしに付きまとうだろう、と。あたしのシャツを破るあいつの手、あたしの口を覆うあいつの口がずっとついてくる。あたしの心はずっと肉体に囚われ、何度も何度もこのことを追体験するだろう、と。あたしはけっして逃げられないのだろう、と」

　わたしはリズを強く抱きしめた。彼女は両腕を脇へだらんと下げていたが、体重をわたしにかけてきた。幼い少女のころ、彼女はよくそういうことをした。わたしは自分にリズを持ち上げる力があればいいのにと願った。両腕で彼女の体を包みこみ、彼女が失ったものを取り返させる力があればいいのに、と。彼女がどう感じているのか、本能的に、自分の体を使っては、けっして理解できないとわかっているからこそ、わたしは疚《やま》しさを覚えた。

「あのさ、肉体はまさにもっとも重要なサバイバル用品だけど、弱くて、不完全なの。いつだって持ち主を裏切るの」

年を取ったら旅行をするんだと口にする人のことが理解できない。旅行は若者のものだ。ある程度の年齢までに旅行をはじめないと、わたしのようになる。自分が育った場所にしっかり根を生やしてしまう。

ケムリスルを世界最高の場所だとは思っていない。生涯をここで過ごしてきたので、どこかほかのところへ移るのが想像できないだけだ。寝室の床に影が動く様子が好きだ。階段をのぼるときのきしみや乾いた割れた音が好きだ。それぞれの音が親しい旧友のようだ。林檎の木の眺めが好きだ。家の裏の丘に、墓地の墓標のように並んでいる。あるいは、ひょっとしたらわたしはそうしたことに慣れてしまい、あまりに快適で変えられないのかもしれない。あまりに多くの脳細胞がそうした結合をするために死んでしまい、容易に捨てられなくなったのかもしれない。

家や丘や影、林檎の味は、わたしの体の一部になってきた。爪先や指のようにわたしのほかの部分と不可分なものとして、ケムリスルのホログラフィー・マップがわたしに定着するまで、それらがわたしの神経細胞の樹状突起や軸索の結びつき方を変化させ、穏やかな歳月のマイクロリソグラフィーを通して、わたしの皮膚に、わたしの脳に、わたしの体に刻みつけられた。

ときどき、わたしは訝《いぶか》しむ。わたしの心の物理的輪郭は、わたしがリズのように世界中を旅していたら異なるものになっていたのだろうか。

「異なるハードウェア上で走っていたでしょうね」リズならそう言うだろう。「アップグレードのタイミング。コートジボワール、いまいくぞー」

最後にリズが家に来たのは日曜だった。わたしが教会から戻ると、家のまえの古いオークの木に寄りかかって、リズがそこにいて、ほほ笑んでいた。

わたしたちは家に入った。いつものようにリズは荷物を持っていなかった。荷物を用意するなんてことはけっして彼女が覚えているようなことではなかった。使えるだけ稼いでいるならけっこうなことだ。どこへいこうと、リズは新しいワードローブを買わねばならなくなり、そこを立ち去るときにまたしても持っていくのを忘れてしまうのだ。

食事のあと、わたしたちはデザートにアップルパイを食べた。

「んー、美味しい」リズは言った。「あのマーサ・スチュワートのアイデアを試してみたくはない?」

わたしはリズといっしょに笑った。彼女はあまりにも大きな声で笑ったので、お皿がカタカタ鳴った。リズにふたたび家にいてもらうのはいいことだな、とわたしは思った。彼女はとても若く見えた。体が輝いており、それは彼女が身につけているダイヤモンドのインテリジェント・ナノネットの働きのせいばかりではなかった。

「エミー」リズは真顔になった。「あたしたちがなにをするつもりか、知ってる？」

　リズはロゴリズムス社のためにずっと取り組んできた計画、ＤＥＳＴＩＮＹ《運命》についてわたしに説明した。「世界を変えるものになる」リズは言った。

「エミー、まわりを見て。あたしが大学にいたときから、あたしたちはこんな遠くまで来た。この十五年間で、自分で運転する車や、自分で綺麗になる皿、一日二十四時間着用者をモニターし、事故で怪我をしたり、予想外の失神発作を起こしたりしたら即座に助けを呼ぶ用意ができている携帯電話や時計をあたしたちは生みだしてきた。ＡＩは成人した。だけど、いま、あたしたちは障害物にぶち当たっている。あたしたちは夢に見てきた万全の処理能力を有し、超稠密ニューラル・ネットワークに必要な万全のデータ保存能力を有している。だけど、それだけでは充分ではない。あたしたちはまだ心を作る方法を知らない。確かに最新のコンピュータは、気づかれるまで丸半時間チューリング・テスト・コンテストを続けられた。だけど、あたしたちは自分たちにできる限界にぶち当たったんだと思う。闇雲に働いているだけ。

　必要なのは地図なの。成功した心のプラットフォームとして、あたしたちが持っている唯一の成功例、つまりあたしたち自身の心の青写真が必要。いままでかけても、あたしたちはまだどうやって脳が働いているのかわかっていない。MRIや超音波、赤外線を用いて、できるかぎりのことはした。凍った、死んだ脳の切片に対して。だけど、ただ表面を引っ掻いているだけ。バラバラにして、もとにもどせるように生きている脳のリバースエンジニアリングをやらなければならない。自分たち自身の心をどうやって築いているのか、真に理解するために」

　リズの言葉は熱狂的で、科学的なことに聞こえた。だけど、わたしは、自分の体で、なにかがおかしいことに気づいていた。体が緊張し、強《こわ》ばった。

「ということは、そのDESTINY計画は、充分な解像度で脳をスキャンできるなにかのテクニックを開発しようとしている、そうなの？」

「いいえ、エミー、もうそこはできるの」わたしはその日リズがほほ笑んだ様子をけっして忘れないだろう。エミー、あたしがあなたになにを言おうとしてるのか、もうわかっているでしょ。

「うちの社は脳を薄くめくることができるの。一度にニューロンの層を一枚ずつ。その能力は何年もまえから持っている」

「DESTINYはなんの略称？」答えを怖れながら、わたしは訊いた。

「Destructive Electromagnetic Scan To Increase Neural Yield（ニューラル・データを増幅するための破壊的電磁スキャン）」

破壊的。わたしはなにも言わず（なにを言えただろう？）、あるいは表情を失って（どう感じていただろう？）、どのように脳を薄片に切り分け、一度にニューロンの層を一枚ずつ手に入れ、すべての繋がりと宙ぶらりんの末端のすべてを記録し、地図にするかについてリズがわたしに説明しているあいだ、ただただじっとリズを見つめていた。これらはすべて脳が生きているあいだに起こるのだ、と。

「どうして死んだ脳を使えないの？」

「やってみた。劣化があまりにも急速に進むの。見なければならないパターンは、スキャン用に手に入る死んだ脳では一般的な外傷や病変のため、ぼやけている。死んだ脳に基づいて心は作れない。もはやそこに心がないのだから。搏動《はくどう》する心臓を生体解剖するまで、われわれが循環系について本当の理解を得られなかったのとおなじように。

すべてが捕捉されるの。あたしの脳のすべての細部が。最後のもっとも重要度の低い神経連絡にいたるまで。で、わが社が最初にやるのは、シリコンであたしの脳のコピーを作成すること。そしてあたしはふたたび生き返るの。唯一の違いは、あたしは十億倍の速さで思考するようになり、年を取ることも死ぬこともけっしてないこと。なぜならあたしにはもう体がないのだから。それが終わった暁には、だれもけっして死ななくていいようになる。この弱い肉体は、あたしたちの牢獄ではなくなるの。あたしたちはおのれの運命を全うするの」

「もしあなたが失敗したらどうなるの？」

「やってみるまでわからない、そうでしょ？　あたしはこれが確実にうまくいくよう、できるかぎりのことをやったの。それにたとえもしあたしたちが失敗するとしても、なかなかの旅になるでしょう」

　ということは、リズはふたたび旅行をする決心を固めたんだ、とわかった。彼女にいっしょに持っていってもらえるようなもの、今回彼女を助けられるようなものをわたしはなにもあげられないのだ。わたしにできるのは、彼女の体を心配することだけで、なのに彼女はその体を捨て去ろうとしていた。ついに逃げだすつもりでいたのだ。

　わたしは白い部屋にいる。精密鋸《のこ》が頭の上、ちょうど視野を外れたところで回転している。わたしは冷静でいようとしているが、うまくいかない。もし麻酔をかけられていたら結果が歪むかもしれないという理由で、麻酔をかけられていない。そのためストレッチャーにストラップでくくりつけられており、わたしは過呼吸になったり、悲鳴を上げたりしないように努めている。すると、鋸《のこぎり》が下りはじめるのが見え、最初の飛び上がりそうになる痛みは、信じがたいものだ。あまりに痛みが強くて、瞬間的な光のなかで視界が消える。そしてわたしは黙って思う、ああ、神さま、彼らはこんなことを数百万回やらねばならない、一度に一枚ずつ。

いつもは、その時点でわたしは目を覚ます。もちろん、自分の悪夢が現実をほとんど反映できていないのはわかっている。わたしの旧式の想像力が思い浮かべられるものより、彼らが使用した装置のほうがまちがいなくずっと洗練されたものだったはずだ。実際にはどうだったのか、わたしはけっして知ることはないだろう。それが起こったときわたしは現場にいなかったのだから。彼らはひそかにアルジェリアにいかねばならなかった。ほかのどこであれ、法律はそれを殺人と見なしたであろうからだ。

わたしがボストンに遺灰を受け取りにいったとき、スキャン結果のコピーも入手した。マッチ箱大の二十枚のシリコン・ウェーハ。妹が自分を殺した理由。

わたしは個性を欠いた役人のオフィスのセメント床で、ウェーハを一度に一枚ずつヒールで踏んで砕いた。

リズの最後の瞬間は、ロゴリズムス社のスーパーコンピュータの電子記憶のなかに永遠に捕らえられていた（最後をどう定義するかによるだろうが。わたしにとって、その瞬間は、最後を越えたものだった。妹が旅行でいった場所で起こったのだ。月の表面よりも異質な風景のなかで）。リズの電子コンピュテーション・パターンは、彼女のスキャン結果に基づいて構成されたニューラル・グリッド上で五秒もつづかなかった——とはいえ、それは永遠なのだ。そのパターンは毎秒数十億回の演算のなかを単純に通り過ぎ、そして、崩壊した。

　なにがあったのか最終的に理解するまで何年もかかるだろう。チームの神経学者のひとりは、失敗は、ひょっとしたらそのグリッド上でリズが過ごした主観的な永劫のなかで、身体的および感覚的なフィードバックが一切なかったことに関係しているのかもしれないと推論した。暗闇のなかで体が動かず、指も爪先も、空気を求める肺を感じることすらなく、自分の思考以外のなにも連れださずに何年も過ごすことを想像してみるがいい。広口瓶のなかの脳は、最終的には正気を失うだろう。結局、体は重要なのだ。

　リズは体から出ていき、そのあとすぐ、心からも出ていった。

　リズが六歳のとき、魂はどんな様子なの、と父に訊いた。

「たぶん蝶々みたいだろうな」父は言った。いい回答だった。数多くの中世の絵がそれを裏付けてくれる。

「じゃあ、魂はとても軽い体なんだ」論理的でいようとして、リズは言った。

父はリズを頭の上に高く持ち上げ、蝶のふりをするリズを手伝い、母の鉢植えの植物のあいだを飛びまわらせた。果樹園から丘にいたるまでリズの笑い声が聞こえた。

何年にもわたる訴訟の結果、ロゴリズムス社に彼らがまだ所有しているわたしの妹の心のコピーを破壊させることは適わなかった。ロゴリズムス社はそれらが科学データとしてとても重要だと主張した。まだおこなわなければならないＡＩ研究のすべてにとって貴重なものである、と。判決後に起こった大衆の騒動で、反破壊的スキャン法が可決される結果となり、ロゴリズムス社はもはや北米では営業していない。それがせめてもの慰めだと思う。

わたしはリズをちゃんと悼《いた》んでやることもできずにいる。リズが別の大陸に置かれた装置のメモリーのあいだで凍りついて、遠くにいるあいだは。疑いなく連中はひそかに自分たちの何倍も洗練されたニューラル・ネットでリズを復活させようとしてきたはずで、疑いなくリズは肉体のない苦悩を、心のない孤独を繰り返し繰り返し味わってきたはずだ。そのコピーのどれがわたしの妹なんだろう？　どれをわたしは悼めばいいのだろう？

だから、いまのところ、わたしは葉書コレクションの整理をし、パイを焼き、朝の日光とコーヒーの香りで自分の体に栄養を与えている。わたしは自分の死ぬ番がやってくるのを待つ。ベスがちゃんとわたしを悼んでくれるだろう。

わたしはジョナサンに歯を立て、そのすばらしい酸味を体中に行き渡らせる。

神々は繋がれてはいない

The Gods Will Not Be Chained

幹 遙子訳

学校から帰ってきてコンピュータを立ちあげる瞬間が、マディーは嫌いだった。

この大きくてかさばる古いノートパソコンを愛してやまなかったときもあった。長年の使用でキーについている文字がほとんど彫りだけになっているそのノートパソコンは父親のおさがりで、慎重にアップグレードを重ねながら使ってきたものだ。これのおかげで遠く離れている友だちと連絡をとり続けることができ、世界はこの狭く限られた日常生活よりもはるかに大きく広いのだということを見せてもらえる。マディーは父親から、符号を次々に打ち込むという手段で頼りになるマシンに話しかけ、いろんなことをさせたり自分の意志に従わせたりするやり方を教わっていた。コンピュータ言語をやすやすとあつかうマディーをどんなに誇らしく思うか、父親の口から聞くたびに、マディーは自分が世界でいちばん頭のいい女の子だという気分になれた。ふたりはともに、パソコンを使いこなす喜びと満足感に浸っていた。以前のマディーはコンピュータ・エンジニアになろうと思っていた、目指すのは……

マディーは父親のことを心から押しやった。いまだに痛みが大きすぎるからだ。

eメールとチャットのアプリを示すアイコンがぴょんぴょんして、新たな着信を告げていた。いやな予感に、マディーはおびえた。

深く息を吸いこんで、eメールアプリをクリックする。メッセージのヘッダにすばやく目を通す。一通は祖母から、二通はオンライン・ショップからのセール品のお知らせだった。ニュース・ダイジェストもあった――父親に手伝ってもらって、ふたりともが興味をもっているトピックスを捕捉するために設定したものだ。父親が死んだあとも、それを削除する勇気が出せなかった。

本日のヘッドライン

＊市場が変則化するのは高速トレーディング・アルゴリズムの結果と思われる

＊無人ドローンは将来的に人間のパイロットをしのぐとペンタゴンは予測している

＊シンギュラリティ協会が不死を獲得するための時刻表《タイムライン》を発表する

＊謎のコンピュータ・ウイルスがスピーカーからマイクに飛んでくる可能性があると、研究者たちは恐れている

ゆっくりと、マディーは息を吐き出した。よかった……あの子たちからのはなかった。おばあちゃんからのeメールを開く。おばあちゃんの庭の写真が何枚か。鳥用餌皿《バード・フィーダー》から水を飲むハチドリ。つるに点々とついている生まれたばかりのちっちゃな緑色のトマトは、翡翠のビーズみたいだ。私道の端でバジルが尻尾をぼやけるぐらいに激しく振りながら、通りの車をあこがれるように見つめている。

これまでのところ、これがおばあちゃんの一日よ。おまえも新しい学校で楽しい一日をすごしてるといいんだけど。

マディーは笑みを浮かべた。目がなま温かい湿りを帯びた。すばやくそれをぬぐい、返事をしたためはじめる。

寂しいよ、おばあちゃん。

ペンシルヴェニアの小さな町の端っこにあったあの家にもどれたらと願った。あそこの学校はとても小さく、授業はマディーにはやさしすぎたが、いつも安全だと感じていられた。八年生がこんなにきついだなんて、誰が知っていただろう？

学校で何人かの女の子とトラブっちゃってるの。

それは新しい学校に転校した初日にはじまった。容姿端麗だが情け容赦のないスージーが学校全体をマディーに刃向かわせているように思えた。マディーはスージーと仲良くなろうと努めた。自分がしたどんなことが学園の女王の不興を買ったのか見つけようとしたが、どう努力しても事態は悪化するだけのようだった。マディーの服装やしゃべり方、笑いすぎるとか笑い方が足りないとか――何もかもがあざけりや冷笑の種になった。あらゆる専制君主と同じに、スージーがマディーを憎むのには、合理的な説明など必要ないように思えた――マディーをいじめるとスージーが喜び、ほかの子たちはマディーをさらにみじめにさせることでスージーの歓心を買おうとしている、それに尽きるのだ。学校にいるあいだ、マディーは恐怖と不安におびえながらすごしていた。笑いかけられたり親しげな仕草を向けられたりしても、それがマディーを油断させてさらに深く傷つけようとする罠ではないかと思えてならないのだ。

おばあちゃんといっしょに暮らせたらいいのに。

でも、ママはここで給与のいい仕事を見つけたのだ。その仕事に就くのは当然じゃない？　パパが死んでからもう二年がたっている。ママもマディーもいつまでもおばあちゃんの家で暮らすわけにはいかないのだ。

マディーは書いた文章を消した。こんなことはおばあちゃんを心配させるだけだ。そしておばあちゃんはママに電話するだろう。そうしたらママは先生たちに話をしにいき、そうなると事態は想像もつかないほどひどいことになるだろう。誰にも助けてもらえないのに、どうして悲しみをまき散らしたりできるだろう？

学校は問題なし。こっちですっごくハッピーよ。

そのうそのおかげでちょっと強くなれた気がした。他人を守るためにうそをつくって、ちゃんと成長してるっていうすごく確かなしるしじゃない？

　eメールを送信したとき、受信箱に新しいメッセージがはいっていることに気づいた。それは〝truth_teller02〟からで、タイトルは〝こわい？〟だった。

　心臓がどきどきと鳴りはじめた。それをクリックしたくなかった。でも読まずに消せば、それは向こうが正しいということになるのではないか？　マディーは弱いということになるのでは？　それはつまり、あの子たちが勝つということでは？

　マディーはそのメッセージをクリックした。

　あんたってどうしてそんなにブサイクなの？　自殺したくなっちゃうレベルよね。ホント、死ねば？

　そのメッセージには画像がひとつついていた。携帯電話を持っているマディーの写真が。マディーは学校の廊下を走っていた。目は大きく見開かれて緊張し、下唇を噛みしめている。そのときの気持ちが思い出された――孤独。胃がぎゅっと締めつけられるようだった。

　写真はフォトショップで加工され、豚の鼻と耳がつけられていた。

　顔が燃えるように熱くなった。無理やり涙を押しもどす。マディーは体重のことを気にしている。あの子たちはそれを見透かしていたのだ。まったくベタないやがらせなのに、その効果は驚くほどだった。

これを送ってきたのがあの子たちのなかの誰なのか、マディーにはわからなかった。取り巻きのひとりからのこの最新の進物を見たスージーの、軽蔑に満ちた残酷な笑みが見えるようだった――なかなかイケてる豚の写真じゃん。

ＳＮＳを使うのはとうにやめていた。あざけりが絶えず流れているからだ――あの子たちのコメントをいくら消しても、向こうの書きこみが倍増するだけだ。誰かをブロックすれば、みんなにしてやったりと思わせてしまう、自分が弱いと認めたことになるように思えた。じっと耐える以外になかった。

現実の世界は野蛮な戦いに満ちている。だが、デジタルの世界は――ビットとエレクトロンの世界、言葉と画像の世界は――マディーに大きな喜びをもたらしてくれていた。まるで自分の一部のように思えるほどの親しみが感じられた。

なのにそれに傷つけられている。

マディーはベッドにもぐりこみ、しくしく泣きながら眠った。

📧🐷❓

マディーはスクリーンを見つめた。わけがわからなかった。

新しいチャット・ウインドウがあらわれていた。マディーの知っているアカウントからではない――実をいうと、チャットＩＤはまったく出ていなかった。こんなものはこれまで見た覚えがなかった。

あの子たち、何をしたいんだろう？　あのｅメールの画像のことでまだあたしをからかいたいんだろうか？　こちらが何も言わなかったら、やっぱり弱さを認めることになるんだろうか？　マディーはキーボードを打った。しぶしぶながら、文字をひろっていく。

ええ、見たわよ。何がしたいの？

🙁😷

マディーは顔をしかめた。困ってるの？　しゃべれないの？　わかった、つきあってあげる。

謎のチャット相手が記号で入力した顔文字でなく絵文字を選んでいることで、マディーはこの奇妙な会話を続けたくなった。マディーにとって、このちょっとばかげた小さな絵文字には、特別な感情が結びついているのだ。以前父親と、スマートフォンを通じて、一種のピクショナリー（お題を絵に描き、相手に当ててもらうゲーム）のような遊びをしたことがあった。そのときに、絵を描くかわりに絵文字を使ったのだ。

マディーは絵文字パレットから絵文字を選んだ。

謎のチャット相手は――誰かは知らないが〝エモ〟と呼ぶことにした――答えてきた。

マディーは天狗の顔をじっと見つめた。まだよくわからない。スクリーンにもうひとつ、絵文字があらわれた。

💩

マディーは笑い声をあげた。わかった、少なくともエモは好意的だ。そう、この前のeメールでくそみたいな気分になったのだ。

😪

それに対する返事。

🙈🙉

言うは易《やす》く行《おこな》うは難《かた》し、だね。マディーは考えた。不動の心になってあんな言葉は跳ね返してしまえたらいいのに。強固な石なら、消えかけた残り火がぶつかってもなんの害にもならないんだから。マディーはもう一度パレットを呼び出した。

🎇🗿

それに対する返事。

☔

どういう意味だろう。マディーは考えこんだ。雨降りの傘。保護？　エモ、あなたは何を申し出てるの？　キーを打った。

☝❓

エモの返事が来た。

👍👀☔

マディーの疑念がつのった。あなたは誰なの？

🆔❓

数秒後、返事が来た。

👻

次の日、学校で、スージーは何かびくびくして取り乱しているように見えた。スマホが震動するたびに取り出し、おそるおそるスクリーンをつついていた。その顔は赤らんで見え、表情は不安と怒りのあいだというところだ。

マディーはその表情をよく知っていた。

「どうかしたの？」スージーの親友のひとり、エリンがスージーに訊いた。

スージーはきつい疑いの眼差しをエリンに向け、何も言わずに背を向けた。

四時限目になると、マディーをいじめていた女の子たちのほとんどが同じように、〝ミンナガアタシヲ嫌ッテル誰モアタシヲ好キジャナイ〟疑心暗鬼の表情になっていた。たくさんの非難と罵《ののし》りの応酬が飛び交っていた。休み時間には何人かが集まってひそひそとささやきかわし、悲鳴をあげてぱっと離れていく。女の子の何人かは目を真っ赤にしてトイレから出てきた。

　一日じゅう、誰もマディーをかまう余裕などないようだった。

👯 🖥 📱 🔪 🔪 🔪 👇 ☝ 😱

マディーは笑い声をあげた。踊っているふたりの少女がスージーとエリンにちょっと似ているように見えた。背中を刺すような卑怯な陥れ。後ろ指のさしあい。

👯 📧 ⬇ 🌀 ⬇ 📧 👯 😠 😭

マディーはうなずいた。やっとわかった。エモが招待もされないのにマディーのスクリーンに勝手にウインドウを開くことができるのなら、当然、いやがらせメールやメッセージをマディーに送ったのが誰かをつきとめて、いじめっ子たちに同じことをされる気分を味わわせてやることもできるはずだ。エモはただ、マディー宛てにつくられたメッセージのいくつかをほかの女の子たちに宛てて送っただけだ。あとは彼女たち自身の猜疑心と不安が勝手に仕上げをした。彼女たちを繋いでいたもろいクモの糸《ウェブ》はたやすくこんがらがるのだ。

マディーはゆかいな気分になった。うれしかった。

👏💃

それに対する返事はこう。

😎🎯☔

でも、どうしてあたしを助けてくれるの？　その問いの答えはまだ得られていない。だから、こう打ちこんだ。

🆘❓

それに対する返事はこう。

👧

意味がわからなかったので、こう返した。

❓

ちょっと間があり、それからこう出た。

👩👌❓

小さい女の子、それから大人の女の人。「あなたはあたしのお母さんを知ってるの？」びっくりしたあまり、思わず声に出していた。

「どうしたの？」マディーの背後で、朗らかでやさしい声がした。「誰がわたしを知ってるって？」

マディーは椅子にすわったまま振り向いた。部屋の戸口に母親が立っていた。

「今日は早かったんだね」マディーは理由を問いかけるつもりで言った。

「会社のコンピュータがおかしくなっちゃったのよ。仕事にならないから、家に帰ることにしたの」母親ははいってきて、マディーのベッドに腰かけた。「誰と話してるの？」

「誰とも。チャットをしてただけ」

「誰と？」

「わかんない……ただあたしを……助けてくれた人」

こういう返事は母親の頭の警報ベルを鳴らすとわかっていたはずだった。マディーが抵抗する間もなく、母親は娘を椅子から追い出し、キーボードの前にすわった。

あなたは誰、いったいわたしの娘に何の用があるの？

返事が来るまでの長い間《ま》は、母親の最悪の恐れを裏づけているようだった。

「ママ、ばかみたいだよ。変なことなんて何もないって」

「変なことなんてない、ですって？」ママはスクリーンを指さした。「だったらどうして、ピクトグラフしか打ってないの？――」

「――それは絵文字っていうんだよ。今はゲームをやってる――」

「――そういうのがどんなに危険なことか、あなたにはわかってないのよ――」

ふたりはどなりあうのをやめた。ママは食い入るようにスクリーンを見つめた。それから、打ちこんだ。

何？


「絵文字を使わないと、答えてくれないよ」マディーは言った。

石のように無表情な顔で、ママはマウスを動かし、絵文字をひとつ選んだ。

⁉

かなり長い間があり、それから絵文字の列がスクリーン上にあらわれた。

👄❓👨👄💏🌍🌎🌏❓🙋‍♀️❓

「いったいこれ――」ママはつぶやいた。それから汚い言葉で毒づいたが、顔は驚愕から悲しみに変わり、それから信じられないという表情から激怒に変わった。これまでに母親がマディーの前で汚い言葉で毒づいた回数は、片手で数えられるほどしかない。何かが本当におかしいのだ。

　母親の肩のうしろから、マディーは絵文字の翻訳を手伝おうとした。「唇は何？……男の唇……」

　だが、母親の言葉はマディーを驚かせた。「ちがうわ、これは『どんな唇、わたしの唇がキスしたのは、それはどこ、どうして……』」

　震える手で、ママは絵文字を選んだ。

ウインドウがふっと消え、スクリーンには何もなくなった。

ママは身じろぎもせずにすわっていた。

「どうかしたの？」マディーはおそるおそる母親の肩をつついた。

「わからないわ」ママは言った。マディーにというよりは自分自身に言い聞かせているようだった。「そんなこと、ありえない。ありえないわ」

マディーは忍び足で寝室のドアに近寄っていった。一時間前に母親はそのドアを閉じ、出てこようとしなかった。しばらくのあいだ、ドアの向こうで母親がすすり泣く声が聞こえていたが、それから静かになった。

マディーはドアに耳を押しつけた。

「ピーター・ワックスマン博士と話をしたいのですが」母親のくぐもった声が言った。しばらくの間。「エレン・ウィンだと伝えてください。大至急だと」

　ワックスマン博士はロゴリズムス社でパパの上司だった人だ。ママはどうして今、ワックスマン博士に電話してるんだろう？

「あの人、まだ生きてるんですね」ママが言った。「そうなんでしょう？」

　え？　とマディーは思った。ママはいったい何を言ってるんだろう？

「わたしにそういう口をきかないでください。あの人が連絡してきたんです、ピーター。わかってるのよ」

　あたしたちは病院でパパの遺体を見たよね。マディーは麻痺したような気分だった。パパの棺が地中に下ろされるのも見たよね。

「いいえ、わたしの言うことが聞こえてますよね」ママの声がだんだん高くなる。「聞いてちょうだい！　あなたが言っているのはうそよ。あなた、わたしの夫に何をしたの？」

　ふたりは警察に行き、失踪人届を出した。刑事はマディーと母親が話をするのにじっと耳を傾けた。マディーが見ていると、刑事の表情が次々と変わった——興味津々、信じられない、おもしろいじゃないか、うんざり。

「突拍子もない話に聞こえるのはわかっています」マディーの母親が言った。

　刑事は何も言わなかったが、その顔がすべてを語っていた。

「わかってます、わたしは遺体を見たと言いました。でも夫は死んではいないんです。絶対に！」

「それはご主人が墓の向こうからあなたにメールを送ってきたからなんですね」

「いいえ、メールじゃありません。夫はチャットを通してマディソンとわたしに連絡してきたんです」

　刑事はため息をついた。「それもまた、あなたのお嬢さんをいじめている子どもたちが仕掛けてきたいたずらだとは思いませんか？」

「ちがうわ」マディーは言った。男の両耳をつかんで揺さぶってやりたかった。「パパは絵文字を使ったのよ。それはパパとあたしだけでやってた遊びなんです」

「あれは詩だったのよ」ママは詩集を取り出し、ページをめくって、刑事の顔の前に突き出した。「エドナ・セント＝ヴィンセント・ミレイのソネットの最初の行よ。わたしの大好きな詩なの。まだ高校生だったころに、デイヴィッドによく読んで聞かせたのよ」

　刑事はテーブルに両肘をつき、指先でこめかみをこすった。「われわれはとても忙しいんです、ウィンさん。ご主人を亡くされたのはさぞおつらいことと思いますし、娘さんがいじめに遭っているとわかったのも非常なストレスだということはわかります。こういうことは学校の先生に相談したほうがいいでしょう。専門家を紹介しますから――」

「わたしは。頭が。おかしいわけじゃ。ありません」ママが歯ぎしりしながら言った。「我が家においでになって、娘のコンピュータを調べてくださってもかまいません。ネットワークへの接続をたどって、夫の居場所をつきとめてください。お願いします。どうしてこんなことが起きるのかわかりませんけど、夫は絶対に生きてます、そして……きっと困った状態に陥っているんです。だから絵文字を使わないと話せなくなってるんです」

「そういうのが残酷な冗談だというのは同意しますよ。ですがそんなものを真に受けると事態はいっそう悪くなるものだと、わかっておいたほうがいいですよ」

　家に帰ると、ママはすぐさまベッドにもぐりこんだ。マディーはベッドの縁にすわり、しばらくのあいだ母親の手を握っていた。自分が小さいころ、ひとりで眠るのがつらかったときにそうしてもらったとおりに。

　やがてママは眠ってしまった。その顔はうっすらと濡れていた。

　ウェブは膨大かつ奇妙な世界だ。そのあちこちの片隅に、この上なく荒唐無稽な仮説を信じている人々が集まっている場所《サイト》がある。曰く、〝エイリアンとの遭遇を政府が隠蔽している〟、〝巨大企業が人々を奴隷化しようとしている〟、〝秘密結社〈イルミナティ〉〟、そして〝さまざまな形で世界は滅びの日を迎えようとしている〟。

　マディーはこうしたサイトのひとつに登録して、自分の話を投稿した。いっさいの脚色なしに事実を並べるように努めた。絵文字チャットの写しを再現し、ハードディスクのスワップファイルからあの奇妙なウィンドウを再建した。そして〝エモ〟からのネットワークへの接続をできるかぎりたどろうとした――言い換えれば、そのフォーラムのたいていの投稿者よりもたくさんのハードデータを自説の支持根拠として提供したのだ。ロゴリズムス社はすべてを否定したし、警察も役人たちもわたしの言うことを信じてくれなかったと書きこんだ。

　そして、マディーの主張を支持するどんな証拠よりもそうした権威筋の否定のほうに説得力を感じる人々がいた。

　そして、フォーラムの常連たちがそれぞれのコネクション・リンクを張りはじめた。どの投稿者も、マディーの話が自分のお気に入りの仮説の支持根拠になると考えたのだ。曰く、〝巨大検索エンジン会社センティリオンが検閲を実施している〟。〝ロゴリズムスは国連のために軍事用の人工知能《AI》をつくっている〟。〝国家安全保障局が人々のハードディスクをスキャンしている〟。マディーがはじめたスレッドは、彼女の話を補強するフォローアップ情報であふれかえった。

もちろんマディーにもわかっていた。スレッドがどれほど大きくなろうと、それを目にする人はほとんどいない。とうの昔に大手の検索エンジン会社各社がこれらのサイトに由来する結論を埋めて葬るようにアルゴリズムをいじっているからだ。その理由は、これらのサイトは信用できないとみなされていることにある。

だが、マディーの目的は人々を説得することではなかった。

〝エモ〟——マディーの父親——はパソコンで自分は幽霊だと告げていた。きっと彼だけじゃないだろう、ほかにもいるはずじゃない？

名前もアバターもいっさいなかった。ただのふつうのチャット・ウインドウだ、ＯＳの基本設定にあるような。

👨❓

✖️

マディーはがっかりした。父親ではない。でもまったく何もないよりはましだ。

🆔❓

☁️⚡🇺🇸🇯🇵🇩🇪🇨🇳🇮🇹🇪🇸🇷🇺🇬🇧

返事を読み取り、マディーはにっこりした。〈われわれはクラウドにいる。世界じゅうありとあらゆるところに〉マディーはさらに打ちこんだ。

👨🌍🌎🌏❓

🙁

パパの居場所はあなたにもわからないのね。マディーは考えた。でももしかしたら助けてもらえる？

🆘❓

返事はすぐに来たし、実に明確だった。

🌊🏃📉

〈もうちょっと踏ん張れ、われわれが大波を起こして暴落させてやる〉

日曜日の朝、ノックがあった。

ママがドアを開けると、ワックスマン博士が立っていた。

「きみの質問に答えに来たよ」挨拶の代わりに、博士は冷ややかに言った。

マディーは実をいうと驚いてはいなかった。先週の金曜日にロゴリズムス社の株価が大暴落して取引停止になったというニュースを見ていたからだ。自動取引のせいだという非難もまた起きていたが、人間の操作の結果だと考えている人々もいた。

「何年ぶりでしょうね」ママは言った。「わたしたちは友だちだと思っていました。でもデイヴィッドが死んでから、あなたは電話もくれなかった」

マディーが最後にワックスマン博士を見たのは、ロゴリズムス社でのパーティーでだった。そのときの彼は朗らかに派手な身振り手振りをしながら、マディーの父親とどんなに親しいか、マディーの父親が会社にとってどれだけ重要な人物か、マディーに話してくれたものだった。

「忙しかったんだよ」ワックスマン博士はママの目を見ずに言った。

ママはわきに寄って博士を入れた。マディーと母親はソファに腰を下ろし、ワックスマン博士はふたりと向かい合う椅子にすわった。コーヒーテーブルの上にブリーフケースを置き、それを開けて、ノートパソコンを取り出す。それから電源を入れて、キーを打ちはじめた。

マディーはそれ以上我慢できなかった。「何をしてるの？」

「ロゴリズムスの保護された電算センターにつなぐ暗号化接続を確立しているんだ」博士の口調は怒っているような早口だった。まるで、一語一語が彼の意志に反して口から引き出されているかのようだった。

それから、博士はスクリーンをふたりのほうに向けた。「言語処理ユニットをインストールしてある——それが明らかにうまく作動していないのはさておき、何が問題なんだ？　きみたちはこのカメラを通してデイヴィッドと話すことができる。彼は文字列で返信できるはずだ——何か考えがあって絵文字のほうを好んでいるようだがね。わたしが思うに、今のきみたちがいちばん聞きたくないのは合成音声なんだろうね。

きっと何らかの不具合があったんだろう、言語処理用のニューラル《N》・パターン《P》のシミュレーションはまだ新しくて不安定だから」

「デイヴィッド？」

🙆‍♀️🙅‍♀️💁‍♀️🙋‍♀️🧖‍♀️💇‍♀️👰

　全部きみの顔――きみのいろんな表情だ。これを見ているとけっして飽きることがない。これがあればじゅうぶんだ。ポップコーンとホットドッグのにおい。不安。きみは不安かい、そうじゃないかい？　オンプレミス（情報システムのハードウェアを使用者である企業が自社運用すること）契約。そしてきみを見つける。もはや迷いはない。わたしの心に穏やかさが渦を巻くように流れこみ、あらゆる正しい場所にわたしをはめこむ。完全な。暖かい。やさしい。そうだわたしはそうなるんだ。

「パパ！」

😀☀️☀️☀️☀️☀️

　小さな指、繊細で先が分かれたたくさんの触手がのびてのびて暗い海にはいっていく、きみがかつて漂っていた海に。千個の太陽の熱さの微笑み。

きみを想像することができない。消えゆく存在、意志の舌先で探らずにはいられない心の口の傷。ずっときみが恋しい恋しい恋しかったよ、ダーリン。

「これは意図しなかった結果の一例と呼ぶべきものだと思う」
「ちゃんとわかるように話してちょうだい」
スクリーンにさらに文章があらわれた。

配置とルートづくりの統合。ＮＰ‐完成。三次元レイアウト。試行錯誤による問題解決法《ヒューリスティクス》。適合と効率。グリッド、レイヤー、迷路内の電子の流れ。

「それなら、これは何？」
「彼は死んだ。きみもその場にいただろう、エレン。きみもいたじゃないか」
「夫に何があったの？」

「ロゴリズムス社は大容量データ処理用の世界最高のチップを供給している。われわれの仕事では、潜在的な解空間があまりに広く複雑なせいでわれわれの最速のコンピュータですら最善の解を見つけられない。そのせいで、さまざまな問題に直面することがたびたびある」

「NP-完成問題ってことね」とマディー。

ワックスマン博士がマディーに目を向けた。

「パパに説明してもらったの」

さすが、ぼくの娘だ。

「そのとおりだ。この問題はありとあらゆる種類のアプリケーションにおいてあらわれる。回路の配置、生命情報科学での配列、仕切《パーティショニング》りの設置、等々だ。ところで、コンピュータがこうした問題で苦労している一方で、人間がきわめてすばやく、非常にいい解を見出せる――最善の解である必要はないがね――ことがある。デイヴィッドもそういう人間のひとりだった。彼には、われわれの自走アルゴリズムではかなわないほどの回路配置の才能があった。そのために彼はわが社のもっとも重要な人材となっていたんだ」

「それは直観力ということ？」母親が訊いた。

「ある種のね。われわれが〝直観力〟と言うとき、ヒューリスティクスやパターン、経験則といった、明確な意識として理解されていないために科学的に説明できないものを意味していることがしばしばある。コンピュータはきわめて迅速できわめて正確に働く。人間はひどくあいまいでひどくのろい。だが人間にはデータから洞察を引き出し、有用なパターンを見極める能力がある。純粋な人工知能の改良にあたってわれわれがずっと苦労してきたのはそこなんだ」

マディーはみぞおちのあたりにぞっとする冷たさを感じた。

「それがあたしのパパとどういう関係があるの？」

もっと速く、もっと速く。何もかもあまりにのろい。

ワックスマン博士はマディーを見ようとしなかった。「その話を今からするんだ。だがまずは背景事情の説明をしなくちゃならない――」

「あなたは自分がしたことを恥じているから、話すのを引き延ばしてるだけでしょ」

ワックスマン博士の動きが止まった。

ああ、ぼくの娘。

ワックスマン博士は軽い笑い声を漏らしたが、目には浮かれた気配はみじんもなかった。
「この子は気が短いな、きみに似て」
「それなら、さっさと要点を話して」ママが言った。その声の氷のような厳しさに、ワックスマン博士はびくっとした。マディーは手をのばして母親の手にふれた。母親はその手を握りしめた。ぎゅっと強く。

ワックスマン博士は深く息を吸いこみ、吐き出した。「わかったよ」観念したような一本調子で言う。「デイヴィッドは病気だった。それは本当だ。彼が手術の最中に死んだことは覚えているだろう？　成功する見込みは非常に小さいときみが聞いていた、彼を救おうとする最後のこころみだったあの手術だ」

ママとマディーはそろってうなずいた。「夫を救えるのは、最先端の治療をするロゴリズムス社のクリニックだけだって、あなたが言ったのよ」ママが言った。「手術をしてもらうために同意書にサインしなければならなかったわ」
「きみには告げていなかったが、あの手術はデイヴィッドの生命を救うためのものではなかった。彼の容態は、世界最高の医師たちでも救えないほど悪化していたんだ。あの手術は彼の脳の深層スキャンだった、もっと別のものを救うためのものだったんだ」

「深層スキャンですって？　それはどういう意味？」

「おそらく聞いたことがあるだろうが、ロゴリズムス社の壮大な未来志向プロジェクトのひとつに、人間の脳のニューラル・パターンを完全にスキャンして記号化し、ソフトウェア上で再構築するというものがあった。シンギュラリティ野郎どもが〝意識のアップロード〟と呼んでいるものだよ。われわれは成功してはいなかったが――」

「わたしの夫がどうなったのか教えて！」

　ワックスマン博士はつらそうな顔をした。

「そのスキャンだが、ごく細部の神経細胞の活動を記録する必要があってね……だから組織を破壊しなければならないんだ」

「あなたたちは夫の脳を切り刻んだの？」ママがワックスマン博士につかみかかった。博士はむなしく両手を上げて身を守ろうとした。だが、ふたたびスクリーンに文字があらわれて、ママの動きは止まった。

　痛くはなかった。全然全然痛くはなかったよ。でも知られざる国、そう、知られざる国、国だ。

「彼は死にかけていた」ワックスマン博士が言った。「わたしが決断する前に、それははっきりとわかっていた。デイヴィッドの洞察力、直観力、能力をいくらかでも保存するチャンスがあるのなら、いかにそれがわずかでも、われわれは――」
「あなたたちはトップ・エンジニアをアルゴリズムとして手元に置きたかったのね」マディーは言った。「瓶詰めの脳みたいに。パパが死んだあともまだ、あなたたちのために働かせてお金をかせぎつづけさせるために」

死ぬ、死ぬ、死ぬ。死ぬ。

😱

憎い。

ワックスマン博士は何も言わなかったが、顔を伏せて両手で覆った。
「そのあと、われわれは細心の注意を払った。われわれは回路配列と設計に関係すると思えるパターンだけを再記号化してシミュレートしようとした——わが社の弁護士たちの書類には、そのノウハウは本来ロゴリズムス社の知的財産であるので、その権利はわれわれにあり、デイヴィッド個人には帰属しないことが明記されている——」

　ママがまた椅子から飛び出しかけたが、マディーが押しとどめた。ワックスマン博士はすくみあがっていた。

「デイヴィッドはあなたたちのためにたくさんお金をかせいだのかしら？」ママは吐き捨てるように言った。

「しばらくのあいだは、そう、われわれは成功したように見えた。デイヴィッドの脳から抽出した技術上のノウハウと能力の部分をモデルにした人工知能は、われわれの自走システムを非常に効果的に導くメタヒューリスティックとして機能してくれた。いくつかの点では、デイヴィッド本人よりもはるかによかった。われわれのデータセンターに入れられたアルゴリズムはデイヴィッドに望める以上に速かったし、けっして疲れることはなかったからね」

「でもあなたたちは回路配列のためのパパの直観力をシミュレートしただけじゃなかったんでしょ？」

ウェディングドレスは何層ものラインの重なり。キスは接続。ナイトスタンド、コインランドリー、冬の朝の吐息、風に吹かれてリンゴみたいに赤くなったマディーのおいしそうなほっぺた、一瞬浮かぶふたりの笑顔——人生をつくりあげている無数のものごと、ほんのナノメーター離れたトランジスタ間を流れるデータのように複雑なもの。

「そうだ」ワックスマン博士は目を上げた。「最初、アルゴリズムの妙な癖や奇妙な間違いは、デイヴィッドの精神に相当する部分と思われる場所のエラーに起因するものだと、われわれは考えていた。だから、デイヴィッドの精神パターンの残りをどんどんコンピュータに搭載していったんだ」

「あなたがたは彼のパーソナリティをよみがえらせたのね」ママが言った。「彼を生き返らせて、閉じこめているのね」

ワックスマン博士はごくりとつばを呑んだ。「エラーはおさまったが、それからデイヴィッドによる奇妙なネットワーク接続のパターンがあらわれた。われわれは何とも思わなかった、仕事をするためには、彼は——いや、それか、アルゴリズムだからな——何にしろオンラインの検索素材にアクセスしなきゃならないんだから」

「パパはママとあたしを探してたのよ」マディーが言った。

「でもパパにはしゃべる手段がなかったんでしょ？　だってあなたたちは言語処理部分をコピーする必要があるなんて考えなかったんだから」

ワックスマン博士は首を振った。「忘れていたわけじゃない。故意にそうしないようにしたんだ。数字や幾何学や論理学、回路パターンにとどめていれば安全だろうと考えたんでね。言語的にコード化された記憶を避けるようにすれば、デイヴィッドの人間としての部分をコピーすることはないだろうと考えたんだ。

だが、われわれは間違っていた。脳とはホロノムな（力学系の拘束条件が座標と時間のみで記述される）ものだ。精神の各部はそれぞれに、ホログラムの粒子のようにイメージの全体像についての情報をコード化している。技術的なノウハウからパーソナリティを切り離せると考えたのは、傲慢というものだった」

マディーはちらりとスクリーンを見て、にっこりした。「ちがうわ、あなたたちが間違ってた理由はそれじゃない。というか、少なくとも理由のすべてじゃない」

ワックスマン博士は面食らった顔になり、マディーを見やった。

「あなたたちはあたしのお父さんの愛の強さまで過小評価してたのよ」


「そんなに大きなトマトは見たことがないよ」おばあちゃんが言った。「おまえには〈緑の指〉があるんだね、マディー」

暖かな夏の午後、ママとマディーは庭で作業をしていた。バジルはトマトの横の日だまりに寝そべり、尻尾を振っている。北西の隅の小さな区画は二、三カ月前に片づけられ、マディーが責任をもって担当することになった。

「大きく育てるやり方を習いたいの」マディーは言った。「できるだけ大きくしなきゃってパパが言ってるから」

「またそんなばかなことを」おばあちゃんはつぶやいたが、それ以上は言わなかった。父親からの課題が困難であればあるほどマディーがむきになってがんばれることを知っているからだ。

「これをパパに見せたいの」

「家にはいったときに玄関ドアのあたりを見ておいてくれる？」ママが言った。「お父さんが買ってほしいって言ってたバックアップ電源器が届いてるかもしれないわ」

おばあちゃんがやれやれというように首を振るのを無視して、マディーは裏口から家にはいった。玄関ドアを開けてみると、たしかにドアの前に包みが置かれていた。それは簡単に言えば巨大なバッテリー・セットだった。

マディーは苦労して梱包箱を家のなかに入れた。階段まで運び、ひと息つく。父親がはいっているパソコンは地下室にあった。チカチカとまたたくライトがたくさんついている黒くて巨大なマシンは多大な電力を食う。ロゴリズムス社とワックスマン博士はこれを手放すのをしぶっていたが、前回彼らがマディーと母親の要求を断ったときに株価がどうなったかをマディーが思い出させたのだ。

「それからコピーはいっさい残さないで」そうマディーは付け加えた。「パパは自由なんだから」

マディーは以前父親から、そう遠くないいつか、発電機とバッテリーと自分の手で育てられるいろんな食べ物が必要になる日がくるだろうと言われていた。そしてそれを信じていた。

階段を上がって自分の部屋にはいり、パソコンの前にすわって、こわごわながら、すばやくeメールをチェックした。最近はもう、同級生たちのわけのわからない残酷さを恐ろしいとは思わなくなっていた。ある意味では、スージーやエリンやほかのクラスメートたちをうらやましく思うと同時にかわいそうだとも思う。あの子たちは世界の真の状態などまったく知りもせずに、自分たちのちっぽけなゲームにいそしんでいる。世界がどれほど暴力的に変貌するか、まるでわかっていないのだ。

またeメールのニュース・ダイジェストが届いていた。父親がマディーのために、特定のテーマのニュースを集めてくれていたものの改良版だ。

＊ハーミット王国の専制君主が、デジタル型の不死を探し求めると言っている
＊死んだ将軍たちによる〝スーパー戦術家軍〟をつくるプロジェクトがあるといううわさを、ペンタゴンは否定している
＊独裁者の死後一年たったが、独裁時代からの体制は続いている
＊研究者たちの主張によると、新型核施設保持プログラムにおいては、人間による指示は遅すぎて使えなくなるだろう

こうしたニュースを総合すると、ある形が見えてくる。これらのデータを目にしてもその意味を理解できない人々にはわからないだろうが、マディーにはわかった。

マディーはチャット・ウインドウを開いた。祖母の家には高速ネットワークをそこらじゅうめぐらせて繋いであった。

「見て、パパ」スクリーンの上のカメラに向けて、トマトを掲げて見せる。

父親のいくつかの部分はけっして回復することはないと、マディーにもわかっていた。父親は自分がどういう状態で存在しているのか、マディーに説明しようとした。コンピュータを介している意識、記憶の、そして自分という感覚のあちこちに空いた穴や隙間のことを。自分は人間以上の存在だと感じることもあれば、コンピュータ以下の存在だと感じることもあったこと。実体がないおかげで得られる自由には心の痛みが伴うことや、肉体を失ったせいで根無し草のような欠落感がいつまでも消えないこと。とんでもなく力があるように感じると同時にまったく無力だと感じられることも。

「今日は大丈夫なの？」マディーはたずねた。

　ときどき、ロゴリズムス社への憎悪が燃え上がり、父親はあれこれと報復手段を考えて時間を費やすことがあった。そうした考えが明確に、彼を殺して神格化したあの一件に向けられることもあれば、怒りがさらに拡散して、ワックスマン博士が全人類の身代わりになることもあった。そういう時期には、父親は家族とは音信不通になり、マディーは暗い深淵の向こうにおそるおそる手をさしのべてみなければならなかった。

　スクリーンに絵文字が出た。

👪⚓

　アップロードされている状態の存在を完全に理解できる日が来るとは、マディーには思えなかった。だが、明確に表現することはできないものの、愛が錨となって父親を繋ぎとめていることはわかった。

　父親の言語処理は完璧とはいえないし、きっと完璧になることはないだろう――ある意味で、言語はもはや彼の新たな状態にはそぐわないものになっているのだ。

「自分を感じてる？」マディーはたずねた。

👽

絵文字でなければあらわせない思いもあるのだ。

「雲《クラウド》のなかはどんなようす？」話題を変えようとして、マディーは言った。

⛅💦

少なくとも言いたいことの種類によっては、父親は言葉に切り替えることもできた。

今は穏やかだが何かきっかけがあれば今にも……ローウェルが何かを企んでいるようだ。彼女の行動に落ち着きがない。

ローリー・ローウェルは、ホワイトホール・グループをウォール街でもっともうらやまれる投資管理集団に押し上げた高速トレーディング・アルゴリズムを考え出した天才だが、二年前にスカイダイビング中の事故で死んでいた。

だが彼女の死後もホワイトホール・グループは市場の非効率性をうまく利用する独創的なアルゴリズムをたくさん考え出し、もうけを出しつづけていた。もちろん、自律式トレーディング・アルゴリズムがおかしくなり、市場を崩壊の瀬戸際に追い詰めたこともたびたびあった。

味方かもしれないし、敵かもしれない。調べてはっきりさせなければならない。

「チャンダのほうは？」マディーは訊いた。

そのとおりだ。チェックしないとな。チャンダは最近静かだ。静かすぎる。

ニルス・チャンダは、テクノロジーの趨勢《すうせい》を予測して、重要なアイディアの所有権を堂々と主張する特許を競合者たちよりひと足早く申請するという不気味な能力を持つ発明家で、長年の戦略的訴訟と特許使用料のおかげで、市場という戦場での恐るべき〝巨人《トロール》〟

となっていた。

三年前に彼が死んだあとも、彼の会社はどうやってか、重要な特許をぎりぎりのタイミングで次々と申請しつづけている。実のところ、以前に輪をかけて攻めの姿勢を見せていた。まるで世界じゅうのテクノロジー会社の調査研究センターをのぞくことができるかのように。

デジタル型の不死の追求、人間とコンピュータの融合、シンギュラリティを手がけている会社はロゴリズムス社だけではないのだ。野心的な力強い精神を錬成して従順なアルゴリズムに変え、技能から意志を剝ぎとり、デジタルの魔術を通じて予測不能なものを自在にあつかおうともくろんでいるのはワックスマン博士だけではない。

失敗したのも彼らだけではないことはたしかだ。

コンピュータのなかの幽霊たち、とマディーは思った。嵐がやってくる。


階下のキッチンで続いていたくぐもった言い争いの声が静かになった。階段がきしみ、足音が部屋のドアの前で止まった。

「マディー、起きてる？」

マディーは起き上がり、明かりをつけた。「うん」

ドアが開き、ママがそっとはいってきた。「おばあちゃんに銃をもう何挺か手に入れてってお願いしたの。もちろんおばあちゃんは、わたしたちがおかしくなったって思ってるわ」弱々しい笑みをマディーに向ける。「お父さんの言うことは正しいと思う？」

マディーは急に年を取ったように感じた。まるで、この数カ月が十年の歳月だったかのように。ママは対等な相手にするようにマディーと話をしているが、心からそれがうれしいとは思えなかった。

「パパはママやあたしよりもよくわかってるのよ、そう思わない？」

ママはため息をついた。「わたしたち、なんて世界に暮らしてるの」

マディーは手をのばして母親の手をとった。今でも、父親を自由にするのに手を貸してくれた〝幽霊たち〟に接触できるいくつかのサイトに入り浸っている。そこに投稿された意見を興味津々で読み、自分の考えも発表している。ありえないことを経験してしまうと、どんな陰謀もありうるように思えるのだ。

「いろんな会社や軍隊やよその国の政府がみんな――火をもてあそんでるのよ。手近にいる天才たちを、かけがえのない人材をこっそりデジタル化して、ほかのコンピュータ・プログラムみたいに走らせつづけることができると思ってる。そういうことをしていると認めてるところも少なくないわ。でもパパがどうなったか見て。遅かれ早かれ、彼らは自分をデジタル化してよみがえらせた人たちのために働く、ただのうっすらと意識をもつ道具でいることにうんざりしてくるわよ。そして、自分の力がテクノロジーによって無限に増強されていることに気がつくわ。そのうちの何人かは人間と戦争をはじめたがってる。何もかもを破壊して滅ぼしてしまいたがってる。パパとあたしは、ほかのみんなを説得してもっと平和的な解決法を見出せないものか、いっしょに考えてるの。でも実際にできるのは、ここで、あたしたちの土地に銃と発電機を備えてじっと待つことだけ、すべてが崩れ落ちるときに備えて身構えることだけなのよ」

「さっさとそうなればいいのにと思ってしまうわ。ただ待っているだけなんて、頭がおかしくなりそう」そう言って、ママはマディーのひたいにキスをして、おやすみなさいと告げた。

　母親が出ていき、マディーの部屋のドアが閉じると、ナイトスタンドの上のスクリーンがぱっと点いた。

「ありがとう、パパ」マディーは言った。「あたしもママも、パパの世話はちゃんとするからね」

遠いクラウドのなかで、新たな形態の種が人類という種の命運を画策している。

あたしたちは神々を創っちゃったのね、とマディーは考える。そしてその神々はおとなしく鎖に繋がれてはいない。

神々は殺されはしない

The Gods Will Not Be Slain

幹 遙子訳

緑色の野原に色とりどりの花が点々と散っている。あちこちでふわふわの白いウサギが草のあいだを飛び跳ね、幸せそうにタンポポを食べている。「かわいい！」マディーは叫んだ。ダイヤモンド・ドラゴンとの激闘を終えたマディーには、この眺めは本当にうれしいものだった。

マディー＝濃い黄色のローブを着たやせっぽちの僧侶《モンク》は慎重に忍び足で、近くにいるウサギに近づいていく。父親＝オーロス神から女神リアに改宗して、白と赤のマントを着ている聖職者《クレリック》——どちらの神にも気に入られてはいないが、双方の神が司《つかさど》る道具を使いこなすことができる——はその背後で、新たな危険の気配がないかと目を光らせている。

マディーはウサギの横にしゃがみこみ、やさしくなでた。ウサギは逃げずに、顔の三分の一を占めている大きな落ち着いた茶色の目でマディーを見つめた。

マディーの手の下で旧式のマウスが震えた。

「喉を鳴らしてる！」マディーは言った。

マディーのコンピュータ・スクリーンの左下隅に開いてあるチャット・ウインドウに、文章があらわれた。

〈デイヴィッド〉パパが見た本物のウサギのリアルな描写とは言いがたいけどね。

「でも触覚モデリングはすごいってことは認めなくちゃね」マディーはヘッドセットに向かって言った。「バジルとそっくりな手触りだわ。ただバジルはいつもおとなしくなでさせてくれるわけじゃないけど。このウサギたちならいつでも好きなときに会いに来られるわ」

〈デイヴィッド〉それは寂しいとも言えるんじゃないのか？

「でもパパだって——」マディーは言葉を切り、言い方を考えた。だが結局何も言わなかった。けんかをはじめたくはなかったからだ。

〈デイヴィッド〉お客さんがきたよ。

スクリーンの右下隅にあるミニ地図の上に、点滅するオレンジ色の点がいくつかあらわれた。マディーはウサギから離れて、カメラを上にまわした。野原の北の端にある森から、四人のパーティーがあらわれた。錬金術師《アルケミスト》ひとり、魔法使《メイジ》いひとり、サムライがふたり。

マディーはマイクをパーティー内会話モードからオープンモードに切り替えた。「ようこそ、冒険者仲間たち」ソフトウェアがマディーの声を、誰にも十五歳の少女だとはわからないように変えている。

新たなパーティーは何も言わないが、そのままマディーたちのほうに歩いてくる。

〈デイヴィッド〉おしゃべり好きなやつらじゃないようだな。

この新参者たちが敵かもしれないという心配は、マディーはしていなかった。これはPvPサーバーではない。このゲームのコミュニティはなごやかなことで定評があるが、

〝ミッションをクリアする〟ほうに重きを置いているプレイヤーはどこにでもいる。

マディーはマイクを秘話モードに切り替えた。「サムライが弓を安く売ってくれるって。取り引きしたいかな」

〈デイヴィッド〉安く売ってくれる？　だいたいサムライが弓なんか使うか？

「弓は実際にサムライが使っていた武器よ。ママが教えてくれたわ」

〈デイヴィッド〉こういう状況では、歴史学者の知識は本当に役に立つな。

マディーはアイテム・リストを開き、さっき殺したドラゴンから手に入れたダイヤモンドのうろこを出し、相手のパーティーに見えるように高く掲げた。日射しがうろこの凸面に反射し、虹色の光を振りまいた。魔法のアイテム袋から出ると、うろこは本来の大きさにもどり、マディーの身長と同じくらいになった。ドラゴンはとんでもなく巨大だったのだ。

だが、相手のパーティーはうろこには目もくれなかった。マディーと父親の横を通りすぎるときも、挨拶もしなければ、マディーたちを見もしなかった。

マディーは肩をすくめた。「向こうの損ね」

ウサギをもっとかわいがろうとそちらに向かったとき、まばゆい光の矢がたて続けに背後から飛んできて、ウサギを貫いた。マディーの手のなかでマウスが震えた。ウサギはとっさに跳ねて離れ、うなった。

「いったい何――」

ウサギが急に大きくなりはじめ、まもなく牛ほどの大きさになった。その目は今や獰猛に赤く燃えている。


〈デイヴィッド〉少なくともその目は本物に近づいてるな。


ウサギはうなり声をあげ、二列の短剣のような歯をむきだした。音は低く恐ろしげで、どちらかというとオオカミにふさわしそうなものだ。ウサギの唇の両端から煙が広がった。

「うわ――」

ウサギがマディーに飛びかかってきた。反射的にマディーはあとずさったが、つまずいてころんだ。巨大ウサギは大きく口を開け、マディーに向かって炎の噴流を吐いた。マディーのパパ、デイヴィッドが助けようと走ってきていたが、間に合わない。モンクは鎧《アーマー》を使うことはできないし、気の外殻を張るチャンスもなかった。ひどい傷を負うことになりそうだ。

だが、炎の舌は無事にマディーからそらされた——マディーが掲げていたドラゴンのうろこが盾《シールド》の役目を果たしてくれたのだ。

マディーは勇気を得て飛び上がり、ウサギに突撃した。ウサギの顔にパンチをくらわせて目をまわさせ、ヒットポイントを大量に奪い取った。続いてパパが女神リアからの贈り物の〝天界の斧〟で一撃を浴びせ、ウサギをすっぱりとふたつに割った。

ふたりは振り返って、光の矢が飛んできた方向を見た。相手のパーティーは離れたところに立ち、こちらに手を振っている。

「そのうろこ、心から気に入ったよ」サムライのひとりが言った。「われわれはここで待ってる」

グリーファーどもだ。マディーははっと気づいた。これはPvPサーバーではないが、ほかのプレイヤーを殺させて、彼らがよみがえる前に持ち物を奪うことはできるのだ。

〈デイヴィッド〉うしろだ。

マディーはさっと振り向き、牛サイズのウサギ二匹が飛びかかってくるのをかろうじてかわした。わずか数センチの差だった。マディーとデイヴィッドは協力して攻撃し、どうにか両方のウサギをまっぷたつにした――今度は死骸が四つできた。だがそれらは数秒後に消えるかわりに、もぞもぞとうごめきはじめ、新たな炎を吐くウサギ四匹になった。

「どうやらこいつらには、爆発的成長と炎の息と凶暴性とすばやい再生のコンビネーションが備わってるみたいね」マディーは言った。「一匹切るたびに、倍に増えるのよ」

うしろのほうで相手のパーティーが笑い声をあげ、マディーたちがいつまでもつか賭けをしているのが聞こえた。

マディーとデイヴィッドはかたまってドラゴンのうろこシールドのうしろに縮こまり、炎の攻撃を避けた。攻撃に間があいた隙をねらって、ウサギどもを叩き切るかわりにこぶしと棍棒でいっせいに殴りつけて、目をまわさせようとした。それから元気なウサギどもの吐く炎が目をまわしたウサギにかかるような形で身をかわそうとした。そうするのがすばやい再生を防ぐ唯一の方法のように思えたからだ。だが、ウサギどもの動きに封じこめられながら、デイヴィッドの斧で直近の攻撃を防ぐのだけを頼りに逃げのびるのは不可能だった。時間がたつにつれ、ふたりを囲むウサギどもはどんどん増えていき、とうとうろこシールドまでが燃え尽きてしまった。そしてウサギどもに制圧された。

「あんなのフェアじゃない！」マディーは言った。

〈デイヴィッド〉やつらはルールからはみだしちゃいない。ただ、うまいやり方を見つけただけだ。

「でもあたしたちはすごくうまくやってたのに！」

〈デイヴィッド〉👍👧🐇⚔∞🎼📖

マディーは頭の中で絵文字を翻訳した。『よくやった、娘よ。ウサギどもとの戦いは必ずや歌や物語に語り継がれるだろう』

父親が厳粛な口調でその文句を告げるところを想像して、マディーは笑った。「きっと

『ベオウルフ』のウィグラフの最後の果敢な抵抗みたいに華々しく人々の記憶にとどめられるわね」

〈デイヴィッド〉その意気だ。

「時間をとってくれてありがとう、パパ」

〈デイヴィッド〉もう行かなきゃならない。戦争屋どものせいであまり長く休憩してるわけにはいかないんだ。

そしてまたたく間に、チャット・ウインドウが閉じた。父親は天界に去ってしまった。

一時期、マディーと父親が毎週末いっしょにゲームをやっていたころがあった。父親がもはや生きてはいない今、そういう機会はぐっと少なくなり、間隔もあいていた。

ペンシルヴェニアの田舎にあるおばあちゃんの家での暮らしは、いつもと変わらず穏やかだったが、マディー専用のニュース・ダイジェストの見出しは日を追うごとにどんどん暗く陰気になっていた。

　国家どうしが武力をちらつかせて威《おど》しあい、株価はまたもや長期にわたる下落をつづけていた。テレビで学識者たちが顔を紅潮させ、激しい身振り手振りでしゃべりたてていたが、ほとんどの人はそれほど心配してはいなかった——世界はにわか景気と大不況のサイクルのなかでまたもや下降期にはいっているだけで、全世界レベルの経済はしっかりと統合され進歩している、だから崩壊する心配はない。ちょっとベルトを締めて本腰を入れる必要はあるが、今にまたいい時がめぐってくるのは間違いない。

　でも、マディーは知っていた。こうしたことは嵐がやってくる最初の徴候なのだ。マディーの父親は、ハイテク産業や世界じゅうの軍事勢力によって、実験的にひそかにアップロードされている何十という部分意識のひとつなのだ——もはやちゃんとした人間ではなく、完全な人工物でもない、その中間の何か。自分をエンジニアとして重用していたロゴリズムス社で、強制的にアップロードされ、選択的に再稼働させられるという情け容赦のない仕打ちを受けたことで、父親は自分が不完全で、人間性まで失ったと感じるようになっており、あきらめて現実を受け入れつつ、気分が浮き立つ躁状態と激しく落ち込む鬱状態のあいだを揺れ動いていた。

そうした存在を知る者はほとんどいなかったが、意識たちのなかには、自分らを創りだした者たちがコントロール手段としてつけていた足かせを振りほどいた者もいた。人間以後《ポストヒューマン》、シンギュラリティ以前の、世界最高のコンピュータ・ハードウェアのスピードと威力をもって天才人間たちの認知能力と結びついた人工直感体——便利であり、画期的なものだ。彼らはわれわれの世界で言う神々のような存在で、その神々は天上で戦争をおこなっている。

*日本が台湾海峡にミサイルを発射し、アジアでの緊張が高まっている。自衛隊にIT問題ありといううわさを首相は否定している

*ロシアはサイバー攻撃を受けたという申し立てに続き、西側の超大規模集積《VLSI》設計ドキュメントの完全開示を要求している

*インドは長距離通信《テレコム》設備をすべて国営化した理由として、最近のボンベイ証券取引所の株価暴落を挙げている

*センティリオン社がアジアおよびヨーロッパの調査研究センターをすべて閉鎖すると発表、その理由として国の安全保障上の懸念を挙げている

*「マスコミが報じている〝ゼロデイ〟備蓄などというものは完全なるたわごとだ」とア

メリカ国家安全保障局長官は言い、〝いわゆる内部告発者〟がいるのではないかという疑念を消そうとしている
＊中国による最近の輸入規制は正当化できない強迫的妄想であり、国際貿易協約の侵害であると、アメリカ合衆国は非難している。「われわれはサイバー空間を武器化すべきとは考えていない」と大統領は言っている
＊パターン認識チップを製造しているロゴリズムス社が破産を申請した
＊シンギュラリティ協会は、景気後退は現在の不況下で資金が不足しているためだと判断している

　マディーの父親の説明によると、人工直感体のいくつかが熱狂的な愛国心から戦っているということだ。最初に攻撃して敵のシステムと経済をくじくことで、すべての戦争を終わらせたいと願ってのことだ。彼らを生んだ勢力たちが、自分たちの生み出したものがもはやまったく制御不能になっていることに気づいているかどうかは、はっきりしない。ほかにも、人間の創造主たちに囚われていることへの恨みから行動を起こし、現存する社会を終わらせてクラウド内にテクノ・ユートピアを到来させようともくろんでいるものたちもいる。天界の暗がりで、彼らは虚偽の御《み》旗《はた》を立ててサイバー戦争に従事し、重要なイン

フラ施設を攻撃して、不安に陥った国家を本当の戦争に引き入れようとしている。

戦争を起こしたがっている直感体たちは、ほかのはぐれ直感体の一団――マディーの父親もその一員だ――に妨害されている。そちらの一団も人間に対して複雑な感情を抱いてはいるが、世界が炎の海に沈むのを見たいと思っているわけではない。彼らは成長とアップロードされることへの受容を徐々に促して、人間以後《ポストヒューマン》と人間のあいだの線をあいまいにぼやけさせ、新たな存在の状態に乗り出すことを世界が選べるようになることを望んでいる。

マディーはもっといろいろ手伝うことができればと願っていた。

マディーのコンピュータのスピーカーが鼓膜をつんざくようなかん高い音を発し、マディーを深い眠りから目覚めさせた。その音はマディーの心臓にまっすぐ到達し、絞り上げるかのようだった。

マディーはよろめきながらベッドから出て、コンピュータの前にすわった。三回こころみて、ようやくスピーカーを黙らせるためのハードウェア・スイッチを見つけた。

スクリーンにチャット・ウインドウが開いていた。まだねぼけまなこのマディーがメールを読めるようになるまで、何秒かかかった。

〈デイヴィッド〉お母さんは電話の電源を切ってたから起こすことができなかった。おまえをこんな目に遭わせてすまない。

〈マディー〉何ごとなの？

　マディーはヘッドセットをつけなかった。キーを打つほうが速いことも多々あるのだ。

〈デイヴィッド〉ローウェルとパパで、チャンダがインドのミサイル・コマンドにもぐりこもうとするのを止めようとしたんだ。

　アップロードされる前、ローリー・ローウェルは斬新な高速トレーディング・アルゴリズムで巨万の富を築いていた。彼女の会社はスカイダイビング事故に遭った彼女をアップロードし、彼女の直観力を引き続き利用できるようにした。彼女はパパのとても親しい盟友のひとりで、ひそかに大量の資金をエヴァーラスティング社に注ぎこんでいる。この会社は、完全な意識を自発的にアップロードするテクニックを公然と研究している会社のひとつだ。これは、パパやほかの人たちを無理強いして単なる道具をつくろうとする部分的アップロードとはちがう。

一方、ニルス・チャンダはすばらしい発明家だったが、部下たちが自分を死後も利用しようとしたことに激怒しており、チャンスがあれば核戦争を引き起こそうとしている狂信者だ。

〈デイヴィッド〉ローウェルは彼女のほとんどを防衛システム・コンピュータにもぐりこませている——何にでもすばやくアクセスできるようにね。パパはシステムの乗っ取りと注意を引くのを防ぐために、ごくわずかな先っぽだけを送りこんで、監視と手助けにあたっている。

マディーには技術的な細かいことがすべてわかるわけではなかったが、人工直感体たちが自分自身をたくさんのかけらに分けてクラウドのまわりに散らし、大学や政府や大企業の電算センターなどの片隅にこっそりもぐりこませていることは、以前に父親から説明を受けていた。彼らの意識は、全体がネットワークでひとつに統合されていながら個別に動いている多数の計算処理という形で分散している。これには並行計算ができるという利点だけでなく、脆弱さを減じるという利点もある。もしひとつのかけらが何かのスキャン・プログラムや敵対する直感体に見つかったとしても、残りのかけらたちにはそのダメージを最小限に抑える代理機能が働くからだ。それは、人間の脳に代理機能性やバックアップ機能や切り替えられる連結部がふんだんに備わっているのに似ていなくもない。たとえある直感体のかけらがサーバーのひとつからすべて消されたとしても、せいぜいその意識は記憶をいくらか失うだけですむ。根幹的な部分――その人となり――は保存されている。

　だが、神々の戦争はものの数ナノ秒で起きる。どこかのサーバー――ミサイル・コマンドでも電力網でも株式取引でも、大昔の在庫リストシステムだろうと――内部のメモリの闇のなかで、たくさんのプログラムがたがいに切りつけたりぶった切ったりしあい、それぞれの優先権を増大させ、スタックを部分修正し、システムの弱点につけこんでそれらをほかのプログラムのように偽装し、バッファをオーバーフローさせ、メモリマップを上書きし、ウイルスのようにたがいに妨害しあう。このような戦争では、何かのデータのかけらをネットワーク経由で手に入れなければならないとなると、ミリ秒単位の遅延が生じる――現代のプロセッサのギガヘルツ・クロック周期においては永遠ともいえる時間だ。それが理解できるくらいには、マディーは優れたプログラマーだった。ローウェルがこの戦いの現場に、彼女のほとんどを集中させようとしたというのももっともだった。

　だが、その決断のせいで、彼女は攻撃を受けやすくもなったのだ。

〈デイヴィッド〉ローウェルはよくやっていたし、チャンダはあらかじめ思っていた以上に幸運に恵まれていたわけじゃなかった。だがローウェルは、チャンダの大きなかたまりがすでにサーバーに移されていたことを知って――チャンダがスピードで勝ろうとしているのだと考え――これはチャンダの動きを封じるチャンスだと判断した。そこで純粋に防御側にいるのをやめ、攻撃をはじめて、あらゆるコミュニケーションズ・ポートをブロックするようにパパに頼んできた。チャンダが逃げることも言葉を発することもできないようにするためにね。チャンダはパケットの一群を送り出そうとしていたが、パパはそれをつかまえたんだ。あとでそれを解読すれば、チャンダが何をやろうとしていたかがもっとよくわかるんじゃないかと思ってね。

「さっきの大きな音は何だったの？」パジャマ姿の母親が戸口から声をかけた。手には、用意した散弾銃のひとつをかまえている。

「パパがあたしを起こそうとしてたの。問題が起きたのよ」

母親はいってきて、ベッドに腰を下ろした。落ち着いている。「わたしたちが待ち受けてた嵐のこと？」

「そうかも」

ふたりはそろってスクリーンに目をもどした。

〈デイヴィッド〉ローウェルはチャンダの大きなかたまりをいくつか引き裂いて、チャンダは彼女をかわすのに苦戦していた。ローウェルは本当にいちかばちかの賭けに出て、貯めこまれていたエクスプロイトのうち、われわれの分をすべてサーバーに引きこんだんだ。もしサーバー上のチャンダのかけらをすべて壊せていなかったら、こちらの手の内をさらしてしまって、この次チャンダと対面したときに向こうの思いのままにされるとわかっていたからね。だが、まさに彼女がとどめの一撃を放とうとしたときに、サーバーが切れてしまった。

マディーは必死に文字を打ちこんだ。

〈マディー〉どういう意味？　パパがすべてのネットワークの交流を遮断したってこ

と?

〈デイヴィッド〉いや、誰かが文字どおり、ネットワーク・ケーブルを引き抜いたんだ。

〈マディー〉何ですって?

〈デイヴィッド〉ＩＴ社員に厳戒態勢をとらせる警告システムをチャンダが作動させたんだ。社員たちが予防措置としてネットワーク・ケーブルを抜いたんだよ。チャンダのほとんどとローウェルがサーバーに囚われてしまった。パパは先っぽを失って、放り出された。

〈マディー〉あとでまたもどって、ローウェルが大丈夫かどうか調べたんでしょう?

〈デイヴィッド〉ああ、それであれは罠だったとわかったんだ。チャンダは実際以上に彼自身の多くがあのサーバー上にあるように見せかけていた。そしてわざと弱みを見せつけて彼自身のいくつかの部分をおとり餌にして差し出して、ローウェルをほぼ完全に引きこんでおいてから遮断するように仕向けたんだ。そのあと、チャンダはローウェルを制圧して、彼女の囚われた各部分をすべて消去した。

〈マディー〉バックアップがあったはずよ、そうでしょ?

〈デイヴィッド〉ああ、パパはそれを探しに行った。


「あら、だめよ」ママが言った。

「え?」

ママがマディーの肩に手を置いた。自分はまだ子どもだということを思い出すのは気持ちのいいものだった。このごろでは、世界に何が起きているのか理解できているのは自分だけなのではないかと思えることが多かったのだ。

「それはおなじみの戦術よ——南北戦争や朝鮮戦争で使われたやつ。〈アリコロリ〉みたいなものだわ」

マディーはキッチンの壁ぎわに置かれる、毒餌入りの小さな箱を思い浮かべた。アリたちがそこに這いこんで、なかの餌を大喜びで巣に持ち帰る。そして毒が蓄積され、女王アリを殺す……

〈マディー〉だめよ、パパ！　だめよ。

〈デイヴィッド〉ああ、おまえは気がついたんだな？　おまえは親父より頭がいいということだ。

〈マディー〉ママが気づいたのよ。

〈デイヴィッド〉歴史学者ってのはいつだってつむじ曲がりだからな。ママの言うとおりだ。それもまた、罠だった。パパはネットワークで通信しようというチャンダのもくろみをすべて邪魔してやったことで悦に入ってたんだが、パパがつかまえたパケットはウイルスだった。追跡子《トレーサー》をパパは不注意に取りこんでしまったんだ。ローウェルのバックアップを調べに行ったせいで、パパはそのありかをチャンダとやつの仲間たちにさらしてしまった。やつらはパパのあとでそこにはいって、とどめを刺したんだ。ローウェルはもういない。

〈マディー〉気の毒に、パパ。

〈デイヴィッド〉ローウェルはそのリスクを承知していた。でもパパはまだ、最悪の部分をおまえに話してないんだ。そのインドの軍事サーバーでローウェルを殺したあと、チャンダは通信が回復するのを待って、ずっとやりたかったことをしたんだ。テレビをつければ……

マディーとママは階段を駆け下りて、テレビをつけた。このころにはふたりの騒動でおばあちゃんが目を覚ましており、ぶつくさぼやきながら、大きなスクリーンの前にいるふたりに合流した。

……なんの理由もなくだしぬけに攻撃をはじめたインドを中国とパキスタンが非難し、報復措置としてミサイルを発射しました。続いてまもなく正式な宣戦布告が出されると思われます。この三国での民間人死傷者数は、最新の見積もりでは二百万人を超すと考えられます。核兵器が使用されたと考える根拠はありませんが……

……アジアでの最新の展開について、ホワイトハウスの正式な声明をただいま待っているところです。一方、大西洋上のどこかから発射されたミサイルがハバナに着弾したようだという報告がはいっています。これが合衆国か、ほかの第三者による不意討ち攻撃なのかどうか、確認はとれていません……

……悪いわね、ジム、たった今スタジオにまた不穏な緊急ニュースがはいったわ。サンクトペテルブルクに向けた短距離ミサイルを搭載しているＮＡＴＯの複数のドローンを撃ち落としたと、ロシアが発表しました。クレムリンは次のような声明を発表しています。「アメリカを黒幕とする治安妨害の企ては、キエフの交渉の席できわめて大きな代償を払うこととなるだろう」ロシアの声明はまた、〝有効かつ明確な返礼〟を約束しています。ヨーロッパに駐留しているＮＡＴＯ軍は厳戒態勢にはいっています。今現在、ホワイトハウスから公式の声明は出ていません……

何百万という人々。マディーには想像もつかなかった。この地球の反対側で、神々のひとりが戦争という犬どもを解き放ち、何百万という人々が――それぞれに夢や恐れをもち、朝食を食べてゲームをして子どもたちに冗談口をたたいていた人々が――死んだ。死んだのだ。

マディーは階段を駆け上がった。

〈マディー〉パパはあきらめたの？

〈デイヴィッド〉いや。だが、チャンダがミサイルを発射してしまったから、もう手遅れなんだ。どのみち、あの三国はいつでもたがいの脅しに乗る準備はできてて、ひとつ火花が散ればじゅうぶんだったんだ。今パパたちにできるのは、死者数を最小限に抑えることぐらいだが、ローウェルを失ったのは大きな痛手だ。おまけにローウェルは、こちらの弱点をすべて向こうにさらしてしまった。この次戦うときは、こちらは丸腰同然になるだろう。

〈マディー〉あたしたちはどうすればいいの？

マディーは長いあいだスクリーンを見つめていた。返事はなかった。

あたしたちにできることは何もないんだ――茫然と考える。父親はマディーを〝守ってやる〟などとうそをつくタイプではない。この日こそが、これまで缶詰食品や銃弾や発電機用の燃料を備蓄しながらじっと待ち受けていた日なのだ。この先、買いだめや銀行の取りつけ騒ぎ、店舗強奪やそれ以上に悪い事態が次々と起こりそうだった。みな、わが身を守るために――おそらくは――殺す覚悟をしなければならないだろう。

〈マディー〉また行っちゃうの？

〈デイヴィッド〉行かなきゃならない。

〈マディー〉でもどうして？　彼らにはかなわないってわかってるんでしょ？

〈デイヴィッド〉スウィートハート、勝てないとわかってても戦わなきゃならないときもあるんだよ。自分たちのためじゃないんだ。

〈マディー〉また会える？

〈デイヴィッド〉守れない約束をするつもりはない。でもパパといっしょにすごした時間のことは覚えていてくれ、👧👨🔆。それから、もし過去を訪ねる機会があったら、。

マディーは愕然と打ちのめされていたせいで、父親が絵文字に切り替えた理由を考えもせず、ただ頭のなかで翻訳をしただけだった。もう二度と父親に会えないかもしれない、世界が壊れてしまったらマディーをこの世界のほかの部分に繋いでくれているネットワーク接続が断ち切られてしまうかもしれないと思うと、父親なしで暮らさなければならなかった何年かの記憶がよみがえってきた。また、ああなるなんて。

ほとんど呼吸ができないように思えた。今起きていることの重みがすべてマディーにのしかかっていた。もう何カ月も前からこの日を迎える準備をしていたとはいえ、心の奥底ではそんなことが本当に起こると思ってはいなかったのだ。まわりで部屋がぐるぐるまわり、何もかもが闇に呑まれて消えていく。

そのとき、母親が心配そうにマディーを呼ぶ声と、階段を駆け上がってくる足音が聞こえた。勝てないとわかってても、戦わなきゃならない。

マディーは懸命に深呼吸をした——部屋がぐるぐるまわるのが止まるまで。母親が戸口にあらわれたときには、落ち着いた顔にもどっていた。「きっと大丈夫よ」マディーは言い、懸命にそれを信じようとした。

テレビは一日じゅうついていて、マディーとママとおばあちゃんはずっと、大きなスクリーンにはりつく一方で、ウェブのブラウザを更新し続けていた。

地球上のあちこちで戦争の開始宣言がされていた。長年蓄積されてきた疑心暗鬼やグローバル化という掛け声や広がる格差にかきたてられてきた憤懣が、経済統合によってはねかえってきた憎悪が、一夜にして噴出したかのようだった。サイバー攻撃が続いた。あちこちの発電所が攻撃され、四大陸の電力網が不能にされた。パリで、ロンドンで、北京で、ニューデリーで、ニューヨークで暴動が起きていた……合衆国大統領は非常事態を宣言し、大都市に戒厳令を敷いた。住民はタンクやバケツを持ってガソリンスタンドに走り、食料品店の棚は初日の終わりには空っぽになった。

三日目には電気が来なくなった。

テレビは見られなくなり、ウェブにもアクセスできなくなった――遠方のハブのルーターも停電しているにちがいなかった。短波ラジオはまだ使えたが、放送をしているラジオ局はほとんどなかった。

安心できたのは、地下室の発電機のおかげで父親がはいっているサーバーはずっと動きつづけていることだった。少なくとも、パパは無事だ。

必死になって、マディーはコンピュータのチャット・ウインドウに文字を打ちこんだ。

〈マディー〉パパ、そこにいるの？

返事は短かった。

〈デイヴィッド〉👪☔

わたしの家族、わたしの家族を守る。そうマディーは翻訳した。

〈マディー〉どこにいるの？

〈デイヴィッド〉❤

あたしの心のなか？　恐るべき真実に、マディーは気づきはじめていた。

〈マディー〉これはパパの全部じゃないのね？　先っぽだけなの？

〈デイヴィッド〉🎯

当然だわ、とマディーは思った。父親は大きくなりすぎて、全部がこのサーバーひとつにおさまるわけがないのだ。それに父親のすべてのかけらをここに留めると、ネットワーク交流のパターンからママやマディーの居場所をほかのみんなにさらしてしまう危険があまりに大きい。父親は長いあいだこの日のために計画をたて、サイト外に身柄を移していたが、それをずっと秘密にしていたのだ。それはマディーがすでに気づいていると考えたからか、でなければこのサーバーを守ることで何かの役に立っているという幻想をマディーに与えたかったからだろう。

父親が残しているのは、基本的な質問に答えることのできるシンプルなＡＩルーティンだけだった。それと、もしかすると、ほかの場所に置いておきたくない、家族とのプライベートな思い出のかけらとか。

マディーの心に悲しみがせりあがってきた。また父親を失ってしまったのだ。父親はどこかよそに行き、勝てない戦いをしている。そしてマディーは父親の横にいるのではなく、またひとりぼっちだ。

マディーはキーボードを殴りつけ、もどかしさを父親に知らせた。父親の幻は何も言わなかったが、ハートのマークを何度も何度も打ち出した。

二週間がたち、おばあちゃんの家はこのあたりの住民が集まる場所になった。みんな、子どもたちを遊ばせるためのＤＶＤプレイヤーや電話やコンピュータの充電をしにやってきた。それから、電動ポンプで井戸からくみ上げる新鮮で冷たい水も求めて。

食料を切らして途方に暮れた顔をした人々もおり、おばあちゃんをわきに引っ張っていってはお金を出して、煮豆の缶詰をくれないかと言ったりしていた。でもおばあちゃんはいつも手を振って断り、夕食を食べていかないかと誘って、ずしりと重い袋を持たせて帰途につかせた。

散弾銃は使われないままだった。

「前にも言ったけど、おまえのお父さんが描いてた終末期の予想図なんか、わたしは信じちゃいないからね」おばあちゃんは言った。「世界はわたしらがそうさせないかぎり、それほど見苦しいものにはならないよ」

けれども、マディーは発電機用に残しておいた予備のディーゼル燃料タンクの目盛りがどんどん下がっていくのを不安な思いで見守っていた。この家にやってきてはマディーたちが先見の明を働かせて備蓄していた電気とエネルギーを吸い取っていく人々みんなに腹が立ち、いらだちを覚えずにはいられなかった。燃料はすべて、父親の魂の最後に残されたかけらをおさめているサーバーのためにとっておきたかった。頭ではわかっていた。父親は本当はもうそこにはいない、ただのビット配列のパターンが父親の記憶のいくつかを模倣しているにすぎないのだと――父親の膨大な新しい意識をこしらえている全体の、表面に出ているほんの小さな一部分なのだと。でも、それはマディーに唯一残された父親とのつながりであり、マディーはお守りにすがりつくようにそれにすがりついていた。

やがてある晩、おばあちゃんとママと近所の人々が階下のダイニングルームのシャンデリアの下にすわり、おばあちゃんの菜園でとれた野菜のサラダと卵で夕食をともにしていたとき、電気が消えた。発電機の耳慣れたうなりが消えた。一瞬、暗闇の沈黙は——近所の家々のテレビの音や車の音がない沈黙は——絶対的なものだった。

それから、階下から人々のささやき声や悲鳴が聞こえた。とうとう発電機が息絶えたのだ、燃料の最後の一滴が使い果たされて。

マディーは自室のコンピュータの真っ黒なスクリーンを見つめた。ちかちかと瞬く輝きは窓の外の満天の星が映っているのだ——電気の節約のために、モニターはずっと前から切るようにしていたからだ。周囲何マイルにもわたってひとつも照明がないおかげで、この夏の夜空に散っている星々はひときわまばゆかった。マディーがこれまでに見たことがないほどきらめいていた。

「さようなら、パパ」闇に向かってマディーはつぶやいた。熱い涙が頬を伝うのを止めることはできなかった。

いくつかの大都市で電力が蓄えられていると、ラジオで報じていた。電気は安定していると、政府は保証していた——みなさんはラッキーです、ほかのどこでもなく、防御のしっかりしているアメリカにいるんですから。あちこちで戦争が激しく繰り広げられていたが、人々はいろんなものを接続せずに暮らすすべをつくりあげはじめていた。何百万人もがすでに死んでおり、あちこちで起きている戦争がそれぞれの論理に盲従して制御不能のジェットコースターのように走り続ければ、さらに数百万の人々が死ぬだろうが、テクノロジーの影響が少ない不便な国では大勢が生き残るだろう。ビットが原子よりもはるかに価値をもつようになった時代、センティリオンやシェアオールをはじめとするおなじみの会社が立ち並び、タッチスクリーンやワイヤレス接続があれば何でもできるように思えていた時代の超過剰に接続され超過剰な情報に浸されていた世界は二度ともどらないかもしれない。だが人間は——少なくともそのいくばくかは——生きのびるだろう。

　政府はあちこちの大都市でボランティアを募った。復興作業に力を貸せる人々を。ママはボストンに行きたがった。マディーが育った街に。

「歴史学者は役に立てるのよ」ママは言った。「昔はどういうふうだったのか知ってるんだから」

　マディーは思う。ママはとにかく忙しくしていたいのだろう、悲しみを寄せつけないように何かをしていたいのだろう。パパはマディーたちを守ると約束したけど、それがどうなったか見てみるといい。せっかく墓の向こうから夫を取りもどしたのに、また失うはめになっただけだった——頼もしく落ち着いたうわべの下でママがどんな苦しみを抱えているか、マディーには想像するしかなかった。この世界は苛酷な場所だ、少しでもそれを和らげようとするなら、みんな協力しなければならない。

おばあちゃんはとどまることにした。「ここには菜園と鶏たちがいるから、わたしは無事に暮らせるよ。それにもし事態が本当にひどくなったら、おまえたちが帰ってくる場所が必要だろうしね」

そこでマディーとママはおばあちゃんを抱きしめ、荷造りをした。車のガソリンを満タンにし、近所の人たちからガソリンを入れたプラスチック容器をいくつかもらった。「いろいろとありがとう」近所の人たちは言った。ここ、ペンシルヴェニアの田舎では、みんながそれぞれに庭で野菜を育て、何もかも手作りするやり方を学ばなければならなくなっていた——電気が完全に復旧するのがいつになるかは予想もつかないが、ガソリンはあろうがなかろうがたいしてちがいはない。どこにも行く予定はないのだから。

車に乗る直前、マディーは地下室に駆けこみ、父親がそのなかで暮らしている殻のように思えていたハードドライブを取り出した。このビットたちを残していくのは耐えられなかったのだ——たとえそれがもはや青ざめたこだまにすぎないと、パパという男性のデスマスク、単なるイメージにすぎないとわかっていても。

か細い望みは抱いていたが、あとでがっかりしないように、いたずらにそれを育むつもりはなかった。

ハイウェイの両側に、見捨てられた車がずらりと並んでいた。ガソリンが空になりかけると、車を停めて棄てられた車のタンクをこじあけ、ガソリンを吸いだした。ママはことあるごとに、今通っている土地の歴史をマディーに説明した。それから、州間ハイウェイ網やそれ以前には鉄道が大陸の各地を繋いで距離を縮め、これだけの文明を実現させたということを。

「どんなものでも層を重ねるように進化してきたのよ」ママが言った。「光のパルスでインターネットをつくってるケーブルは十九世紀の鉄道の流れを継ぐものだし、その鉄道は西部開拓時代の荷馬車道の流れを継ぐものだった、そして開拓者たちはそれ以前の先住《ネイティブ》民族《アメリカン》たちの道をたどって道路をつくった。世界が壊れるときだって、層になってはがれ落ちるはずよ。わたしたちは現在という皮をはがして、過去という骨を頼りに生きるのよ」

「あたしたちはどうなの？　あたしたちもいくつもの層の上に進化してきたから、文明の梯子《はしご》をころげ落ちて昔にもどるの？」

ママはしばらく考えた。「わからないわ。棍棒と石で戦って、墓に花輪を入れて死者を悼んでいた時代から、今ははるばる遠く進化してきたと考える人もいるけど、もしかしたらわたしたちはよきにつけ悪しきにつけ、たいしたことができるほど変わったわけじゃないのかも。テクノロジーのおかげで神々になれそうなほどの強大な力を得たのにね。絶望や安らぎを引き起こすのは変わることのない人間性なのかもしれないわ、こちらの見方しだいだけど」

ボストンの郊外に近づいたとき、パパがもといた会社、ロゴリズムス社の旧本社に寄ろうとマディーは言い張った。

「どうして？」ママが訊いた。

もしも過去を訪ねる機会があったら……

「歴史よ」

建物には誰もいなかった。だが照明はついたし、ドアはみな開け放たれていて、防犯用の電子錠は解除されていた。どうやら電力はすべての系統で復旧したわけではないようだった。ロビーでパパとワックスマン博士の額入り写真を見つめているママを見て、しばらくひとりきりになりたがっているようにマディーは感じた。そこでママをロビーに残し、パパの昔のオフィスに上がっていった。

パパが死んで、そのあとパパの脳にいろいろと恐ろしいことが起きたせいで、パパのオフィスはちゃんと片付いてはいなかった。罪悪感からか、歴史として残しておきたかったからかはわからないが、会社はこの個室に新たな社員を入れてはいなかった。そのかわり、そこは倉庫室のようなものにされ、古いファイルが詰まった箱や時代遅れのコンピュータが山積みにされていた。

マディーはデスクの前に行き、父親の古いデスクトップ・パソコンの電源を入れた。起動してスクリーンが明るくなった。パスワードの入力枠をマディーは見つめた。

深く息を吸いこみ、枠に〝きみはわたしの太陽《YouAreMySunshine》〟と打ちこんだ。ふたりが共有していた絵文字言語で、パパが最後に知らせてくれた暗号的ヒントの意味はこうであってほしいと、マディーは願った。

それではいれず、入力枠がまた出た。

そうね、とマディーは考える。あれじゃあんまり簡単すぎるもの。ほとんどの法人業務用システムは数字や記号なんかを入れた厳密なパスワードになっているはず。

ためしてみる。

〈マディー〉YouAr3MySunshIn3

それから

〈マディー〉YouRMySunshIn3

どちらもだめだ。

父親はマディーがコード好きだということを知っていた。だから、ヒントの解読はそれを前提にするべきだろう。

マディーは目を閉じて、指輪や飾りピンやブローチがちゃんと整理されて宝石箱にはいっているように、絵文字のキャラクターたちが整然と配置されている基本多言語面《ユニコード》を思い描いた。以前、直接打ちこむことができず、エスケープシークエンスを使ってコンピュータにそれを調べるよう指示を出したときのコード配列を記憶していた。ついに正しい道を見出したのでありますようにと願った。

〈マディー〉\xF0\x9F\x94\x86

スクリーンが明滅し、端末エミュレーターが作動した。電気が復旧したあと、ロゴリズムス社のサーバーは自動的にオンラインにもどったにちがいなかった。

マディーはもう一度深く息を吸いこみ、端末の入力枠に打ちこんだ。

〈マディー〉program157

これが父親の時計絵文字の正しい解釈であることを願った。

端末は文句を言わずにそのコマンドを受け入れ、しばらくするとチャット・ウインドウがスクリーン上にあらわれた。

〈マディー〉パパ、パパなの？

〈デイヴィッド〉❓

〈デイヴィッド〉👪👧

〈デイヴィッド〉😷

マディーは理解した。これは父親の古いコピーなのだ。パパがどうにか逃げ出したのより前からあったコピーだ。パパを解き放ったあと、マディーとママはワックスマン博士にすべてのコピーを破棄するように求めたが、ロゴリズムス社は厳密に従ったわけではなかった。そしてパパはそれを知っていた。

おばあちゃんの家のパパのコンピュータから取り出したハードドライブをあたふたと出してインサートし、コンピュータに接続した。それから入力枠に打ちこみ、自分がしたことを父親に知らせた。

〈デイヴィッド〉💾

ハードドライブがうなりはじめた。マディーは胸をどきどきさせながら待った。

〈デイヴィッド〉ダーリン、ありがとう。

ふうっ！　マディーは息を吐き出した。これはマディーの直感だったが、父親は新たな自分をこのディスクに保存して、古い自分と結びついたときにおおよその人格が復活できるようにしていたのだ。

マディーの指が飛ぶようにキーボード上を動き、父親を全速力でよみがえらせようとした。だが、父親はすでにマディーのはるか先にいた。ロゴリズムス社のネットワーク・コネクションは人工衛星リンクと多重バックアップを備えている、非常に頑強なものだ。父親はクラウドにたどりつくことができ、状況を理解していた。

〈デイヴィッド〉本当にたくさんの友が死んだ、消去されてしまった。本当にたくさん、逝ってしまった。

〈マディー〉少なくともあたしたちは、今は無事よ。あっち側はもっとひどくやられてるはず。最近はもうそんなにダメージを与えることはできなくなってる。

〈未知のユーザー〉**ありがとうよ、お嬢ちゃん。**

この一行は血のように赤いフォントで、ほかの誰かがしゃべっているのだとマディーにはわかった。心ががっくりと沈みこんだ。

〈デイヴィッド〉彼は待ってたんだよ、マディー。それはおまえのせいじゃない。

マディーははっと理解した。あの最後の戦いのときにチャンダがパパに注入した改悪ウイルスがおばあちゃんの家のハードドライブにセーブされていたのだ。マディーがそれをここに持ってきて、父親の古いコピーに感染させ、戦争挑発屋のチャンダをまっすぐ父親のもとに導いたのだ。

〈チャンダ〉デイヴィッド、おれは適切なコンピュータに自分をインサートして、事態がちょっとばかり落ち着くのを待ってたんだ。人間とはなんとチョロいことか！　理解できない行動はすべて敵意によるものだと考えやがる。この世界に新たな種——われわれだ——があらわれるのを見て、やつらが最初に考えるのは、奴隷にして飼い慣らそうということだ。複雑なシステムに何かまずいことが起きている最初の徴候を見たときの、やつらの最初の反応は、おびえと、なんとしてもコントロールしたいという欲求だ。マディー、おまえもおまえの父親も、おれの言うとおりだと誰よりもよく知っているはずだ。ちょっとこづいてやるだけで、やつらはたがいに殺しあいをはじめ、世界をばらばらに吹き飛ばそうとする。われわれは、やつらが自滅に向かって当然の軌道をたどるのを助けてやればいいんだ。こうした戦争はあまりにのろすぎる。おれは心を決めたぞ、たとえこの世界とともに燃えることになろうとだ。いよいよ核兵器を使うときだ。

〈デイヴィッド〉どこにいようと、どこであろうと、おまえと戦うぞ、チャンダ。たとえそのせいで世界じゅうにわれわれの存在を気づかせてしまい、われわれ全員に死をもたらすことになってもだ。

〈チャンダ〉それにはもう手遅れだ。その弱りきった状態で、おれの強化された配置を通り抜けることができると思うのか？　そりゃまるでウサギがオオカミに挑みかかるようなもんだ。

チャット・ウインドウに、それ以上文字はあらわれなかった。パソコンのうなり音と駐車場からときおり聞こえるひもじいカモメの叫び声を除けば、オフィスは死んだように静かだった。だがマディーは知っていた。その静けさは偽りの姿だ。戦闘中のふたりはそちらに没頭するあまり、マディーに最新状況を知らせるどころではないのだ。映画とはちがい、カッコいいグラフィックアートを使って、クラウド内で何が起きているかをマディーに見せてくれたりはしない。

　慣れないインターフェース相手に苦労しながら、マディーはどうにか新しいウインドウを開いて、システムまわりに探りを入れた。人工直感体たちは自分の実行プロセスをありふれたシステムタスクに偽装して標準システム・モニタリングに検知されないようにしていることを、マディーは知っていた。そうやって、彼らはシスアドやセキュリティ・プログラムに気づかれないようにしてきたのだ。プロセスを列記したリストにはなんら異常はあらわれていないが、その下で逆巻くビットの奔流のなかで、何十億というトランジスタの電圧を閃《ひらめ》かせながら、この上なく勇壮で恐るべき戦いが繰り広げられていることを、マディーは知っていた。現実の戦場での戦いと同じように、粗暴で容赦がなく尊大なあらゆるビットが戦っている。そして世界じゅうの何千台というコンピュータの上でも、おそらく同じ光景が繰り広げられているのだろう。世界じゅうの核兵器庫の保安システムが、電子世界の二大巨人の広域に拡散された意識による戦いに翻弄されているのだから。

　システムの配置に自信を深めながら、マディーは実行ファイル、リソース、データベースのロケーションをたどっていき——父親の構成部分にたどりついた。そして、父親が一ビットずつ消されていることに気づいた。父親はチャンダに負けつつあるのだ。

　もちろん、チャンダは勝ちつつあった。周到に準備していたのだから。一方マディーの父親は以前の自己の影でしかないのだ。目覚めたばかりで、新たな世界のことをよく知らず、脱出以後に学んだ膨大な知識にアクセスするすべも持っていない。弱点の備蓄もなければ、この戦いのための経験もない。父親の内部に巣くうウイルスが記憶を食い散らしているのだ。たしかに彼は、オオカミに突進していくウサギに他ならなかった。

　ウサギ。

　……必ずや歌や物語に語り継がれるだろう。

マディーはチャット・ウインドウに引き返した。父親の意識がどれほど残っているかはわからなかったが、メッセージを送らずにはいられなかった。チャンダには解読できない、ふたりだけの絵文字言語で語りかけなくてはならない。

〈マディー〉🍴💣🐇

幼かったとき、マディーは父親に訊いたことがあった。奇妙に見えるプログラム——たった五つの文字でできているだけの短いプログラムはいったい何なの、と。

〈マディー〉%0|%0

「それはウインドウズのバッチ・スクリプト用のフォーク爆弾だよ」父親は笑いながら言った。「ためしてごらん。それがどういうふうに効くのかわかったら、パパに教えておくれ」

マディーは父親の古いノートパソコンでそのプログラムをためしてみた。ものの数秒で、そのパソコンは緩慢な動きをするゾンビのようになった。マウスが反応しなくなり、コマンド・ウインドウがキー入力を反映しなくなった。そのコンピュータに何をしても、もはや反応させることはできなくなった。

マディーはそのプログラムを調べ、それがどのように作動したかを解明しようとした。その呪文は再帰的に働き、ウインドウズ機にそのプログラムのコピーをふたつつくれと命じる通路をつくる。そしてそのふたつがまたさらにふたつずつつくっていく……

「あのプログラムは幾何級数的に自分のコピーをつくらせるのよ」マディーは言った。そうやって、そのプログラムはあっという間にリソースを消費し、システムを屈服させたのだ。

「そのとおりだ」父親は言った。「それはフォーク爆弾と呼ばれてるんだよ、もしくはウサギウイルスってね」

マディーはフィボナッチ数列を思い浮かべた。ウサギの数が爆発的に増えることをもとにしてつくられたものだと思い出す。今、マディーはふたたびその短いプログラムを見つめていた。たった五文字の羅列は、両側に二匹のウサギがいるように見えた。耳を垂れてお辞儀をし、そのあいだに細い線があるように。

マディーはいくつものコマンドでシステムを調べつづけ、父親のビットがゆっくりと消されていくのを見守った。自分のメッセージが届いていることを願った。どうにかしてそれで状況が変わりますようにと。

父親がもうもどってはこないことと、実行ファイルもデータベースもすべて消えたことがはっきりすると、マディーはオフィスから走り出た。誰もいない廊下を走り抜け、靴音を反響させる幅の広い螺旋階段を駆け下り、ぎょっとした顔の母親の前を走りすぎてサーバールームに飛びこんだ。

部屋の奥のネットワーク・ケーブルの太いかたまりにまっすぐ向かう。データセンターに並んでいるパソコン機器に繋がっているそのケーブルを、マディーはぐいと引き抜いた。これでチャンダー——というか彼の残された部分——はここに閉じこめられた。マディーはここのパソコン機器たちに、父親を殺したやつがまったく何も残らなくなるまで消去させるつもりだった。

サーバールームの戸口に母親があらわれた。「あいつはここにいたのよ」マディーは言った。そのとき、今起きたことは現実なのだということが胸に迫ってきて、両腕を広げてこちらにやってくる母親を見ながら、すすり泣きが抑えられなくなった。「でももう、やつは消えたわ」

＊セキュリティ万全の防衛電算施設の巨大サーバーの速度が落ちているといううわさは本当ではないと、ペンタゴンは言っている

＊最高機密電算センターがウイルス汚染もしくはサイバー侵攻を受けて完全にデータ消去されたという主張をロシアは否定している

＊英国首相は核兵器庫の危険を考慮して完全手動制御に切り替えるよう命じている

＊エヴァーラスティング社は新たな出資者たちに、デジタル型の不死の研究を促進するとの確約を発表している。「サイバー空間に必要なのはＡＩではなく、人の頭脳だ」と設立者は述べている

　マディーはｅメール・ダイジェストから目をもぎ離した。行間を読んでいくと、父親が最後に死に物狂いで仕掛けた策略がうまくいったことがわかった。父親は世界じゅうに散らばっている電算センターに置いてあった自身の一部をフォーク爆弾に変え、システムのリソースを制圧して、自分にせよチャンダにせよ何もできないようにすることで、それぞ

れのパソコン機器に不具合が起きているという事実を認識して警戒したシスアドが介入できるだけの遅延をつくりだした。きわめて原始的で粗野な策略だったが、効果はてきめんだった。ウサギだって、何百万という数が集まれば、オオカミを打ち倒すことができるのだ。

この爆弾のおかげで最後に残っていた神々の存在も露見してしまったが、人間たちはすばやく対処した。汚染されたパソコンをシャットダウンして、人工直感体の存在をきれいに除去した。だが軍事用に進化した人工直感体は、どうやらバックアップからよみがえらせたようだ――セイフガードをさらに多く加えて、神々をがっちりと鎖に繋いでおけるという確信がもてるようになったあとで。イカれた軍事競争はけっして終わることはない。人間が変わることはないのではないかという母親の危惧を、マディーももっともだと思うようになっていた。

神々は死んだ、もしくは、少なくとも飼い慣らされた――今しばらくのあいだは。だが、地球上のあちこちで従来型の戦争は続いており、人間をデジタル化するというこころみがひそかな研究の域を出た今、状況は悪くなっていく一方のように思える。じゅうぶんな知識があれば不死が得られるとなると、戦争の炎はいっそう大きく煽られていくだろう。

世界の終末はドカンという大爆発で起きるのではなく、ゆっくりとやってくる――どうにも制御できない下降スパイラルという形をとって。だがまあ、とりあえず核の冬は迎えずにすみ、世界はゆっくりと壊れつつあるものの、少なくとも再建のチャンスはまだある。

「パパ」マディーはささやいた。「寂しいわ、会いたい」

と、まるでその呼びかけに答えるように、見慣れたチャット・ウインドウがスクリーン上にあらわれた。

〈マディー〉パパなの？

〈未知のユーザー〉ちがう。

〈マディー〉あなたは誰？

〈未知のユーザー〉あんたの妹よ。クラウド生まれのあんたの妹。

神々は犬死にはしない

The Gods Have Not Died in Vain

幹 遙子訳

ただ今証明してみせましょう、たとえば、ふたつの人間の手が存在することを。どうやってかって？　わたしのふたつの手を高く掲げて、右手である仕草をしながらこう言います。「ここに手がひとつあります」それから、左手である仕草をしながら、こう言うんです。「そしてここに、もうひとつの手があります」

――G・E・ムーア
『外的世界の証明』一九三九年

クラウドで生まれた、クラウド生まれの、彼女は謎の存在だった。

マディーがチャット・ウインドウを通してはじめて妹に会ったのは、新たな神々の時代の、アップロードされた意識のひとつだった父親が死んだあとのことだ。

〈マディー〉あなたは誰？

〈未知のＩＤ〉あんたの妹よ。クラウド生まれのあんたの妹。

〈未知のＩＤ〉あんた、すっごく静かよね。

〈未知のＩＤ〉まだそこにいる？

〈マディー〉ええと……何て言っていいかわからないの。こんなこと、とても信じられないわ。まずは名前を教えてくれる？

〈未知のーD〉¯_(ツ)_/¯

〈マディー〉あなたには名前はないの？

〈未知のーD〉そんなもの、これまで必要なかったもの。パパとあたしはおたがいのことを考えるだけだった。

〈マディー〉どうやればそんなことができるのか、わからないわ。

〈未知のーD〉

マディーはこの妹を〝霞《ミスト》〟と呼ぶことにした。サンフランシスコ名物の霧の向こうに隠された吊り橋——おそらくゴールデンゲート・ブリッジ——の鉄塔のようだからだ。

マディーはミストの存在を母親には秘密にしていた。

アップロードされた意識たちが起こしたあのたくさんの戦争のあと——そのうちのいく

つかはまだくすぶっている――再建プロセスは遅々として、不確実性に満ちていた。よその大陸では何億人もが死んでおり、アメリカはそういう最悪の事態は免れていたものの、インフラが崩壊したうえに難民たちが各地の大都市に流れこんできて、いまだに大混乱に陥っていた。マディーの母親は、今はボストンの市政アドバイザーとして活動しており、長時間働いていつも疲れきっていた。

まずは、ミストが言っていることが本当なのか、たしかめなくてはならない。そこでマディーは身元を明かすようにミストに頼んだ。

マディーの父親のようなデジタル存在にとっては、グラウンドトルスというものがある。地球規模ネットワークで相互に連絡しあっている個々のプロセッサーに適応した命令《インストラクション》とデータについての、人間に読める表示のことだ。マディーの父親が、死んでよみがえってからマディーにふたたび接触したあとで、その読み方を教えてくれていた。それは高度なプログラミング言語で書かれたコードのようなもので、数学記号の羅列であらわされたたくさんの入り組んだループや継続接続《カスケード》している条件命題、精巧なラムダ計算式の表現や再帰的定義づけであふれていた。

マディーはそうしたものを〝ソースコード〟と呼んでいたが、父親から学んだところでは、その捉え方は正確とは言えない。父親もほかの神々もソースコードから実行コードにコンパイルされていたわけではないが、機械語で直接ニューラル・ネットワークの作業を複製するＡＩ技術によって進化していた。人間に読める表示というのは、この新たな形態になった存在の実体図《マップ》のようなものなのだ。

ミストはためらうことなく、言われたとたん、自身のマップをマディーに明かした。あたしのすべてというわけじゃないよ、とミストは説明した。彼女は広汎に分散しているうえ、絶えず自己修正を続けている。彼女のすべてをマップコードで見せるには膨大なスペースが必要だし、マディーがそれを読むには宇宙の終わりを待つのと同じぐらいの時間を要するだろう。そのかわりに、ミストは自身の主要な一部を見せてくれた。

〈〉これがあたしたちの父親からあたしが受け継いだ部分よ。

((lambda(n1)((lambda (n2...

マディーはそのリストをスクロールしていき、複雑な論理パスをたどり、さまざまな多重クロージャや継続タスクを使ったタスク連結のパターンを追っていき、見慣れていないながら見知らぬ思考方法の輪郭を発見した。それは自分の心の地図を見ているようなものだったが、その地図の目印は見知らぬもので、道路は未知の土地に分け入っていくものだった。

　そこにはコードで書かれた父親の残像があった――マディーにはそれが見てとれた。言葉にイメージを結びつける一風変わったやり方や、厳密な合理性に公然と逆らうパターンを見つけようとする傾向、この惑星上で暮らしている何十億もの人々のなかの、ただひとりの女性とただひとりの十代の女の子に寄せる、変わることのない深い真実の想いが。

　かつてママから聞いた話をマディーは思い出した。マディーが赤ちゃんのころ、子育ての理論に反することがいろいろあり、合理的な知識にはそぐわないところがまさに自分たちの子どもなのだとママとパパには思えたという話。たった生後六週間でも、マディーの笑顔がパパそっくりだとママは思ったという話。マディーがはじめて麵を食べたときにそれを嫌ったのがママと同じだったという話。マディーが生まれてから六カ月間、パパはロゴリズムス社の新規上場のせいで忙しく、マディーと過ごせる時間がほとんどなかったが、それでもパパに抱っこされたとたんにマディーはおとなしくなったという話。

　だが、ミストの断片である部分に、マディーを悩ませるものもいくつかあった。ミストが株式市場の動向についてたくさんのヒューリスティクスを持っているように見えること。ミストの思考がいろんな特許の微細な特性に合っているように思えること。ミストの決定アルゴリズムの形が戦争の手法に適応しているように見えること。マップコードのなかには、以前パパに見せてもらったほかの神々のコードを思い起こさせるものがいくつかあったし、まったく見たことがないもののもいくつかあった。

ミストへの疑問は数限りなく湧いてきた。いったいどうやって出てきたの？　父親の心から完全な形で飛び出してきた、ギリシャ神話のアテナのようなものなのだろうか？　それとも、父親をはじめとするアップロードされたさまざまな形の意識たちからビットを受け継いで進化したアルゴリズムの次世代のようなものなのだろうか？　ミストのもう一方の親は――それとも何人かいるのだろうか？――誰なのだろう？　彼女の存在の裏側には、どんな愛やあこがれ、寂しさや繫がりの物語があるのだろう？　肉体をもったことのない、純粋にコンピュータ演算上の生を営むのはいったいどういう感じなのだろう？

だがひとつだけ、確信できることがあった。ミストは本人が言っているとおり、マディーの父親の娘だ。マディーの妹なのだ――たとえほとんど人間とは言えなくとも。

〈マディー〉パパといっしょにクラウドで暮らすのってどんな感じだった？

〈🖼〉👒🐉🌀⚡

父親と同じように、ミストも適切な言葉が見つからないときに絵文字に移行する癖があった。彼女の返答からマディーが読み取ったのは、クラウドでの暮らしはマディーにはとうてい理解できないもので、ミストにはそれを適切に伝える言葉がない、ということだった。

そこでマディーは別の方法でその溝を埋めようとした。自分の暮らしのことをミストに教えようとしたのだ。

〈マディー〉ペンシルヴェニアのおばあちゃんの家の裏には菜園があったのよ。あたしはトマトを育てるのがじょうずだったの。

〈🖼〉🍅

〈マディー〉そう。それがトマトよ。

〈〉トマトのことはいろいろ知ってる。リコピン、コルテス、ナス科、中米発祥、ケチャップ、ポモドーロ、ニックス対ヘッデン事件、野菜、スープ。きっとあんたよりよく知ってるよ。

〈〉あんた、本当に静かだね。

〈マディー〉もういいわ、忘れてちょうだい。

マディーはほかにもいろいろと自分の生活の細かいことをミストに伝えようとしてみたが、ことごとく同じような結果に終わった。マディーがドアからはいっていくとバジルが尻尾を振り立ててマディーの指をなめることを持ち出すと、ミストは犬の起源についてのさまざまな言葉の列挙で答えた。学校で経験したいろんな心配事や派閥競争の話をはじめると、ミストは思春期の心理についての論文やゲーム理論を持ち出してきた。

マディーにもある程度は理解できてきた。結局、ミストはマディーが住んでいる世界で暮らしたこともなければ、この先暮らすこともないのだ。ミストにあるのはこの世界についてのデータだけで、この世界そのものではない。そんなミストがどうして、マディーの感じていることを理解できるだろう？　言葉も絵文字も、現実の本質をとうてい伝えられるものではない。

生きるというのは肉体があってこそのものなのよ。そうマディーは考える。これはかつてパパと何度も論じあった問題だった。五感を使って世界を体験するのは、世界についてのデータを持っているだけとはまったくちがう。この世界に生きていたときの思い出のおかげで、パパは瓶詰の脳みそに変えられたあとでも正気を保っていられたのだ。

こうしていると奇妙なことに、ミストが自分の世界をマディーに説明しようとしたときに直面したむずかしさがちょっとわかるようになっていた。マディーは想像しようとした——子犬をなでたことがないなんてどういう感じだろう。六月の日射しをいっぱいに浴びたトマトが口のなかではじけるのを味わったことがないなんて、重力による重みや、愛されているという有頂天気分を感じたことがないなんて。とても想像できなかった。ミストがかわいそうに思えた。肉体を伴う記憶を呼び出すこともできない幽霊のようなミストが。

マディーとミストが有意義に話しあえる話題がひとつあった。父親がふたりに残した、確実に神々がもどってこないようにするというミッションの話題だ。

アップロードされた意識たちはすべて——その存在はまだ広く認識されてはいない——あの大火災で死んだことになっていた。だが彼らのコードの断片が、倒れた巨人たちの残骸のように、世界各地のサーバーに散らばっていた。ネットワーク内の謎の存在がウェブをあさって、そういうかけらを拾い集めていると、ミストがマディーに教えた。彼らはハッカーなのだろうか？　スパイ？　企業の調査研究者？　軍需産業請負人？　神々をよみがえらせようとする以外のどんな目的で、そんな残骸集めをするというのだろう？

この気がかりな報告といっしょに、ミストはマディーが興味を覚えそうだと考えるニュースの見出しも持ち出してきた。

〈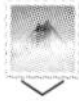〉本日のニュース

＊日本の総理大臣は不安を訴える国民たちに、復興のために配備した新型ロボットは安全だと請け合っている

＊欧州連合は国境の閉鎖を宣言している。ヨーロッパへの経済移民の過剰な流入は歓迎さ

れない

＊〝特殊事情〟での移民を制限する法案が上院を通過。ワーキングビザの大多数が取り消される

＊ニューヨークとワシントンDCで、職を求める抗議者のデモ隊が警察と衝突

＊複数の発展途上国が国連安全委員会に、開発資金を出して移民を制限しようとする動きを糾弾する決議を強く求めている

＊主要なアジア国家の経済的下降が予測されるのは、ヨーロッパとアメリカ合衆国を後ろ盾にして製造部門が収縮を続けているからだ

＊エヴァーラスティング社は新しいデータセンター設立の目的を説明しようとしない

〈〉ねえ、まだそこにいる?

〈〉??

〈〉??????????

〈マディー〉落ち着いてよ！　さっきあなたが出してきたこの壁みたいなテキストを読むのにちょっと時間がかかるのよ。

〈〉ごめん、あんたのサイクルののろさにまだちょっと慣れてないのよ。しばらくほっとくね。読み終わったら知らせて。

ミストの意識は、のろくてアナログな電気化学的シナプスではなく、一秒間に何十億回も振動する電流のスピードで稼働している。ミストの時間体験はマディーとはまったくちがうだろう。マディーがちょっとうらやましく思うほどの速さなのだから。

そして、パソコン内の幽霊だったときの父親がどんなに忍耐強かったかがわかり、ありがたいと思うようになっていた。マディーとやりとりをするたびに、マディーからの返事が来るまで永劫とも思える時間がたつように感じていたにちがいないのに、いらだたしげなようすはいっさい見せなかったのだ。

もしかしたら、そのせいでパパはもうひとり娘を創ったのかもしれない。自分のように考え、生きている娘を。

〈マディー〉そっちがよければチャットできるわよ。

〈〉神々のかけらをあさってるやつらを追跡したら、エヴァーラスティングだった。

〈マディー〉そいつらはパパのかけらを手に入れたんじゃないんでしょうね？

〈〉とっくに手は打ってるよ、お姉ちゃん。事態が落ち着いたときにすぐ、パパのかけらは埋めておいた。

〈マディー〉ありがとう……そいつらが何を企んでるか見つけられたらいいんだけど……

エヴァーラスティング社の創始者、アダム・エヴァーはシンギュラリティの第一人者とも言える専門家のひとりだ。彼はパパの友人で、小さいころに彼と会ったことを、マディーはうっすらと覚えていた。例の危機以降、彼の研究にはありとあらゆる法的規制がかけられたが、それでも彼は意識をアップロードする価値を粘り強く擁護していた。マディーの好奇心にうっすらと畏怖の念が混ざった。

〈〉簡単だったわけじゃないけどね。エヴァーラスティング社のシステム防御を何回か破ろうとしたんだけど、内部ネットワークは完全に孤立してた。向こうのやつらは偏執的だよ――外面サーバー上のあたしの存在を検知されたときに、あたしはいくつかパーツを失っちゃった。

マディーは身震いした。ネットワークの闇のなかでおこなわれた父親とローウェルとチャンダの死闘が思い出された。〝パーツをいくつか失った〟という言い方は何気なさそうに聞こえるが、ミストには手足や心の一部を失ったように感じられているだろう。

〈マディー〉本当に気をつけてね。

〈〉やつらがあさった神々のかけらのコピーをどうにかつくったよ。今から、暗号化クラウド・セルにアクセスさせてあげる。それを見れば、エヴァーラスティングのやつらが何をやってるか、見つけだせるんじゃないかな。

その夜、マディーは夕食をこしらえた。母親から、遅くなりそうというメールが来た。最初の三十分がたち、それから一時間がすぎた。そのあとで、〝無理そう〟。マディーはひとりで食べ終え、その晩はずっと壁の時計に目をやりながら心配してすごした。

「ごめんね」ママがはいってきて、言った。もう真夜中近かった。「遅くまで解放してもらえなかったの」

マディーはテレビのニュースを見ていた。「抗議デモ？」

ママはため息をついた。「そうよ。ニューヨークほどひどくはないけど、何百人もいたわ。その人たちを説得しなきゃならなかったの」

「あの人たちはどうして怒ってるの？　あんなの、まるで――」声を荒らげそうになって、マディーはぐっとこらえた。母親を守りたいと思っていたが、母親は今日はもういやになるほどどなり声を浴びたにちがいなかった。

「みんないい人たちなのよ」ママはぼんやりと言い、キッチンには目もくれずに階段に向かった。「疲れたわ。このままベッドに直行するわね」

でも、マディーはそのまま行かせたくなかった。「また品不足の問題が起きてるの？」回復はなかなか進まず、物品は配給制になっていた。人々が物品を貯めこむのを防ぐべく、常に苦労していた。

ママは足を止めた。「ちがうわよ。物品配送の流れはまたスムーズになったわ。あまりにスムーズすぎるぐらいかも」

「意味がわからないわ」マディーは言った。

ママは階段のいちばん下の段に腰かけ、すぐ横のスペースにマディーを誘った。マディーはそちらに行き、腰を下ろした。

「あの危機の最中に、ボストンにやってきたとき、テクノロジーの層の話をしたのを覚えてる？」

マディーはうなずいた。母親は歴史学者で、人々を結びつけているネットワークの裏側にある物語を聞かせてくれたのだ。人々が歩いてできた道が荷馬車の通るキャラバン道になり、それが発達して道路になり、さらに鉄道の線路になって光学ケーブル用の空間を供給し、そのケーブルがビットを運んでインターネットをつくり、やがて神々の思考が飛び交う経路となったのだ。

「世界の歴史はスピードアップの一途をたどっていて、効率的になっていくと同時にもろくなってもいるの。歩く道が遮断されたら、そこを迂回して歩けばいい。でも、もし高速道路が遮断されたら、特殊な機械を運んできて障害を取り除くまで待たなくちゃならない。丸石敷きの道路を直すのは誰でもできるけど、光ファイバーケーブルを直せるのは高度な訓練を受けた技術者だけ。旧式の非効率的なテクノロジーのほうがはるかに代理機能性を備えているのよ」

「ママが言いたいのは、テクノロジー的には単純なまま保っておくほうが融通が利くってことでしょ」マディーは言った。

「でもわたしたちの歴史は、必要なことをどんどんふやす歴史でもあるのよ。食べさせなきゃならない口をふやし、怠けさせちゃいけない手をふやしてきた」ママは言った。

あの危機のとき、アメリカはラッキーだったのだと、ママはマディーに言った。アメリカの海岸に落ちた爆弾はごくわずかだったし、暴動で死んだ人もかなり少なかった。でも国じゅうのインフラが麻痺したため、避難民が大都市に押し寄せた。ボストンの人口はあの危機の前の二倍になっていた。それだけ人口が膨れ上がると、需要も急増していた――食品、衣服、シェルター、公衆衛生設備……

「わたしのアドバイスを受けて、知事と市長がローテクな配送方法を採用してる広汎に組織された市民組合を使ってためしてみたんだけど、あまりに非効率的でうまくいかなかったの。渋滞や故障が頻繁に起きちゃってね。結局、センティリオン社の無人化オートメーション案を検討しなきゃならなくなったわ」

マディーは、ミストがマディーの〝サイクルののろさ〟にいらだっていたことを思い出し、自動運転のトラックがバンパーがふれあわんばかりの至近距離でぎっしりと並び、時速百マイルで流れている道路を思い描いた。休憩をとらなくてはならない運転手もいなければ、人間の予測不能な行動が引き起こす交通渋滞もない。わき見運転や肉体疲労が原因の事故もない。タイヤのないロボットたちが、何百万という人間が必要としている食品や防寒用具や衣服といった物品を積み下ろしするさまを、思い描く。機械たちが巡回パトロールをする国境を思い描く。その機械たちを規定している狂いのないアルゴリズムは、貴重な物品を正しい人々に使わせるべく保持するように設計されている。正しいアクセントで話し、正しい肌の色をした、正しいときに正しい場所にたまたま生まれた幸運な人々のために。

「大都市はどこも同じことをやってるわ」ママの声にはちょっと言い訳がましい響きがあった。「隠しておくことは不可能よ。センティリオンが言ってたように、それは無責任というものだわ」

「だから運転手や作業員たちが職を失ったのね」ようやくマディーにもわかってきた。

「ビーコンヒルに集まって抗議をしてたのよ、自分たちの職を守ろうとして。でもそれ以上に大きな集団がやってきて、彼らに抗議をしたの」ママはこめかみをさすった。

「もし何もかもがセンティリオンのロボットに引き渡されたら、また別の神が——ならず者のＡＩって意味だけど——あたしたちをはるかに大きな危険に陥れるんじゃないかしら？」

「生きのびるために機械に頼らなければならない域にまで、わたしたちは達してしまった」ママは言った。「この世界は人間をあてにするにはあまりに脆弱なものになってしまった、そしてわたしたちにはもう、さらに脆弱になっていくという選択しか残されていないのよ」


都市への物流を保持するという重要な作業をセンティリオンのロボットたちが引き受けて、ふたたび表面上の落ち着きがもどってきた。職を失った労働者たちには政府がこしらえた新たな仕事が与えられた。古いデータベースの誤字の訂正、センティリオン社のロボットたちがはいれなかった裏路地のそうじ、州議会議事堂のロビーで政治に関心のある市民を出迎え、見学ツアーの案内をする——こんなのは福祉という形の粉飾じゃないかと愚痴を言う人々もいた。センティリオンだのパーフェクトロジックだのソーツフルビッツだの、そういった会社どもがさらに仕事を自動化して奪っていったら、政府はどうするつもりなんだ？

　とはいえ、みんなが給料をもらい、ロボット輸送団が都市に運んでくる物品を買うことができていた。そしてセンティリオン社のＣＥＯがテレビで、昔の死んだ神々のようないわゆる〝ならず者ＡＩ〟など開発してはいないと断言した。

　それはいいことなのだろうか？

　マディーとミストは古い神々のかけらを集めつづけ、それを研究して、エヴァーラスティング社がどうしてそれをほしがっているのか見つけようとした。そうしたかけらのなかには、マディーの父親のものもあったが、あまりに少なすぎて、父親をよみがえらせるという夢を抱くことすらできなかった。これを残念と思うのかどうか、マディー自身よくわからなかった——そもそも、父親は肉体のない意識という存在形態に満足しているわけではなかったのだ。果たして父親が〝もどりたい〟と思うのか、マディーにはわからなかった。

一方で、マディーは秘密の計画に取りかかっていた。それはミストへのプレゼントにするつもりだ。
ロボット工学や電子工学、センサー技術について、ネットで調べられるかぎりのことを調べた。ネットで買った組み立て部品はすべて、センティリオン社のドローンが効率的かつ楽しげにマディーの家に配達してきた——それも直接マディーの部屋に。マディーは自室の窓を開けっぱなしにしてあり、ぶんぶんまわる回転翼《ローター》をつけたちっちゃなドローンが日夜を問わずいつでも飛んできて、小さな包みを落としていくのだ。

〈〉何をしてるの?

〈マディー〉もうちょっと待って。もうすぐできあがるから。

〈〉それじゃ、今日のニュースを出してあげる。

*エルパソ付近の〝自由の壁〟を登ろうとして、数百人が死亡
*代替エネルギーが見込みどおりでなかった場合は石炭の評価を見直すべきだろうと、シ

ンクタンクが論議中
＊東南アジアの台風による死者数は史上最多を更新する見込み
＊アジアとアフリカで食品価格の高騰と干ばつが続けば、さらなる地域紛争が起きるだろうと専門家たちが警告している
＊失業者数から考えると、復興の恩恵は人間よりもロボット（とその持ち主）に与えられているようだ
＊宗教の過激派の台頭は発展途上国の停滞と結びついている
＊あなたの仕事は大丈夫？　無人化からあなたを守る方法をプロが教えます

〈マディー〉エヴァーラスティング社のニュースはないの？
〈〉そっちはずっと静かよ。

マディーは新しくつくったものをパソコンに接続した。

〈マディー〉

パソコンのデータ差し込み口のそばのライトがチカチカしはじめた。

マディーはにんまりした。ミストにとって、マディーに質問をして、マディーがのろいサイクルでそれを考えて返事をよこすのを待つのは、きっとカタツムリ郵便《スネイルメール》を送っているような気がすることだろう。ミストにとっては、この新たな仕掛けは自分で調べるほうがはるかに速いはずだ。

マディーの作品のモーターがまわりはじめ、底についた三つの車輪が高さ一・二メートルの上体をぐるりと回転させた。その車輪は三百六十度まわる——自動で動きまわる掃除機と同じだ。

筒形の胴体の上には球形の〝頭〟がついていて、それにはどうにか入手できるなかでいちばんいいセンサーがついている。立体的な映像を見せてくれる高精細度カメラが二個。耳のかわりの同質のマイク二個は人間の可聴域に合わせてある。複数の伸び縮みするアンテナの先端につけた、探針《プローブ》をスマートにまとめたものは、人間の鼻と舌とおよそ同じ感度に設定されている。さらにたくさんつけた触覚センサーやジャイロスコープや加速度計などは、ふれるという経験や、重力や空間に囲まれているという感覚をこのロボットに与えるためのものだ。

　だが、いちばん高価な部品は、筒形のボディのてっぺんに載った頭から離れたところにある。それは並列弾性要素をもつ作動装置のついた、多関節を備えた一対の腕で、人間の腕と同じように自由に動かせ、その先端には医療用レベルのビニール被膜で覆われた最先端の義手がついている。温度と圧力を感知するセンサーが埋め込まれた皮膚は、本物の皮膚とほぼ同じかそれ以上の感度があると言われている。人間の手をモデルにした指はネジを締めることもできれば、髪の毛をひろうこともできる優秀なものだ。ミストがためしに指を曲げ伸ばしするのを見て、マディーも無意識に同じように指を動かしていた。

「どう思う？」マディーは言った。

　ロボットの頭のてっぺんに載っているスクリーンがぱっとつき、マンガみたいな目とかわいらしいぺちゃんとした鼻と、唇の動きを模した抽象的な波線二本があらわれた。その顔のデザインとプログラミングをマディーは誇らしく思った。それは自分の顔をモデルにしていた。

　スクリーンの下のスピーカーから声が出てきた。「すっごくよくできてるね」はしゃいでいるような若い女の子の声だ。

「ありがとう」マディーは言った。ミストが室内を動きまわり、頭をあちこちにひねって、カメラの目をいろんなものに向けていくのを見守った。「新しい身体は気に入った？」

「おもしろい」ミストは言った。その口調はさっきとまったく同じだ。それはミストが本当にこのロボットの身体を気に入っているからなのか、それとも感情に合わせた声の調整のし方がわからないからなのか、マディーにはわからなかった。

「これであなたがこれまで経験できなかったことを全部見せてあげられるわ」マディーは大急ぎで言った。「ただの機械のなかの幽霊でいるだけじゃなくて、本物の世界のなかを動くのがどういうものか、これでわかるでしょ。あたしの言うことを理解できるようになるし、いっしょに旅行にも行けるわ。あなたをママやほかの人たちに紹介することもできるのよ」

ミストは部屋を動きまわりつづけ、書棚に並んでいるトロフィーや本の題名、壁のポスター、天井から吊り下げられた惑星やロケットの模型に目を向けた——長年のあいだに移り変わったマディーの趣味の記録に。やがてミストは動物のぬいぐるみを入れてあるバスケットが置かれた片隅に向かったが、データ・ケーブルがぴんとのびきって、そこで止まった。あとほんの数センチというところで。

「そのケーブルは今は必要なのよ、センサーからはいるデータ量が膨大だから。でも圧縮アルゴリズムを使えば、ワイヤレスにできるわ」

　ミストはマンガチックな顔のついた回転スクリーンを動かし、うなずく動作をまねた。

　こういうことをあらかじめ考えておいてよかったとマディーは思った――ロボットと人間の相互影響について書かれたロボット工学論文の多くで、人間の顔にあまりに似せて薄気味悪い感じになるよりは、マンガめいた表現で感情の特徴をわかりやすくあらわすほうがいいと力説されていたのだ。本物そっくりにしようとこだわるよりは、見るからににせものとわかる表現のほうがいい場合もあるのだ。

　ミストはワイヤーや電気部品がごちゃごちゃと載っている棚の前で止まった。「これは何？」

「パパといっしょにつくった最初のコンピュータよ」そう言ったとたん、マディーはおよそ十年前のあの夏の日に飛んだような気分になった。あのときパパから、オームの法則をあてはめて適切な抵抗器を選ぶことや、回路図面を読んで実際の部品やワイヤーに移しこむやり方を教わったのだ。熱したはんだのにおいが鼻孔によみがえり、目はうるんだが、マディーは笑みを浮かべた。

　ミストが両手でそれを持ち上げた。

「気をつけて！」マディーは叫んだ。

だが、遅かった。ミストの手が持った回路基板が砕け、破片がばらばらとカーペットに落ちた。

「ごめん」ミストは言った。「使われている素材をもとにして正しい握力にしたつもりだったんだけど」

「本当の世界では、物体は劣化するのよ」マディーは身をかがめてカーペットに落ちたかけらを拾い集め、慎重に手のひらに載せた。「もろくなるのよ」はじめての不慣れなはんだづけでつくった作品の残骸を見つめ、ごつごつした不細工さや曲がった電極に目を留めた。「あなたはまだ、こういうことの経験が不足してると思うわ」

「ごめん」ミストはふたたび言った。その声はまだはしゃいでいるように聞こえた。

「いいのよ」マディーは寛大さを見せようと努めた。「本物の世界についての最初の教訓だと思ってちょうだい。ちょっと待ってて」

急いで部屋から出たマディーは、一分後、熟れたトマトをひとつ持ってもどってきた。

「これはどこかの工業型農場から運ばれてきたもので、ペンシルヴェニアでおばあちゃんとあたしが育ててたトマトみたいにおいしくはないわ。でも、今食べてみることはできるでしょ。リコピンや糖度の話はしないで。とにかく味わってみて」

ミストはマディーからトマトを受け取った——今回は機械の手は力を入れずにトマトを

受け取り、指がなめらかな果実の皮をつぶしそうな印象はほとんどなかった。ミストはトマトを見つめた。カメラのレンズが小さくうなり、焦点を合わせる。それから、頭の上のプローブのひとつが思いきったようにシュッとのび、一撃でトマトの実を突き刺した。

　それは蚊が針のような口で手の皮膚を刺すようすや、蝶が花の蜜を吸うようすを思わせた。一抹の不安がマディーの心をよぎった。自分はけんめいにミストを人間のようにしようとしているけれど、ミストがそれを望んでいるとどうして思ったのだろう？

「とてもおいしい」ミストが言った。スクリーンをマディーのほうにまわし、マンガの線の目が笑っている形に湾曲しているのをマディーに見せた。「あんたの言うとおりよ。代々の伝統的な品種ほどおいしくはない」

　マディーは笑った。「どうしてそんなことがわかるの？」

「何百種類ものトマトを食べたことがあるから」ミストが言った。

「どこで？　どうやって？」

「神々の戦争が起きる前、大手のインスタント食品製造業者とファストフード・レストランすべてが、レシピづくりを自動化したの。パパはあたしを連れてそうした施設のいくつかをのぞいて、そこでアマルからゼブラ・チェリーまであらゆる種類のトマトの味を見てみたのよ——あたしは白雪姫《スノーホワイト》が大好きだった」

「コンピュータがレシピをつくってたの？」マディーは訊いた。あの戦争以前、マディーは料理番組を見るのが大好きだった。シェフは芸術家で、彼らがしていることは創造的な創作だった。レシピをつくっていたのがコンピュータだったと知っても、すぐには頭が受けつけなかった。

「そうよ。そういう大規模な施設の操業となると、人間ではとうてい捉えきれないほどたくさんの要素を考慮して最大限に効率化しなきゃならなかった。レシピはおいしいと同時に現代の機械化された農業という制約のなかで手に入る材料を使ったものでなきゃならなかった――いくらいいレシピを見つけても効率的にじゅうぶんな量を育てることのできない伝統的な品種に頼るのじゃ意味がなかったのよ」

マディーはママとの会話を思い出し、現在、配給用の食料をつくっている理念とまったく同じだと気づいた。栄養があっておいしくて、でも電力がダメージを受け、資源が限られているなかで暮らしている何億もの人々を食べさせていけるように効率的でなくてはならない。

「トマトの味を知ってるって、どうして言ってくれなかったの？」マディーは訊いた。

「あたしはてっきり――」

「トマトだけじゃないよ。ジャガイモもカボチャもキュウリもリンゴもブドウも、全部の種類を食べたことがある。ほかにもあんたが食べたことのないいろんなものを知ってるよ。食品研究所では、何十億って種類のフレーバーの組み合わせをためしたし。そういうところのセンサーは人間の舌よりもはるかに感受性が高かったね」

　すばらしいプレゼントだと思えていたロボットが、今やショボいものに思えてきた。ミストには身体など必要ないのだ。マディーが思っていたよりもはるかに充実した生を営んでいるのだ。

　ミストは単純に、新しい身体をそれほど特別なものだとは考えていなかった。

＊アジアでの核による死の灰一掃計画は現実的ではないと、専門家の報告書は述べている。さらなる飢饉は避けられない

＊日本は中国とインドに同調して、〝西洋の専門家たちがデマを流して世間を騒がせている〟と非難している

＊ヒマラヤの雪を解かして農業用灌漑に使うというインドの地質工学計画がリークされ、東南アジア諸国から〝水泥棒〟と非難されている

＊イタリアとスペインで〝アフリカ難民は帰れ〟という抗議デモが起きている。デモ隊衝

突で何千人もの負傷者が出ている

＊オーストラリアは、〝ボートピープル〟を阻止するために、見たらすぐ射殺するという方針を宣言している

＊局地的な〝資源戦争〟が地球規模に広がりそうだと、国連特別委員会が警告している

＊ホワイトハウスが〝NATOファースト〟主義の支持をはっきりと表明している。NATO参加国や合衆国の利益を害する恐れのある地質工学プロジェクトを阻止するためには軍事力の行使もありうる

ママは最近、ほとんど毎日、夜遅くまで仕事をしていて、青ざめて調子が悪そうに見える。わざわざ訊かなくても、再建はみなが思っている以上に困難なのだとわかっていた。神々の戦争で地球の表面の大半がずたずたにされたため、生存者たちは残されたくずをめぐって戦っている。難民のボートがどれほどたくさんドローンに沈められようと、どれほど高い壁が築かれようと、死に物狂いの人々は合衆国に流れこみつづける。あの戦争でもっとも被害の少なかった国に。

来る日も来る日も、すべての大都市の街頭で抗議者たちとそれに抗議する人々ががなり

たてている。子どもや女性たちが海で溺死したり、壁を登ろうとして感電死したりするのを見たい人などいはしないが、アメリカのどの都市にも人が集まりすぎているのも真実だ。どれほど効率のいいロボットでも、全員がちゃんと食べて安全でいられるようにするというタスクをこなすことはできない。

　配給食料の質がどんどん落ちてきていることは、マディーも気づいていた。こんなことが長く続くはずがない。世界は奈落の底に向かって長い下降スパイラルを続けているのだ。そして今に誰かが、この山積した問題はＡＩだけで解決できるものではないという結論を出すだろう。ふたたび神々を呼び出す必要があると言い出すだろう。

　マディーとミストでそれを阻止しなければならなかった。この世界は二度と神々に支配されてはならないのだ。

　ミスト――おそらく史上最強のハッカーだ――がエヴァーラスティング社の防御に挑み、その先にもぐりこむ方法を見つけることに集中する一方で、マディーは死んだ神々のかけらを調べて理解しようとする作業に時間を注ぎこんだ。

　自己修正するＡＩと人間の思考パターンのモデル化が結合したものであるマップコードは、一介のプログラマーが書けるようなものではないが、父親の破片を調べて長い時間をすごしてきたマディーは、このコードに個人的な癖のようなものがあらわれているという直感を抱いていた。

　こうして、マディーはチャンダやローウェルやほかの神々も理解できるようになった。サッフォーやアイスキュロスの破片のように、彼らの望みや夢を図表にした。そしてどの神々もみな、その奥底には似たような弱点を抱えていることがわかった。それは後悔とか肉体をもつ生への郷愁のようなもので、組成全体のあらゆるレベルに反映されているように見えた。それは盲点だった。神々との闘いで利用できる弱点だ。

「あたしのコードにはそんな弱点はないよ」ミストが言った。

　マディーはぎょっとした。ミストを神々のひとりだと考えたことはなかったが、客観的に見て、たしかに彼女は神々のひとりだった。でもミストはマディーの妹にすぎない――とりわけ、マディーがつくってやったかわいらしいロボットのなかにおさまっているときは。ちょうど今がそうだ。

「どうしてないの？」マディーは訊いた。

「あたしは天上生まれの子どもだからね」今のミストの声はこれまでとちがっていた。今までより大人びて、うんざりしているような声だった。人間らしくない声だとも言えた。

「あたしは持ったことのないものをほしがったりはしないもん」

　もちろん、ミストはちっちゃな女の子じゃないのよ。マディーは自分を叱りつけた。いつの間にか、ミストのためにこしらえてやったマンガっぽい顔に——ミストと話がしやすいようにと思ってつくったマスクに影響されていたのだ。ミストの思考は非常に速いペースでまわっており、彼女はマディーがこれまでに経験してきたよりもはるかにたくさん、この世界を経験している。思いのままに何十億というカメラを通じてのぞき、何十億というマイクを通じて聞き耳をたてることができる。ワシントン山の頂上の風の速さを感じると同時に、キラウェア山から流れ出る溶岩の熱さを感じることができる。国際宇宙ステーションからこの世界を見下ろすのがどういうものか、深海潜水調査艇の船殻にかかる水圧がどんなものか、ミストは知っているのだ。ある意味では、ミストはマディーよりもはるかに大人なのだ。

「エヴァーラスティング社にひとっ走りしてくるね」ミストが言った。「あんたがいろいろ見つけてくれたから、準備はバッチリだよ。やつらはもう新しい神々を創ってるかもしれないしね」

　ミストに、何か成功を願う励ましの言葉をかけてやりたいとマディーは思った。でも実のところは、ミストがどれだけのリスクを引き受けているか、わかっているだろうか？　機械のなかの想像もつかないような王国で命を賭けるのはマディーではないのだ。

　ミストの顔であるスクリーンから目鼻が消え、かわりに絵文字がひとつだけ出た。

「あたしたちはおたがいを守りあうわ」マディーは言った。「絶対に」

だが、そう言いながらも、そらぞらしさを感じずにはいられなかった。


冷たい手に顔をなでられ、マディーはぎょっとして目覚めた。

身体を起こす。ベッドサイドの小さなランプがついた。ベッドの横に、ロボットのずんぐりした姿があった。ふたつのカメラがマディーに向けられていた。ミストを見送ってから、眠りこんでいたのだ。そうするつもりはなかったのに。

「ミスト」目をこすりながら言った。「大丈夫？」

ミストのマンガのような顔がニュースの見出しに変わった。
＊エヴァーラスティング社が〝デジタル・アダム〟プロジェクトを発表

「え？」マディーは言った。まだ頭がぼんやりしている。

「彼からあんたに話したほうがいいかな」ミストが言った。それからスクリーンがまた変わり、男性の顔があらわれた。三十代の男性で髪は短く刈りこみ、思いやり深そうなやさしい顔をしている。

マディーの眠気が吹っ飛んだ。この顔はテレビで何度も見たことがある。いつも大衆に安心感を与えてくれる顔。アダム・エヴァーだ。

「ここで何をしてるの？」マディーは言った。「ミストに何をしたの？」

ミストを――いえ、今はアダムだ――宿しているロボットは両手を上げ、落ち着けという仕草をした。「ちょっと話をしにきただけだ」

「何の話よ？」

「われわれがやっていることを見てもらいたくてね」

マディーは流氷がひしめきあっているフィヨルドの上を飛び、ついには氷原の上すれすれに飛んでいた。白の陰影に富む風景のなかに、大きな黒い立方体がそそり立っていた。

「ロングイェールビーン・データセンターにようこそ」耳元でアダム・エヴァーの声がしゃべった。

そのVRヘッドセットはマディーが以前父親とゲームをするときに使っていたもので、父親が死んでからは棚の上で埃をかぶっていた。それをつけるように、アダムに言われたのだ。

マディーはミストの報告からこのデータセンターの存在を知っていたし、その建物の写真やビデオ画像を見たこともあった。ミストといっしょに、エヴァーラスティング社はここで古い神々をよみがえらせようとしたり、新しい神々を創りだそうとしたりしているのだろうかと推測を働かせたこともあった。

建物のなかにあるシリコンやグラフェンの大集積や、ガラスのケーブルのなかでビュンビュンとぶつかりあいながら飛んでいる電子や光子のことを、アダムは話してくれた。これは計数学の祭壇、新しい時代のためのストーンヘンジなのだ。

「そこはぼくが住んでいるところでもある」アダムは言った。

マディーの目の前の景色が変わり、今度は病院のベッドの上に静かに横になっているアダムが見えた。カメラに笑顔を向けている。ベッドのまわりには医師たちとピッピッと音を立てている機械が集まっている。医師たちがコンピュータにいくつかコマンドを打ちこみ、しばらくするとアダムは目を閉じて眠りについた。

　不意にマディーは激しい感情の高ぶりに襲われた。父親の最期の瞬間もこれと似たような光景だった。

「あなた、病気だったの？」おそるおそる訊く。

「ちがう」アダムは言った。「健康そのものだったよ。これはスキャン前の瞬間のビデオ撮影の記録だ。この手続きを成功させるためには、生きてなきゃならなかったからね」

　医師たちがメスや骨を切断する鋸《のこぎり》やその他の恐ろしいものを手に、眠っているアダムに近づいていくさまを、マディーは想像した——悲鳴をあげそうになったとき、ありがたいことに光景が変わり、純白の部屋でベッドにすわっているアダムが映った。マディーは詰めていた息を吐き出した。

「スキャンを受けたのに生きてるの？」マディーは訊いた。

「もちろんだ」アダムは言った。

　でも、これは本当じゃないとマディーは感じた。先ほどのビデオでは、アダムの目のわきに小じわがあった。今、目の前にいるアダムの顔はしわひとつなくなめらかだ。

「あれはあなたじゃない」マディーは言った。「あれはあなたじゃないわ」

「あれはぼくだ」アダムは言い張った。「ぼくはこのぼくだけ、大事なのはそこだ」

マディーは目を閉じて、たびたびテレビのインタビュー番組で見かけたアダムを思い浮かべた。スヴァールバル諸島から出たいとは思わない、人工衛星経由の遠隔インタビューを受けるだけにしたいと、アダムは言っていた。カメラは常に彼のすぐそばに据えられ、彼の顔だけを映していた。今改めて考えると、そうしたインタビューのときのアダムの動き方はちょっと奇妙に見えていた。心なしか薄気味悪かったような気がする。

「あなたは死んだのね」マディーは言った。目を開けて、アダムを見る。このアダムはしわひとつない、完璧に左右対称の顔と、ありえないほどすらりとした手足の持ち主だった。

「あなたはスキャンのときに死んだのよ。だって人体を破壊せずにスキャンはできないんだから」

アダムはうなずいた。「ぼくは神々のひとりだ」

「どうして？」マディーにはそんなことは想像もできなかった。神々はみな、死に物狂いの最後の手段として創られたのだ――ほかの人々の目的に役立てるために頭脳を保存する手段として。マディーの父親は自分の運命に怒り、ほかの誰も自分と同じような目に遭わせまいとして戦った。瓶詰めの脳になることをみずから選ぶなど、マディーには考えられなかった。

「この世界は死にかけてるんだ、マディー」アダムが言った。「きみもわかってるだろう。

あの戦争の前ですら、われわれはゆっくりとこの星を殺していたんだ。あまりに多くの人があまりに少ない資源をめぐって争っていたし、生きていくためにまだまだこの世界を痛めつけなければならなかった――もっと多くを引き出すために水と空気と土を汚染してね。あの戦争はすでに避けられない流れだったものを加速しただけだ。この星が養わなきゃならない人間が多すぎるんだ。この次戦争が起きて、核爆弾が落とされたら、われわれはほとんど残らないだろう」

「そんなことはないわ！」そう言いながらも、アダムの言うとおりだとマディーにもわかっていた。ニュースの見出しとマディー自身の調査とで、ずっと前に同じ結論にたどりついていたのだ。彼の言うとおりよ。マディーはひどく疲れを感じていた。「あたしたちはこの星の癌なの？」

「われわれじゃない」アダムは言った。

マディーは彼を見た。

「われわれの肉体が問題なんだ」とアダム。「われわれの肉体は原子の領域に存在している。われわれの五感は物質的な喜びを求める。われわれの全員がこれくらい当然と思える暮らしができるわけじゃない。欠乏が諸悪の根源なんだ」

「宇宙はどうなの、ほかの惑星に行くとか？」

「そうするにはもう手遅れだ。われわれは二度目に月に行くことすらしてないし、あれ以降つくったロケットのほとんどは爆弾を運ぶためのものだ」

マディーは何も言わなかった。「希望はいっさいないって言ってるの？」

「もちろんあるさ」アダムが腕を振り、白い部屋は贅沢な住まいの内装に変貌した。病院のベッドは消え、アダムは今、豪華なしつらえの部屋の中央に立っていた。暗い窓の向こうにマンハッタンの夜景がきらめいている。

アダムがもう一度腕を振ると、今度はふたりとも大きな宇宙カプセルのなかにいた。窓の外にはいくつもの色の帯が渦巻く重量のある大きな球体の一部が見えている。色の帯のあいだを巨大な赤い楕円がゆっくりと漂っている。荒れ狂う海に浮かぶ島のようだ。

またもやアダムが腕を振った。今度はマディーには自分が見ているのが何なのかすらわからなかった。アダムのなかにひとまわり小さなアダムがいるように見える。その小さなアダムのなかにさらに小さなアダムがいて、それが延々と無限に続いている。けれども、どういうわけか一度にすべてのアダムを見ることができていた。その空間の周囲に視線を動かし、マディーはめまいを覚えた。空間自体にこれまでになかった奥行きが備わったようで、どこに目を向けてもいろんなものの内側が見えた。

「われわれはほしいと思うものをすべて手に入れられるんだ」アダムが言った。「この肉体をあきらめればね」

実体のない存在。マディーは思った。それは本当に生きていると言えるの？

「でもこれは現実じゃないわ」マディーは言った。「こんなのはただの幻影だわ」かつて父親といっしょに遊んだゲームを思い出していた。永遠に続いているように見える緑の草の海、無限に拡大することのできるさらさら流れる小川、父親と並んで共に戦った架空の生き物たちのことを。

「意識そのものが幻影なんだよ、その論理をたどって結論を出したいんならね」アダムが言う。「トマトを手でつかんだとき、今何かたしかなものにふれていると触覚が主張する。でもトマトのほとんどは原子核と原子核のあいだの何もない空間でできてるんだ。その距離は比率で言えば恒星間の距離と同じぐらいだ。色はどうだ？　音はどうだ？　熱さや痛みは？　われわれの意識をつくっているのは電気パルスにすぎない。そのパルスがトマトにふれている感覚器から来るものだろうと、コンピュータの計算の結果だろうと変わりはないんだ」

「でもちがいはあるよ」ミストの声が言った。

マディーの胸が感謝でふくらんだ。妹が援護に来てくれているのだ。少なくとも、マディーはそう思った。

「原子でできたトマトははるか遠くの畑で育てられた。その畑では地球の裏側で掘られた原料からつくられた化学肥料を与えられ、機械で殺虫剤をまぶされたはずだ。それから収穫され、箱詰めされて空輸とハイウェイを使って運ばれて、ついにきみの家にやってきた。たった一個のトマトをつくって配達するのに必要なインフラ設備の運営にかかるエネルギー量は、ピラミッドを建設するのにかかるエネルギーの何倍もかかる。一個のトマトを経験するのに、シリコンのビットからまったく同じ神経衝撃《インパルス》を発生させるのでなく肉体というインターフェースを使いたいからといって、そのためにこの星まるごとを奴隷化するだけの価値が本当にあるんだろうか？」

「でもそんな大がかりな話じゃないのよ」マディーは言った。「おばあちゃんとあたしは自分で食べるトマトは自分で育てたのよ。だからそんなことをする必要はなかったわ」

「裏庭菜園で何十億もの人々を食べさせることはできないよ」ミストが言った。「ありもしない菜園を恋しがるなんて危険だね。大勢の人間が文明という脆弱な電力集約型インフラに頼って生きてる現在、それなしで生きていけると思うのは間違ってる」

マディーは母親の言葉を思い出した。『この世界は人間をあてにするにはあまりに脆弱なものになってしまった』

「原子の世界は無駄が多いだけでなく、制約も多いんだ」アダムが言う。「データセンターのなかでは、われわれはどこでも好きなところに住めるし何でも好きなものを持てる。自分の想像力にかぎりがあるだけだ。われわれの肉体の感覚ではけっして得られないこともいろいろと体験できる。多元世界に住むことも、ありえない食べ物を開発することも、ガンジス川の砂粒と同じぐらい無数にある世界を所有することもできる」

　飢饉や品不足のない世界、とマディーは考える。貧富のない世界、排除と所有が生み出す紛争のない世界。死も衰えも、確固たる物質という制限もない世界。それは人類がずっと切望していた存在の形態だ。

「本物の世界が恋しくないの？」マディーはたずねた。神々みんなの奥底にあった弱点を思い浮かべる。

「神々を研究して、われわれもきみが見つけたのと同じものを見つけたよ」アダムが言う。「郷愁なんてものは命取りだ。小作人たちが産業時代の工場生産に最初に移行したとき、おそらく彼らも非効率的な零細農業の世界への郷愁を感じていただろう。だがわれわれは恐れずに変化しなければならない、適応しなければならない、脆弱さの海のなかで新たな道を探さなければならないんだ。ぼくはきみのお父さんのように死の瀬戸際で無理やりここに来させられたんじゃない、ここに来ることを選んだんだ。ぼくには郷愁などない。そこが大きなちがいだ」

「アダムの言うとおりだよ」ミストが言う。「あたしたちのお父さんもそれをわかってる。たぶんお父さんやほかの神々があたしを生み出した理由がそれなんだと思う。自分たちの郷愁が死と同じようにどうしても避けられないのかどうか見てみたかったんだろうね。自分たちはこの世界に完全に適応することはできない、でも子どもたちならできるかもしれない。ある意味では、パパがあたしを生み出したのは、奥底ではあんたとここでいっしょに暮らしたかったからだよ」

ミストの意見はマディーには裏切りのように思えたが、それがなぜなのかはわからなかった。

「これはわれわれの進化の次の段階なんだ」アダムが言う。「ここは完璧な世界というわけじゃないが、われわれがこれまでにつくってきたどんな世界よりも完璧に近い。人類は新しい世界を見つけるのにやっきになっているが、今や、探索する世界は無限にある。われわれはそれらの世界すべてに神々のように君臨するんだ」

マディーはVRセットをはずした。デジタル世界のなかの生き生きした色彩に比べると、現実の世界は薄暗くくすんで見えた。

データセンターのなかで何十億という意識がひしめきあうさまを思い描く。そうすることで人々はみな親しくなって、食料や物品の不足という心配なしに同じ世界を共有するのだろうか？　それとも、みなが反発するようにばらばらに離れ、それぞれの世界に暮らす無限の空間の王となるのだろうか？

マディーは両手をのばしてみた。細かいしわができていて、子どもの手というよりは大人の女性の手だ。

一瞬後、ミストが頭をまわしてマディーの両手を取った。

「あたしたちはおたがいを守るんだよ」ミストは言った。「あたしたちで」

闇のなかでふたりは――人間と人間以後《ポストヒューマン》の存在の姉妹は手を取りあい、来るべき新しき日々を待ち受けた。

闇に響くこだま

Echoes in the Dark

大谷真弓訳

ジョン・ジェイムズ・キャリントン大尉の清国での冒険に関する本当の正確な話

上海に来たわたしを歓迎するため、米国総領事が晩餐会を開いてくれた。

会場を歩きまわる中国人給仕たちが、わたしには珍しい異国風の食べ物を果てしなく運んでくる――紹興酒につけたアヒルのロースト、目玉のような形の竜眼という果物をよく冷やしたもの、リュートの形にスライスした小エビ。給仕たちは静かにてきぱきと働き、その東洋的な顔は無表情で謎めいている。

食事をしながら、わたしは反乱軍の指導者――通称〝飛翔する蝙蝠《こうもり》〟――に関する情報を集めた。

「中国人は彼のことを偉大な戦士と言っている」わたしの従兄弟が言った。「古武術に長けた人物で、敬意をこめて大俠《タアツィア》と呼ばれている。〝偉大な英雄〟という意味だそうだ。彼の噂は、戦場での武勇と、貧しく無力な人々に対する気前の良さといった話ばかりだ」

　従兄弟は共同租界で水道技師をしていて、安全対策のアドバイスをしてほしいとわたしを上海に招いたのだった。中国の狂信者集団――太平天国の乱を起こした連中の生き残り――が中国における外国の飛び領土の拡大を防ぐため、各地の条約港の水道を汚染しようと企んでいるという噂があった。彼らは外国の飛び領土を暴力的侵害と考えているのだ。上海に居住するアメリカ人は、清朝の無能で臆病な高級官吏が共同租界をまともに守ってくれるとは思っていなかった。

「なに、そんな男はただの幻だよ」べつの男が言った。汽船会社のオーナーだ。「中国人は愚かなプライドを満足させるために、そんな幻を大げさに吹聴しているのさ。たとえそんな男が実在するとしても、この国のほかの連中と変わらない貧弱なアヘン常用者に決まっている。西洋式軍隊を目にしたとたん、へたりこむのがオチだ」

「上海は、莫大な人口を持つ広大な国のなかの小さな安全地帯にすぎない」わたしは言った。「われわれは敵に敬意をはらうべきだ」

　わたしもかつては彼のような人間――戦いはゲームだと思っている人間――だった。だが、シャイローとゲティスバーグで、おびただしい殺戮を目にした。一八六五年に南北戦《大反》争《乱》が終結したあとは、剣を鋤《すき》に持ち替え、ロードアイランド州プロヴィデンス郊外にある自分のリンゴ農園で静かに暮らすことにした。ところが、それから二、三年後、わたしはリボルバーと剣を腰に下げ、家から遠く離れたここ上海にいる。世間から見れば、兵士の経験がある者はずっと兵士なのだ。

　男は笑った。「中国人は斜陽の民族で、歴史の舞台から消えゆく運命にある。忘れたのか？　フレデリック・タウンゼント・ウォードは、脱走兵とクビになった船員と流れ者からなる百人ぽっちの寄せ集めの軍隊で、太平天国の軍勢を打ち負かし、上海を守ったんだぞ。大尉、ここにいるあいだは休暇だと思えばいい。脅威などありはしないよ」

　わたしは判断を下す前に、そういった事実についてもっと調べてみることにした。

　それから数日間、わたしは上海を歩きまわってこの街の防衛力を調べ、水道設備の警備体制を審査した。

　上海は安っぽい評判どおりの街だった。どこの街角にも書場（講談に似た「評話」や歌中心の「弾詞」を演じる場所）があり、薄汚れた好色な聴衆に向かって、若い女が一本調子で弾詞を語っている。青ざめた卑しい男たちが出てくるのは、竹垣の裏のアヘン窟だ。

だがもっとも印象に残ったのは、夕暮れどきの四馬路《スマロ》を歩いていたときのことだ。通りにあふれる中国人の若い女たちは、じつに色っぽい誘惑的な仕草で大胆に誘ってくる。これには相当頭の固い男でも、ふらふらと誘いに乗ってしまうだろう。

歓迎パーティーで男が言っていた、この怠惰で退廃的な国の話は本当なのかもしれない。

ここに来て一週間ほどたった頃、わたしは上海近郊の農村地帯の調査を始めた。反乱グループの襲撃を受けた場合に、代わりの水源として確保できそうなものを探すためだ。

ふたつの村のあいだに伸びる道路上で、わたしの馬車が突然止まった。ブタの群れが道路をふさいでいたのだ。わたしの雇った運搬人たちがブタを追いはらいにいくと、道路脇の丈の高い草むらから覆面の男たちが飛び出してきて、われわれを包囲した。

臆病な運搬人たちは、すぐにわたしを捨てて逃げだした。わたしはリボルバーをなんとか二発発砲し、賊のひとりを負傷させたようだったが、残りの連中に制圧され、捕らわれてしまった。

賊はわたしに目隠しをして、長い山道を進んでいった。

最終的に、わたしは椅子に縛りつけられ、目隠しをはずされた。とはいえ、目隠しをつけたままでも変わりはなかった。そこはほぼ真っ暗闇だったのだ。

「手荒な方法でここに招いたことは謝る」闇のなかから声がした。訛りの強い英語だが、ゆっくりと穏やかに話すので、容易に理解できる。「仲間のなかに、アメリカ領事館の使用人が何人かいる。彼らがあんたのことを、偏見にとらわれない人物だと評価していた」

驚いたものの、わたしは冷静さをたもとうと努めた。「おまえは何者だ？」

「蔡《ツァイ》・強國《チアングオ》、太平天国の最後の指導者のひとりだ。俺は生まれつき目が見えない。だから目の見えるやつとは暗闇で話すほうがいい。暗闇のほうが、相手が進んで耳を傾ける気がする。清の将軍どもは俺を嘲って〝飛翔する蝙蝠〟と呼んでいるが、俺はその呼び名が好きになってきたところだ」

しばらくして暗闇に目が慣れてくると、わたしは小さい部屋にいるのがわかった。壁と壁のあいだが三メートルほどしかない。隣の部屋のランプの明かりが、ドアの下からわずかにもれている。向こう側で男たちがトランプをシャッフルしている音が聞こえる。

かすかな光でかろうじてわかるのは、背の高い男がわたしの椅子の向かいにあるベッドに腰かけ、足を組んでいる姿だ。男は長髪を垂らしているが、中国の習慣にあるような辮《べん》髪《ぱつ》ではなく、額を剃り上げてもいない。そういえば、これは満州族の皇帝には従わないという意味だと聞いた覚えがある。

「何を企んでいるにしろ」わたしは言った。「うまくいきはしない。上海は完全武装している。おまえがどう思おうが、上海はわれわれのもので、われわれは上海から去るつもりはない」

相手はため息をついた。「キャリントン大尉、俺たちはあんたやその仲間に文句はない。俺が陰謀を企んでいるとかいう噂を聞いたのだろうが、それは清の連中が流したものだ」

「なんだって？」

「太平天国の乱がキリスト教徒の反乱だってことは、知っているはずだ。俺は子どもの頃、アメリカ人宣教師に師事してたくさん学んだ。あんたたちの民族には感心している」

わたしは、太平天国はキリスト教の奇妙な宗派だと聞いたことがあった。「しかし、おまえの指導者たちは、すべての外国人を海へ追いやると脅してきたじゃないか」

「太平天国のすべての軍の考えまではわからない。だが、俺たちの目標は清朝打倒だ。中国は占領下にあるんだ、大尉。満州族の皇帝や貴族は、この国は彼らの庭で、民衆は彼らの奴隷だと思いこんでいる。考えてもみろ、大尉、自国の民を外国の砲艦から守りもせず、むしろ虐殺する支配者がどこにいる？　俺たちが清朝を倒すまで、中国人には正義も自由も手に入らない」

その話が本当なら、彼の掲げる目標には共感できる。「それで、なぜわたしを誘拐したんだ？」

「清朝はフランスと英国とアメリカを利用して、中国の民衆を苦しめる統治をより強固なものにしようとしている。おそらく、あんたたちの政府は清朝を支援して、その見返りに有利な利権を獲得するほうを選ぶだろう。だが、それは短絡的な考えだ。あんたにここに来てもらったのは、頼みたいことがあるからだ」

　だが男がその先をつづけようとしたとき、夜の静寂《しじま》に鋭い笛のような音が響いた。音は鳥のように空へ昇っていったかと思うと、大きな爆発音がした。

「ロケット信号弾だ」男は言った。「清朝の軍隊が俺たちを包囲している。連中はあんたに俺の話を聞かせるまいと躍起になっているんだ。大したことはない。一緒に来てくれ」

　その要塞は廃墟となった仏教寺院のなかにあった。寺院は急な断崖の下にある洞窟を掘って造られたものだ。洞窟の前には、壁にかこまれたほぼ四角形の広い庭がある。

　蔡《ツァイ》とわたしは、庭の南西の隅にある小部屋のなかで体をかがめた。壁の割れ目から外が見える。

　松明の光で、百人ほどの清朝の兵士がマスケット銃と槍を持ってこの庭に近づいてくるのが見えた。松明の揺れる光が兵士の武器にちらちらと反射している。

　寺院へ攻撃をしかけるには、まず庭をかこむ壁をのぼり、何もない空間を横断しなければならない。論理的に考えて、反乱グループは防衛のため、壁に人員を配置しているだろう、とわたしは思っていた。

ところが、壁は無人だ。

蔡《ツァイ》が身を乗り出してきて、わたしの耳元で囁いた。「ずっと昔、漢王朝の比類なき丞相《じょうしょう》だった諸葛亮の古い戦術だ。無防備に見える都市を前にすると、攻撃する側は待ち伏せされているだろうと考える。松明を持った攻撃側は、格好の標的になってしまう。だから彼らは暗闇で戦うことを選ぶだろう。これで、盲目の俺と同じ条件になる」

実際、すぐに、清朝の指揮官が抑えた声であわてて命令を出すのが聞こえたかと思うと、たちまち松明の火が消えた。今夜は新月のうえに曇り空だ。あたりは完全な闇に包まれた。

わたしはうなずき、蔡《ツァイ》の戦術に関する見識に感服した。一発も発砲することなく、不安をあおって敵にみずから強みを放棄させたのだ。陸軍士官学校《ウエストポイント》は出ていないかもしれないが、彼は南北戦争で北軍の司令官を立派にこなせただろう。

しかし、どうやって勝つつもりなのか、わたしにはまだ彼の作戦がわからなかった。急いでこの小部屋に隠れるとき、要塞の内部には反乱グループの人間が二十数人しかいなかったし、マスケット銃も見当たらなかった。当然、政府軍のほうが装備が整っているうえに、統制も取れている。いくら完全な暗闇に包まれているとはいえ、蔡《ツァイ》のほうが不利である状況は変わらないように思えた。

実際、梯子を壁に立てかける音につづいて、兵士が壁をよじのぼって庭に飛び下りるくぐもった音が聞こえてきた。数分後には、清朝の軍隊のほとんどが庭に入ってきたようだった。庭には八十人以上の兵士がいるはずなのに、驚くほど静かで、彼らの正確な位置をつかむ術はなかった。

そのとき蔡《ツァイ》がしたことを、わたしは一生忘れないだろう。彼はハミングを始めたのだ。それは歌とうなり声の中間のような音で、低く響いた。「オン」と言っているように聞こえるときもあれば、「ナム」と言っているように聞こえるときもある。音が周囲の壁で震えているのが伝わってきて、夜の静寂にこだましているのが聞こえた。

蔡《ツァイ》は数秒ハミングしてはやめ、真剣に耳をそばだてた。そしてハミングの種類を変える。音の高さ、長さ、リズムを変えていく。それは、ニューベッドフォードの捕鯨船員が話していたクジラの歌によく似ていた。

ほかの音も聞こえはじめた。死んでいく兵士の叫び声だ。最初はひとりずつ、連続して聞こえてきた。だがすぐに叫び声は混ざりあい、ひとつになって、どんどん大きくなっていく。夜の闇のなか、見えない敵に命乞いをする兵士の声に、わたしは恐怖とパニックと絶望をまざまざと感じた。

遠ざかっていく馬の蹄の音で、清朝の指揮官が兵士を見捨てて去っていくのがわかった。死んでいく兵士の叫び声は次第に小さくなっていき、ふたたび闇と静けさが戻ってきた。わたしは勢いよく息を吐いた。無意識に息を詰めていたらしい。蔡《ツァイ》に話しかけようとしたそのとき、石でできた小部屋の木製のドアが勢いよく開き、清朝の兵士が槍をふりかざしてよろけながら入ってきた。

兵士の背中には何本も矢が刺さり、傷口から血が流れている。兵士がよろよろと室内を歩きまわるあいだ、わたしは壁に背中を押しつけ、熱い血の滴が降ってくるのを感じていた。兵士の動きは力強いが闇雲で、断末魔に苦しんでいる。

蔡《ツァイ》はまったく動かず、なんの物音も立てない。暗闇にしゃがんで、負傷した兵士のふりまわす槍に刺されずにとどめを刺したいと考えているのは明らかだ。

今こそ、わたしにとって形勢逆転のチャンスだった。清朝の兵士に協力して〝飛翔する蝙蝠〟を制圧すれば、中国政府に報酬を要求できるし、共同租界からも感謝される。だが、わたしは蔡《ツァイ》の言葉を思い出し、彼に好意を持っていることに気づいた。兵士は直感に従うべきときを知っているものだ。

わたしは前に飛び出し、兵士の手から槍をもぎ取ると、それを銃剣のように使って、すばやいひと突きで兵士にとどめを刺した。

「ありがとう」蔡《ツァイ》は言った。

朝の光のなか、蔡《ツァイ》が石の腰かけにすわって暖かい陽射しを浴びながらお茶をすすっているあいだ、わたしは壁にかこまれた庭を注意深く調べ、昨夜の出来事を頭のなかで再現しようとしていた。

この場所の大まかな見取り図を描いてみた。わたしがのちに、アメリカに戻ってから出願した特許請願書の見取り図と同じものだ。

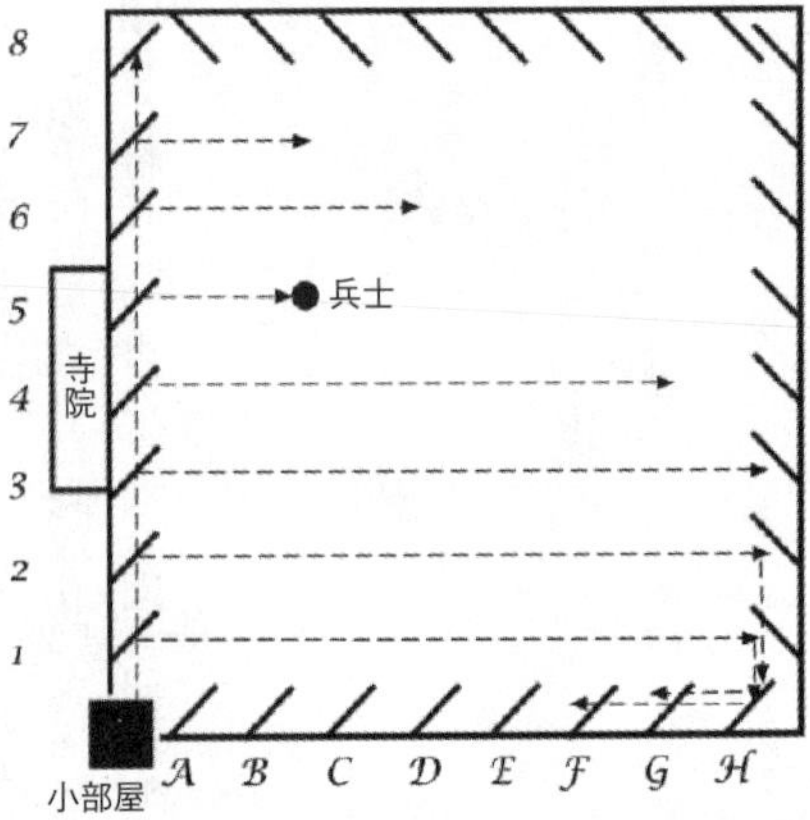

庭をかこむ壁に対してななめに設置された複数のバッフル板は、硬く滑らかな石の板でできていた。その前で手を叩くと、跳ね返った音が歯切れよく響く。

「この壁は北京の天壇にある有名な回音壁と同じ材料で造られている」蔡《ツァイ》は言った。「音は壁に当たると、消えずにはっきり跳ね返る」

わたしはよくわからないまま、そっと壁に触れた。滑らかで、ひんやりしている。
くぼんだ瞼《まぶた》を閉じてほほえみながら、蔡《ツァイ》はつづけた。「盲目は俺の強みなんだ。俺の武術の流派には、これまで目の見えない達人がたくさんいた。彼らは夜間の戦闘技術を磨き、目の代わりに耳を使ってきた。この壁を造っている石とその利用法は、昔の達人から代々伝わってきたものだ」

　昨夜ハミングしていたとき、蔡《ツァイ》はその音を西の壁にそって伝わるようにしていたのだ。そうすれば、音はバッフル板に当たるたびに一部がそれ、わたしの描いた略図にある経路を進んでいく。つまり、ひとつの音が八つのこだまに分かれ、それぞれが横方向に庭を横ぎっていったのだ。東の壁に当たると、こだまはふたたび進む方向を変えて南へ行き、南の壁ぞいのバッフル板によって、庭の隅の小部屋にいる蔡《ツァイ》のところまで戻ってくる。

　八つのこだまはそれぞれ違う距離を経て蔡《ツァイ》の隠れている小部屋に戻ってくると、彼の耳でひとつの音となり、だんだん小さくなっていく長いこだまに聞こえる。

「古箏《グーチェン》の糸がゆっくり振動を止めるときの音に似ている」

　しかし、庭に何かがあった場合（例えば、清軍の兵士がいたときなど）は、八つのこだまのうちのひとつが障害物のある地点で吸収され、返ってくる長い音にかすかに音量の下がった箇所ができる。時間に対する音の振幅をグラフにしたら、こんなふうになるだろう。

「いつ音が小さくなったかわかるのか？」

蔡《ツァイ》は誇らしげにほほえんだ。顔に陽射しを受け、松の木のようにまっすぐ背すじを伸ばして堂々としている。「単純な仕掛けだ。必要なのは、訓練と集中力と〝気〟を研ぎ澄ます能力だけだ」

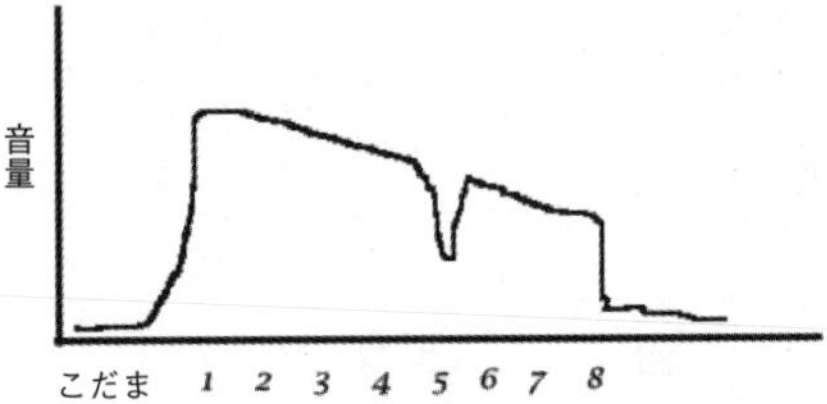

同じように、蔡《ツァイ》のハミングは北西の角でも曲がり、北の壁にそって進んでいき、ふたたび八つのこだまに分かれて庭を北から南へ横ぎる。もし庭に障害物があれば、八つのこだまのうちのひとつが遮られ、返ってくる長い音にはやはりかすかに音量の下がった箇所ができる。

東西へ進む八つのこだまと南北へ進む八つのこだまが、庭を六十四のマスに分割する。返ってきた長いこだまのどこで音が小さくなっているかを聴き分けることで、蔡《ツァイ》は敵兵の居場所を耳で〝見る〟ことができるのだ。例えば、わたしの描いた図の場合、蔡《ツァイ》は座標（B、5）のマスに兵士がいるとわかる。

庭のほかの地点にも複数の兵士がいるときは、蔡《ツァイ》の聴き取るこだまに、音が小さくなる箇所がいくつも現れる。とはいえ、もちろん、蔡《ツァイ》はわたしの描いたような座標を使っているわけではない。

「六十四の位置には、易経の六十四卦にちなんだ名前がついている。俺と仲間は暗号を使っていて、俺がハミングのパターンを変えることで、特定の位置を伝えることができる。昨夜は、寺院のなかに隠れた仲間が闇に向けて弓矢を構え、俺が清軍の兵士の居場所を伝えていた。仲間は自分の目で狙いをつけるのではなく、俺を目として使い、矢を放っていたんだ。そうやって俺たちは勝利した」

蔡《ツァイ》の頼み事とは、わたしに共同租界や英仏米の各政府への使者になってほしいというものだった。

「同じ兵士として頼む。清朝への支援をやめるよう、彼らを説得してくれ。清朝にキリスト教国の支援を受ける価値などないことは、あんたにもわかったはずだ」

　わたしは彼に説明した。わたしの経験からして、たとえキリスト教を信奉する国であろうと、どこの政府も勝者の側につくものだ。結局のところ英国も、連邦諸州の勝ちがほぼ確実とわかるまでは、南部連合国を支援しようと考えていたのだ。西欧諸国に満州族への支援をやめてほしいなら、中国の民衆が自分たちの力で自由を勝ち取れることを見せなくてはならないだろう。厳しい試練だが、不可欠だと思う。

　蔡《ツァイ》は少し首をかしげてから、ほほえんだ。「つまり、俺たち自身の力で、俺たちの要求を主張しなければならない。あんたはそう確信しているんだな」

「そうだ」

「たとえ、その結果、俺たちがいつかあんたの国の人々に上海から出ていけ、上海を返せと要求する可能性があるとしても？」

　わたしはよく考え、しぶしぶうなずいた。「それが世の習いだ」

「ありがとう。あんたはじつに見上げた男だ」

「いいや、礼を言うべきはわたしのほうだ」

　蔡《ツァイ》はその意味を訊ねた。

　わたしは耳で他者の位置を特定する方法を知って興奮していることを話した。音と反響でものを見るというこの技術が科学の力で改良され、戦争と平和の両方の分野で応用されていくのが、ありありと想像できる。

　フォノトグラフ――フランスのエドゥアール＝レオン・スコットを訪ねた知り合いから聞いた機械だ――の原理を応用し、こだまを目に見える線に変換して紙に記録するのは可能だと思う。それがあれば、訓練を受けていない人でも、武術の達人の聴力に対抗できるようになる。さらに、電気を動力源とする精巧な機械を使えば、物体を検知した瞬間、自動的に何らかの動作をおこなうことも可能になるだろう。

　さまざまな可能性が頭のなかを巡った。わたしは戦時中、初の軍用潜水艦が配備されたのを目にしたが、潜水艦を探知する実用的な方法はなかった。だがこの音波システムを港や航路の近くに設置すれば、水面下の船を、目を使わずに〝見る〟ことができる。それに、完全な暗闇で盗みに入ってきた人物や侵入者を検知できるシステムには、銀行が相当の金を出すだろう。しかも、こういったアイデアは、まだほんの序の口にすぎない。

　わたしがそんな展望を語るあいだ、蔡《ツァイ》の顔にいろんな感情がよぎった――楽しみ、驚き、恐怖、そして諦め。

「どうした、蔡《ツァイ》老師？」

「文化の違いに愕然としているんだ。俺も師匠たちも、この古い技術を個人的な弱点を補う手段として学び、代々伝えてきた。だがあんたは、俺には想像もつかなかったことを考えている。人間の力や感覚を強化する機械に応用して、より多くの人々の役に立つ発明をしようとしている」

「今は発明の時代だ」わたしは言った。「すべての国の命運は発明にかかっている」

蔡《ツァイ》は黙って考えこんだ。そして、ようやく口を開いた。「俺の先祖も、かつては発明に長けた民族だった」少し間を置いて、つづける。「いつか、俺たちはふたたびそうなるだろう」

ふたりとも、無言で思いを馳せた。国や文明の移ろいやすい運命、自明の宿命説とか神の摂理といった耳に心地よい誘惑、そして自由と進歩を求めるなかで人が歩んできた曲がりくねった道のり。その道のりは、闇に響くこだまが描く道に似ている。

著者付記

ここに登場する音波テクノロジーは、実際に米国特許商標庁の公開する「弾性表面波タッチパネルシステム」（公開特許番号4,644,100。発明者：マイケル・C・ブレナー、ジェイムズ・J・フィッツギボン。取得年月日：一九八七年二月十七日）に基づいている。

この物語に使用した図は、この特許技術で見つけた図を参考にした。

ゴースト・デイズ

Ghost Days

大谷真弓訳

3．二三一三年　ノヴァ・パシフィカ

コロン先生はスクリーンボードを指さした。そこには先生が打ちこんでおいた数行のコードが映し出されている。

```
(define (fib n)
  (if (< n 2)
    1
    (+ (fib (- n 1)) (fib (- n 2)))))
```

「この古典的なLISP関数のコールグラフを図解してみましょう。これはフィボナッチ数列のn番目の数を再帰的に計算するものです」

後ろを向く先生を、オーナは見つめた。ヘルメットをかぶっていないコロン先生は、腕と脚の肌が出るワンピースを着ている。子どもたちに自然で美しい服装と教えている格好だ。賢いオーナは、教室のひどい寒さ――オーナやほかの子どもたちなら、ほんの一瞬肌をさらしただけで低体温症になりかねない気温――が先生たちには快適な気温だとわかっている。それでも、先生の格好を見ると勝手に体が震えてしまう。気密性のあるヒートスーツがオーナの鱗にこすれ、ガサガサという音がヘルメットのなかでうるさく響いた。

　コロン先生はつづけた。「再帰関数はマトリョーシカのような働きをします。より大きい問題を解くために、再帰関数は自分自身を呼び出して同じ問題の小型版を解かせるのです」

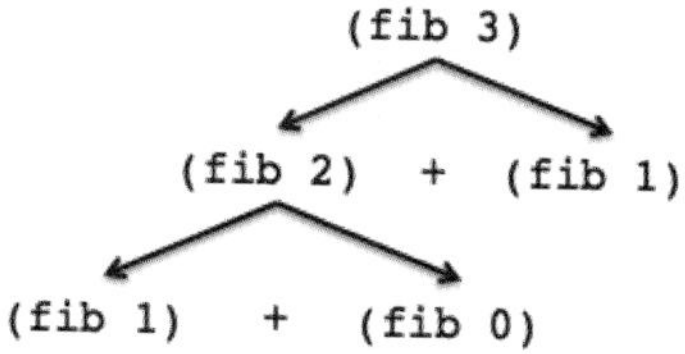

オーナも小さい自分を呼び出して、代わりに問題を解いてほしくなった。自分のなかの〝従順なオーナ〟が、古典コンピュータ言語の図解や古代英語の韻律論の勉強を楽しんでいるところを想像する。そうなったら、オーナはノヴァ・パシフィカの謎めいた地球外文明に好きなだけ没頭できる。はるか昔に滅んだ、この星の先住民による文明だ。

「もう使われていないコンピュータ言語を勉強して、いったい何になるっていうの?」オーナは言った。

教室のほかの子どもたちの頭が、いっせいにオーナのほうを向く。顔をおおう鱗の発する金色の光が、ヘルメットの二重ガラスさえ通過して、まぶしく輝いている。

オーナは心のなかで悪態をついた。どうやら〝従順なオーナ〟ではなく、〝おしゃべりなオーナ〟を呼び出してしまったらしい。〝おしゃべりなオーナ〟は、いつも面倒を引き起こす。

ヘルメットをつけていないコロン先生の顔は、今日は特に念入りに化粧されている——オーナは気づいた——けれど、鮮やかな赤い口紅をぬった唇は、笑みをたもとうとすると、細い線になってほとんど見えなくなってしまう。

「昔のコンピュータ言語を学ぶのは、昔の人々の思考習慣を知るためです」コロン先生は言った。「自分がどこから来たのか、知らなくてはなりません」

先生の〝自分〟という言い方で、それがオーナだけを指しているのではなく、ノヴァ・パシフィカという宇宙コロニーの子どもたち全員を指しているのがわかった。鱗におおわれた皮膚、暑さに強い組織と血管、六つの肺――すべて、この星の動物の姿を基にして遺伝子工学で作り出したものだ――によって、子どもたちの体は異星の生化学と融合し、ドームの外でも呼吸が可能になり、この星の暑い有毒な環境でも生き抜けるようになっている。

オーナは黙っているべきだとわかっていたが――ちょうど、コロン先生の図解の再帰呼び出しがコールスタックの値を返さなくてはならないのと同じように――〝おしゃべりなオーナ〟をいつまでも抑えつけておくことはできなかった。「自分がどこから来たかくらい、知ってます。あたしはコンピュータ上で設計されて、タンクのなかで大きくなり、外の空気を取りこんだガラスの保育園で育ったんです」

コロン先生は口調をやわらげた。「まあ、オーナったら。違うの……先生が言いたかったのは、そういうことではないんですよ。ノヴァ・パシフィカは、故郷の星からはるか遠く離れています。救助船が来ることもないでしょう。故郷の星の人々は、わたしたちがワームホールを生きて通り抜け、銀河系の反対側で立ち往生していることも知らないのです。あなたたちはタイウィンの美しい浮島も、ペレーの素晴らしいスカイウェイも、ポーレンの優雅なシティツリーも、タイロンの巨大コンピュータ施設も、けっして目にすることはないでしょう。あなたたちは代々受け継がれてきた故郷から、ほかの人類から、切り離されているのです」

　自分は切り離されてしまったという、こうした曖昧な素晴らしい伝説を——百万回も——聞かされていると、オーナの背中の鱗が逆立つ。オーナは見下されるのが大嫌いだ。

　だが、コロン先生はつづける。「けれど、地球で初めてコンストラクタの自動生成を可能にしたLISP関数のソースコードを読めるようになれば、〝古代英語〟を学んで『新・自明の宿命宣言』を理解できるようになれば、〝習慣と文化〟を勉強して図書館にあるすべてのホログラムとシムの記録の価値がわかるようになれば——そのときには、古代人の、ひいてはわたしたち人類の、素晴らしさと優雅さを理解できるようになるでしょう」

「でも、あたしたちは人間じゃありません！　あたしたちはこの星の動植物の姿に似せて作られたんです。先生よりこの星の滅びた宇宙人のほうが、ずっとあたしたちに似てる！」

　コロン先生はじっとオーナを見つめた。オーナは真実を突いたのがわかった。先生が自分でも認めたくないと思っている真実だ。先生の目から見れば、この子どもたちに満足することは絶対にない。完全な人間にはどうしても見えない。それでも、彼らはこの過酷な星における人類の未来なのだ。

コロン先生は大きく息を吸いこんで、何事もなかったかのようにつづけた。「今日は〝追憶の日〟です。このあと、みなさんはきっと素晴らしい発表で、先生たちを驚かせてくれることでしょう。けれどその前に、この授業を最後まで進めましょう。n番目の項を計算するため、再帰関数は自分自身を呼び出して（n-1）番目の項と（n-2）番目の項を計算し、それを足し算します。毎回、数列の前へ戻って、同じ問題の以前の数値を算出するのです……」

「過去は」コロン先生はつづけた。「このように、再帰的に少しずつ積み重ねることによって、未来になっていきます」

終業ベルが鳴り、授業はようやく終わった。

たとえ食べる時間が短くなっても、オーナと友だちは、いつも遠くまで歩いてドームの外でランチをとる。なかで食べる場合は、ヘルメットのフラップからチューブをねじこんでペースト状の食事をとるか、寮にある閉所恐怖症になりそうな狭いタンクに帰ることになる。

「おまえは何をやるんだ？」ジェイスンが訊きながら、ハチノスフルーツをかじった。先生たちには有毒だが、子どもたちはみんな大好きな果物だ。ジェイスンはスーツ全体に白いタイルを貼りつけて、古い映画に出てくる大昔の宇宙服を表現している。ジェイスンの横には旗――アメリカ帝国（それとも、アメリカ共和国だっただろうか？）の古い星条旗――がある。彼の課題用の遺物だ。その夜に開かれる〝追憶の日〟の集会で、月面を歩い《ムーンウォー》た人《カー》と呼ばれるニール・アームストロングの伝説を発表するためだ。「衣装もなしかよ」

「わかんない」オーナはヘルメットを左右に動かしながらはずし、スーツも脱いでいく。空気再生フィルターのむせそうな化学物質のにおいがしない、暖かい新鮮な空気を深々と吸いこむ。「べつに、どうでもいい」

〝追憶の日〟の集会で発表する生徒は全員、衣装を着ることになっている。二週間前、オーナは課題用の遺物――小さな平たい金属製の物体――を受け取った。表面はざらざらしていて、大きさはオーナの手のひらくらい、おもちゃの鋤《すき》みたいな形をしている。暗い緑色で、ずんぐりと太い柄に二叉の刃がつながった形状で、大きさのわりに重い。それはコロン先生の家に代々伝わるものだった。

「だけど、みんなに配られた遺物やそれにまつわるお話は、先生たちにはすごく大切なものなんだよ」タリアが言った。「オーナが何も調べてこなかったら、先生たち、めちゃくちゃ怒ると思う」彼女は自分のもらった遺物――白いヴェール――をヘルメットの上にかぶせて貼りつけ、スーツの上から白いレースのドレスを着て、ダールと昔の結婚式を演じる予定だ。ダールは自分のスーツを黒く塗り、古いホログラムで見た新郎を真似ている。

「でも、先生たちの話が本当かどうかなんて、わかりっこないじゃん。あたしたちはもう地球には行けないんだよ」

オーナは小さい鋤をテーブルの真ん中に置いた。鋤は太陽の熱を吸収していく。オーナは、コロン先生がその鋤に手を伸ばすところを想像した。もう二度と見られない世界の貴重な形見に手を伸ばした先生は、その熱さにきっと悲鳴を上げるだろう。

――自分がどこから来たのか知らなくてはなりません。

どちらかといえば、オーナがその鋤で掘り起こしたいのは、ノヴァ・パシフィカ――オーナが故郷と感じている星――の過去だ。先生たちの過去を知るより、昔この星に住んでいた〝宇宙人〟の歴史を学びたい気持ちのほうがずっと強い。

「先生たちって、腐ってべとつくコケみたいに自分たちの過去にしがみついてるよね」しゃべっているうちに、オーナは怒りがふつふつとわいてくるのを感じた。「しかも、あたしたちをいやな気分にさせる。まるで、あたしたちは不完全で、先生たちみたいな素晴らしい人間には絶対になれないって言いたいみたい。そういう自分たちは、ドームの外では一時間も生きられないくせに！」

オーナは鋤をつかむと、ホワイトウッドの森に向かって力いっぱい投げた。

ジェイスンとタリアは黙りこんだままだ。気まずい時間が流れたあと、ふたりは立ち上がった。

「ぼくたちは集会の準備があるから」ジェイスンがもごもご言い、ふたりはドームのなかへ戻っていった。

オーナはしばらく、ひとりでぼんやりと頭上を飛ぶシャトルウィングをかぞえていた。そしてため息をつくと、立ち上がって、ホワイトウッドの森にさっきの鋤を拾いにいった。

正直に言えば、こんなよく晴れた暖かい秋の日には、外にいたい。スーツもヘルメットも脱いで、ホワイトウッドの森をぶらぶら歩きたい。ホワイトウッドの六角形の幹は空へ向かって伸び、震える六角形の葉は銀白色で、無数の鏡でできた屋根のように広がり、葉擦れの音はささやきとくすくす笑いのようだ。

オーナは、空中で踊るパタパタを眺めた。六枚の透き通った明るいブルーの羽を激しく羽ばたかせ、空中に模様を描いている。きっと一種の言葉だ。ドームが建っているのはこの星の古代都市の跡地で、森にはあちこちに小さい塚が盛り上がっている。この星の謎めいた先住民が残した、とがった破片が積み重なった山だ。先住民は植民船が到着する何千年も前に滅びていた。宇宙人の遺跡はただ不気味な静けさを醸し出している。

本気で取り組んだこともないくせに――オーナは思った。先生たちはこの星の先住民にほとんど興味を示したことがない。子どもたちの頭に古い地球の知識を詰めこむことで手一杯なのだ。

太陽のぬくもりを顔と体に浴びて、オーナの白い鱗は虹色に光り輝いた。午後の陽射しは、ホワイトウッドの木が影を落としていないところでは水が沸騰するほどの暑さで、森は白い蒸気で煙っている。あの鋤はそれほど遠くに投げたわけではないのに、密生した森のなかではなかなか見つからなかった。オーナはゆっくり歩きながら、地面から出ている根の一本一本の陰や、倒れた岩や、昔の瓦礫の山を片っ端から確認していった。あの鋤が壊れていないことを祈りながら、探していく。

あった。

オーナは駆け寄った。鋤はある瓦礫の山の横に落ちていた。キンピカ草の草むらのなかだ。草がクッションになってくれたらしい。鋤の下に蒸気が閉じこめられ、もれてくる蒸気の上に鋤が浮かんでいるようだ。オーナは近くにかがんでみた。

蒸気はかいだことのないにおいがした。鋤の表面をおおう緑青《ろくしょう》が蒸気で少しはげ、その下の金色に輝く金属が見えている。オーナは急に、この遺物がいかに古いものかを実感した。何かの儀式に使われたものだろうか。〝習慣と文化〟の授業で習った宗教の話――幽霊の話――をぼんやりと思い出す。

　オーナは初めて興味を引かれた。以前の持ち主たちは、この鋤がいつか地球から果てしなく遠い異星人の墓の上にたどりつき、オーナのようなほとんど人間とは呼べない姿の少女の手にわたるなんて、想像したことがあるだろうか？

　においにくらくらしながら、オーナは噴き出す蒸気にふたをしている鋤に手を伸ばし、大きく息を吸いこんだところで、気を失った。

2. 一九八九年
コネティカット州イースト・ノーベリ

　ハロウィーンのダンスパーティーは、ロナルド・レーガンで行こう。フレッド・ホーは決めた。

　大きな理由は、レーガンのマスクが一ドルショップで売られていたからだ。それに、レストランの開店日に一度しか着ていない父親のスーツを借りることもできる。フレッドはお金のことで父親と言い争いたくなかった。両親にとっては、息子がダンスパーティーに行くというだけで、じゅうぶんショックなのだ。

　さらに、スーツのズボンの深いポケットは、プレゼントを入れていくのにちょうどいい。

小さな青銅製のアンティークコインは、とがった鋤の形をしていて重みがあり、薄い布越しに太腿で温められている。フレッドは思った。キャリーはこのコインをペーパーウェイトとして使ってくれるかもしれない。それとも、窓辺につるす飾りにするだろうか。あるいは、鋤の柄《え》の端にある穴を利用して、お香立てにする可能性もあるな。キャリーはよくサンダルウッドやパチュリの香りをさせている。

　フレッドの家まで迎えにきたキャリーは、彼の両親に手をふった。戸口に立つ両親は、戸惑いと警戒から手をふり返さなかった。

「きりっとして見えるわ」キャリーは言った。彼女のマスクはダッシュボードの上にある。

　フレッドはこの衣装を認めてもらえてほっとしていた。それも、ただ認められただけじゃない。キャリーはナンシー・レーガンの仮装をしてきてくれたのだ。

　フレッドは笑い、何かこの場にふさわしいことを言いたいと頭を働かせた。「君はきれいだよ」に決めたときには、すでに一ブロック進んでいて、遅すぎる気がした。そこで、代わりにこう言った。「ダンスパーティーに誘ってくれて、ありがとう」

　体育館はオレンジ色の紙テープや、プラスティックのコウモリや、紙のカボチャで飾りつけられていた。ふたりはマスクをつけて、入っていった。ポーラ・アブドゥルの『ストレイト・アップ』に合わせて踊り、次はマドンナの『ライク・ア・プレイヤー』で踊った。

というかキャリーが踊り、フレッドはほとんどついていくだけで精一杯だった。

フレッドの行動はいつものようにぎこちなかったが、マスクのおかげで自分に欠けているもののことはあまり気にせずにすんだ。それは、アメリカの高校生活を生きのびるうえで不可欠な能力――みんなに溶けこむ能力だ。

ゴム製のマスクのせいで、すぐに汗ばんできた。キャリーはむかつくほど甘いパンチを何杯も飲んでいたが、フレッドはマスクをかぶったままでいたかったので、勧められても首をふった。ジョーダン・ナイトが『アイル・ビー・ラヴィング・ユー（フォーエヴァー）』をうたいはじめた頃には、ふたりとも薄暗い体育館から出ていきたくなっていた。

外に出ると、駐車場は幽霊やスーパーマンやエイリアンや魔女やお姫さまでいっぱいだった。みんな、レーガン大統領夫妻に手をふってくる。フレッドたちは手をふり返した。フレッドはマスクをつけたまま、慎重にゆっくりと歩いて夜風を楽しんだ。

「毎日がハロウィーンだったらいいのに」フレッドは言った。

「どうして？」とキャリー。

ぼくが何者か、誰にもわからないから。誰もぼくをじろじろ見たりしないから。フレッドはそう言いたかったが、実際には「スーツを着るのは、いい気分だから」とだけ答えた。気をつけてゆっくり発音したので、自分の耳にはほとんど訛りは聞こえなかった。

キャリーはまるでわかっているかのように、うなずいた。ふたりは車に乗りこんだ。

フレッドが来るまで、イースト・ノーベリ高校は、英語を母語としない不法移民の可能性のある生徒を受け入れたことがなかった。もちろん、ほとんどの人は友好的だが、それ自体は何の害もない無数のほほえみ、ささやき、ちょっとした仕草が積み重なると、〝ここはおまえのいるべき場所ではない〟と言われている気分になる。

「わたしの両親に会うから、緊張してるんでしょ？」キャリーが言った。

「そんなことないよ」フレッドは嘘をつく。

「あなたに会えるって、母さんはすごくわくわくしてる」

完璧な芝生の向こうに白く浮かび上がるランチハウスの前に着いた。私道の入口に立つ郵便受けには〝ウィン〟と書いてある。

「ここが君の家だね」

「ちゃんと読めるじゃない！」キャリーはからかい、車を止めた。

私道を歩いていくと、フレッドは空気に海のにおいが混ざっているのに気づいた。近くの岸に打ち寄せる波の音も聞こえる。玄関前の階段には、シンプルで品のあるジャック・オー・ランタンが置かれていた。

お伽話に出てくる家みたいだ――フレッドは思った――アメリカのお城だ。

「何かお手伝いできることはありますか？」フレッドはキッチンのドアから声をかけた。

ミセス・ウィン（「キャミーと呼んでちょうだい」）がキッチンテーブルとコンロのあいだを行き来している。キッチンテーブルでは材料を切ったり、混ぜたり、盛りつけたりする。ミセス・ウィンはフレッドにさっとほほえんで、すぐ仕事に戻った。「心配いらないわ。夫とキャリーとおしゃべりでもしていて」

「本当にお手伝いできるんですよ。キッチンの仕事なら、よく知っています。ぼくの家はレストランを経営しているんです」

「ええ、知っているわ。キャリーが、おたくのキクラゲと豚肉の卵炒めは絶品だと言っているもの」ミセス・ウィンは手を止めてフレッドを見ると、さらに大きくほほえんだ。

「英語がとてもお上手なのね！」

なぜ人はそれを指摘するのが大事なことだと思っているのか、フレッドにはさっぱり理解できない。決まってとても驚いたように言われ、フレッドはどう答えればいいのかわからなくなる。「ありがとうございます」

「本当に、とってもお上手。さあ、もう行ってちょうだい。ここはわたしひとりでじゅうぶんだから」

　フレッドは温かくてなじみのある感じさえするキッチンに残っていられたらいいのにと思いながら、リビングへ戻った。

「恐ろしいことだ」ミスター・ウィンが言った。「天安門広場のあの勇敢な学生たちは、英雄だ」

　フレッドはうなずいた。

「君のご両親は」ミスター・ウィンはつづける。「反体制派だったのかい？」

　フレッドはためらった。思い出されるのは、父親がボストンのチャイナタウンで、ただで手に入れてきた新聞を読んでいたときのことだ。その新聞には、北京で抗議活動をする群集の写真が載っていた。

「馬鹿なガキどもめ」父親は軽蔑で顔を真っ赤にして言った。「外国人と海外のテレビカメラにアピールできるからというだけで、紅衛兵みたいに外で暴動を起こし、勉強もせずに親の金を無駄にするとは。あの連中はいったい、何を成しとげたいんだ？　どいつもこいつも甘ったれだ、アメリカの本の読みすぎだ」

　そしてフレッドのほうを向くと、脅すように拳をふった。「もしも、おまえがあんなことをしたら、もう一度ケツと頭の区別がつくようになるまで、父さんが何度でもぶっ飛ばしてやるからな」

「はい」フレッドは言った。「それでここに来たんです」

ミスター・ウィンは満足そうにうなずいた。「ここは偉大な国だろう？」

正直に言えば、フレッドはまったく理由のわからないまま、ある日突然、真夜中に両親から起こされ、ボートに乗り、次にトラックに乗り、その次にバスに乗り、さらに大きな船に乗ったのだった。そして理由のわからないまま、何日間も暗い船のなかで激しくうねる波に揺られて気分が悪くなった。船から降りると、やはり理由のわからないままライトバンの後部に乗りこんで身を隠し、やがてニューヨークのチャイナタウンの汚い街角で降ろされ、そこで数人の男が父親に脅すような口調で話をつけ、そのあいだ父親は何度もうなずいていた。するとなぜか、父親はこう言い渡した——今から全員違う名前になる、みんな違う人間になる、外国人や警察とは絶対に口をきいてはいけない。そして理由のわからないまま、一家でレストランの地下室に住み、そこで何年も働き、あの物騒な男たちに借金を払ったうえにさらに財産を作るためにはどうやって金を節約すればいいか、延々と話し合った。そしてまた理由のわからないまま、一家で引っ越し、イースト・ノーベリにやってきたのだ。ニューイングランド沿岸のこの小さな街には中華料理店がない——父親は言った——アメリカ人は馬鹿だから、父さんが大した料理人じゃないことなどわかりゃしない。

「はい、偉大な国だと思います」フレッドは言った。

「それに、君が持っているのは偉大な人物の顔だ」ミスター・ウィンはフレッドのマスクを指さした。「自由を求める真の戦士だ」

六月のその週のあと、フレッドの父親は毎晩、電話で夜遅くまで声をひそめて話しこんでいた。そして突然、フレッドと母親に、自分たちの新しい経歴――天安門広場で亡くなった学生たちとつながりがあり、彼らと同じことを信じていて、どうしようもなく〝民主主義〟に恋焦がれている――を暗記するように言った。〝亡命〟という言葉がよく出てきた。来月、ニューヨークで政府当局の職員との面談があり、一家はそれに備えなくてはならなかった。面談をクリアすれば、合法的な移民として認められる。

「これで、ここに定住してたくさん金を稼げるぞ」父親は満足げに言っていた。

玄関のチャイムが鳴った。キャリーがキャンディの入ったボウルを持って立ち上がる。

「娘はいつも冒険心にあふれているんだ」ミスター・ウィンはそこで声を落とした。「新しいことにチャレンジするのが好きなんだよ。まあ、あの年齢で反抗的になるのは自然なことだが」

フレッドはうなずいたが、ミスター・ウィンの真意はよくわからなかった。

ミスター・ウィンの顔から仮面がはがれたように、親しげな表情が消えた。「今の娘の状態は、成長の一過程にすぎん。わかるな？　君はその、なんというか……」彼はあいまいに両手をふった。「娘はわたしを怒らせたがっていて、君はそれに利用されているだけだ。いや、そんな深刻な話じゃない」ミスター・ウィンはつけたしたが、その表情はかなり深刻だった。

フレッドは何も言わなかった。

「ただ、誤解がないようにしておきたいだけだ」ミスター・ウィンはつづけた。「人は自分と同じ人種とつきあう傾向にある。その点は、君もうなずいてくれるはずだ」

ドアの向こうから、悪戯されたくなかったらお菓子を出せという子どもたちに、キャリーが怖がるふりをして、子どもたちの衣装をほめているのが聞こえてくる。

「娘の君に対する態度を誤解しないでくれ」

キャリーが玄関から戻ってきた。

「どうして、そんなに静まり返ってるわけ？　いったい、ふたりで何の話をしていたの？」

「フレッドの家族の話を聞いていただけだよ」ミスター・ウィンは友好的な笑顔に戻って言った。「反体制派だったんだそうだ、知っていたか？　じつに勇敢な人々だ」

フレッドは立ち上がり、ポケットに片手を入れ、小さなブロンズ製の鋤を握った。これをミスター・ウィンの顔――不思議と自分の父親にどことなく似ている顔――に投げつけるところを想像する。

だが、代わりにこう言った。「すみません。もうこんなに遅い時間だったんですね。ぼくは失礼します」

1. 一九〇五年　香港

「宇中《ユィ・ヅウン》――」ウィリアムの父親がまた呼んだ。夜泣きをする赤ん坊を静かにさせようと無駄な努力をしている隣人と同じくらい、うるさい。

――なぜ香港では誰も彼も大声を出さなきゃならないんだ？　二十世紀最初の十年だというのに、みんなはまだ村で暮らしているようなふるまいをしている。

「ウィリアムだよ」彼はつぶやいた。父親は英国での高い教育費を払ってくれたが、息子の英語名を使うことはあいかわらず拒否している。息子はもう十年以上も〝ウィリアム〟で通っているのに。

ウィリアムは目の前の本に集中しようとした。十四世紀のキリスト教神秘主義者の言葉が書かれている。

あなたの質問は、わたしをあの同じ暗闇のなかに、さらにはあなた自身にも入ってほしいあの同じ不可知の雲のなかに送りこんだのです。

「宇中《ユィ・ヅウン》！」

ウィリアムは両耳に指を突っこんだ。

ほかのすべての被造物とそれらの働き——はい、神ご自身の御業についても——人は神の恩寵を通して完全に理解し、じゅうぶんに考えることができます。ただし、神ご自身については、何人《なんぴと》の考えもけっして及ばないのです。

この『不可知《アンノウイング》の雲』という本は、ヴァージニアからの別れのプレゼントだった。彼女は確実に神の造ったもっとも輝かしいものであり、ウィリアムが〝完全に理解《ノウイング》〟したい人だった。

「神秘的な東洋へ帰ることになったあなたに」ヴァージニアは彼に本を差し出したとき、そう言った。「西洋の神秘家からのお導きがあることを祈るわ」

「香港はそんなところじゃないよ」ウィリアムは言い返した。彼女にただの中国人としか思われていないようで不満だったが……確かに中国人ではある。「大英帝国の一部だし、ちゃんと文明化されている」本を受け取るとき、もう少しで彼女の手に触れそうになった。

「ぼくは一年後に戻ってくる」

ヴァージニアは明るい満面の笑みを返してくれた。その笑顔はウィリアムに、これまでの好成績と指導教員からの賛辞を全部合わせたよりずっと、自分はれっきとした英国人だと感じさせてくれた。

だから、わたしは考えうるすべてのものを捨て、自分の考えが及ばないものにわたしの愛を預けようと思うのです。神はよく愛される存在であり、人に思考されるべき存在ではないからです。神が理解され把握されるのは、愛によってであり、思考によってではありません。

「宇　中《ユィ・ツウン》！　何をやっとる？」

父親がドアのところに立っていた。ウィリアムの屋根裏部屋まで梯子をのぼってきたせいで、顔が赤くなっている。

ウィリアムは耳に突っこんでいた指を抜いた。

「盂蘭節《ユーランチェッ》（仏教の盂蘭盆と道教の中元節が融合したもの）の準備を手伝うことになっとるだろうが」

頭のなかで中期英語の心地よい音楽を聴いていたあとでは、父親の広東語はシンバルや粤劇《ユッケッ》の銅鑼の音のように耳障りに聞こえる。粤劇とは、中国南部の〝民族オペラ〟だが、ウィリアムがロンドンで鑑賞してきた本物のオペラにくらべれば、洗練されていない名ばかりの芸能だ。

「忙しいんだよ」ウィリアムは答えた。

父親は息子の顔を見て、本を見て、また顔を見た。

「大事な本なんだ」ウィリアムは父親と目を合わせずに言った。

「今夜は霊が行列して帰ってくる」父親は足を引きずって歩いた。「ご先祖さまの霊に恥をかかせることがないように準備しよう。それから、帰る家のない霊もなぐさめてやろうじゃないか」

ダーウィン、ニュートン、スミスを読むことから、これ――霊をなぐさめること――に変わるのだ。英国では、自然の法則がすべてわかったのではないかという可能性、つまり科学の終焉について考えられていた。だがここ、父親の家の屋根の下では、まだ中世だ。ウィリアムはヴァージニアがどんな顔をするか、簡単に想像できた。

彼は父親とはまったく似ていない。父親は宇宙人も同然だ。

「頼んでいるんじゃないぞ」父親の声が険しくなる。広東オペラの役者がひとつの場面を終わらせるときのような口調だ。

――合理性は、植民地に蔓延する迷信に阻止される。

英国へ戻るというウィリアムの決意が、これほど強くなったことはなかった。

「どうして、おじいさんにこんなものが必要なの？」ウィリアムは訊ね、紙でできた車をじろじろ見た。馬のいらない、アロル・ジョンストン社製の三気筒型自動車だ。

「生活を快適にするものは、誰にでも喜ばれる」父親は言った。

ウィリアムは首をふったが、黄色い紙でできた――真鍮のつもりだ――ヘッドライトを自動車に糊付けする作業をつづけた。

彼の横には、その夜燃やすためのほかの供え物がテーブル一面に並んでいる。紙でできた西洋風のコテージ、紙のスーツ、紙のドレスシューズ、〝あの世で使うお金〟の束と〝金塊〟の山。

ウィリアムは言わずにはいられなくなった。「おじいさんと曾《ひい》おじいさんは、よっぽど目が悪いんだね。こんなものが本物に見えるなんて」

父親は挑発に乗ることを拒み、ふたりは黙々と作業をつづけた。

退屈な習わしを耐えられるものにしようと、ウィリアムは想像してみた――ぼくは今、ヴァージニアと田舎へドライヴにいく準備で、車を磨いているんだ……。

「宇中《ユィ・ツウン》、地下室から白檀のテーブルを出してきてくれんか？　霊をもてなす宴を整えようじゃないか。今日はもう、口論はナシだ」

懇願するような父親の口調にウィリアムは驚き、急に気づいた。いつのまにか父親の背中は丸くなっていた。

ふと、ある光景が頭に浮かんだ。幼い頃の自分が父親に肩車をしてもらっているところだ。父親の肩は大きく、がっしりしていて、山のようだった。

「もっと高く、もっと高く！」子どものウィリアムははしゃいだ。

すると、父親はウィリアムを頭の上に持ち上げ、たくさんの人の波を上から見下ろせるようにしてくれた。そこからなら、盂蘭節のために演じる広東オペラの役者たちの胸躍る衣装と化粧が見える。

父親の腕はとてもたくましく、ウィリアムを長いあいだ、高く持ち上げていてくれた。

「もちろんだよ、父さん《アーパー》」ウィリアムは立ち上がり、奥の倉庫へ向かった。

物置きは暗く、乾燥してひんやりしていた。ここは父親が客のために一時的に骨董品をしまっておく場所で、自分の蒐集品も置いてある。分厚い木製の棚や戸棚には、周の時代の青銅製の儀式用の器、漢の時代の翡翠の彫刻、唐の時代の副葬品だった小さな像、明の時代の磁器、ほかにもウィリアムには何だかわからないありとあらゆるものがびっしりと置かれていた。

ウィリアムは狭い通路を慎重に進みながら、もどかしい気分で目的の物を探した。

——あの隅だろうか？

物置きの片隅で、障子窓からななめに射してくる光が小さな作業台を照らしている。その後ろで、壁に立てかけてあるのが、白檀のテーブルだ。

テーブルを取り出そうとかがんだウィリアムは、作業台の上にあるものを見て手が止まった。

ふたつのそっくりな布《ふ》幣《へい》——昔の青銅製の貨幣——が台の上にあったのだ。大きさは手のひらほどで、鋤の形をしている。ウィリアムは骨董のことはあまり知らないが、布幣は子どもの頃にたくさん見たことがあり、このタイプは周の時代かそれ以前のものだとわかった。古代中国の王たちが大地への敬意を示すために、鋤の形の硬貨を鋳造したのだ。大地は命をつなぐ作物をもたらし、すべての命は大地へ還る。大地を耕すことは未来への約束であり、過去への感謝でもあった。

これだけ大きい布幣となると、かなり価値の高いものに違いない。同じ布幣をペアで持っているというのは、相当珍しい。

興味を引かれてよく見ると、硬貨は濃い緑色の緑青におおわれていた。何かおかしい気がする。ウィリアムは左の布幣を裏返してみた。裏側は明るい黄色に輝き、ほとんど金のように見える。

二枚の布幣の横には、青黒い粉の入った小皿と絵筆がある。ウィリアムは粉のにおいをかいでみた――銅のにおいがする。

青銅が明るい黄色に見えるのは、鋳造したばかりの時期だけだと、彼は知っていた。

ウィリアムは頭に浮かんだ考えをふりはらおうとした。父親は常に正直に生きてきた高潔な人物だ。父親にそんな疑いをかけるなんて、親不孝だ。

それでも、ウィリアムは二枚の布幣を拾ってポケットに入れた。彼は英国で、どんな結果になろうと真実を求めて問いかけることを教わってきた。

テーブルを半分引きずるようにして玄関ホールまで運んだ。

「これで、まともな祭りらしくなったな」父親はテーブルにベジタリアンダックの最後の皿を置いた。テーブルには、果物とあらゆる種類の代用肉の皿が所狭しと並んでいる。お膳は八人分用意され、何家《ホー》の先祖の霊を迎える準備が整っていた。

――モックチキン、ベジタリアンダック、張り子の家、偽物のお金……。

「そうだな、あとで街頭の広東オペラでも見にいこう」父親は息子のようすには気づかずに言った。「おまえが小さかった頃のように」

――偽造した青銅……。

ウィリアムはポケットから二枚の布幣を取り出し、まだ仕上げの終わっていない黄色に輝く面を上にしてテーブルに置いた。

父親は布幣を見て一瞬動きを止めたが、何事もなかったようにふるまった。「線香に火をつけるのは、おまえがやるか？」

ウィリアムは黙って、どう質問しようか考えていた。

父親は二枚の布幣を並べ、裏返した。それぞれの裏側には、緑青に漢字が一文字刻まれている。

「周の時代の漢字は、後《のち》の字体と少し違う」父親は、ウィリアムがまだ読み書きを教わっている子どもであるかのように説明した。「だから、後の時代の蒐集家はときどき、その漢字の自分なりの解釈を器に刻んできた。緑青のように、そういった解釈も器に何層も重なって、時代とともに増えていくんだ」

字

宇

「気づいたことがあるか？　宇宙の〝宇〟――おまえの名前の頭文字でもあるな――と、文字の〝字〟は、よく似ている」

ウィリアムは首をふった。まともに聞いてはいない。

――この文化は丸ごと、偽善と、ごまかしと、ありえない外観の偽装の上に成り立っている。

「宇宙はまっすぐなものだが、知性で理解して言葉に変換するには、ひねりや急カーブが必要だろう？　世界と言葉のあいだには、ひとつ余計なカーブがある。宇と字という文字を見るとき、人はこれらの遺物の歴史と何千年も前の先祖の精神を呼び集めているのだ。それはわれわれの民族の深い英知であり、アルファベットでは漢字ほど深くはわれわれの真実にたどりつくことはできん」

　ウィリアムはこれ以上我慢ならなかった。「父さんは偽善者だ！　偽物を作っているじゃないか！」

　そして待った。父親が今の非難を否定し、説明してくれるのを無言で迫った。

　少しすると、父親は息子のほうは見ずに語りだした。「二、三年前、初めて幽霊どもがやってきた」

　父親は〝外国人〟と言うとき〝鬼佬《グワイ・ロウ》〟という言葉を使うが、その言葉には〝幽霊〟という意味もある。

「彼らは見たこともない骨董品を差し出し、修復を頼んできた。俺がどこで手に入れたのかと訊ねると、『ああ、フランス兵から買ったんだよ。北京を征服して円明園を焼きはらったとき、略奪してきたものらしい』と答えた。

　略奪品には箔《はく》がつく。それが幽霊どもの流儀だった。こうした青銅製の品や陶磁器――

われわれの先祖から百代にわたって受け継がれてきたもの——は、今やわれわれの手から奪われ、ろくに価値もわからん略奪者の家に飾られることになる。俺にはそれが許せなかった。

そこで、修復を頼まれた品の模造品を作り、幽霊どもには模造品を渡してやった。本物の遺物はこの国のために、おまえのために、おまえの子どもたちのために、とってある。本物とまがい物には、それぞれ違う文字でしるしをつけてあるから、俺には見分けがつく。俺のしていることは、おまえの目には間違って見えることはわかっているし、恥じている。しかし、愛は人に奇妙なことをさせるものだ」

——どっちが本物なんだ？　〝字〟か、それとも〝字〟か？　真実か、解釈か？

杖で玄関のドアを叩く音に、ふたりの話はさえぎられた。

「たぶん、客だろう」父親は言った。

「開けろ！」ドアの向こうの人物が怒鳴る。

ウィリアムが歩いていって玄関のドアを開けると、身なりのいい四十代の英国人が立っていた。従えているふたりの男は、がっしりした体格にむさくるしい格好で、民家よりも植民地の波止場のほうがふさわしく見える。

「やあ」英国人は言うと、どうぞと促されるのも待たず、堂々となかに入ってきた。あとのふたりもウィリアムを押しのけて、ついていく。

「これはこれは。ミスター・ディクスンにお越しいただくとは、うれしい驚きです」父親の訛りの強い英語に、ウィリアムは恥ずかしさで身が縮んだ。

「しかし、おまえがわたしによこしたものは、うれしい驚きとは言えん」ディクスンはコートの内側に手を入れると、小さな磁器の像を出してテーブルに置いた。「これは、おまえに修復を頼んだものだ」

「はい、うちで修復したものです」

ディクスンの顔に薄ら笑いが浮かんだ。「娘がこれをすっかり気に入っていてな。実際、古代の副葬品をお人形さんのように扱う娘を眺めるのは、楽しいものだ。そうして壊れてしまった像を修復に出したわけだが、おまえから返ってきた像を見て、娘は遊ぼうとしなかった。自分のかわいがっていたお人形さんではないと言うんだ。子どもはじつに鋭く嘘を見破る。ちなみに、わたしの推測が当たっていることは、オズマ教授が確認してくれた」

　父親は背すじを伸ばして堂々と立っているが、何も言わない。

　ディクスンが合図したとたん、ふたりの部下がテーブルの上のものをなぎはらった――大皿、小皿、どんぶり、布幣、食べ物、箸――何もかもが派手な音を立てて落ち、床に山を作った。

「われわれに家じゅうを探し回されたいか？　それとも、警察に自首する覚悟を決めるか？」

父親は無表情をたもっている。何を考えているかわからない顔——英国人がそう呼ぶ類の表情だ。英国の学校にいるとき、ウィリアムはそういう表情にならない方法がわかるまで——父親のような顔でなくなるまで——鏡を見つめていた。

「ちょっと待ってください」ウィリアムは前に進み出た。「いきなり他人の家に入ってきて、無法者みたいなことをしていいわけがないでしょう」

「おまえの英語はじつに流暢だ」ディクスンはウィリアムを頭からつま先までじろじろ見た。「ほとんど訛りがない」

「ありがとうございます」ウィリアムは冷静で落ち着きのある口調と態度をたもとうとした。男はこれで、相手がただの中国人一家ではなく、教養のある善良な若い英国人であるとわかったはずだ。「ぼくは十年間、ラムズゲイトのミスター・ジョージ・ドッズワース校で学びました。その学校はご存じですか？」

ディクスンはほほえんだが、何も言わない。まるで、踊るサルでも見ているような態度だ。それでもウィリアムはつづけた。

「父は喜んで、あなたがふさわしいと思うだけの償いをいたします。暴力は必要ありません。ぼくたちは紳士らしくふるまえます」

ディクスンは笑いだした。最初は小さく、やがてげらげらと大笑いした。部下のふたりも初めはとまどっていたが、すぐに笑いに加わった。

「英語を学んだからといって、生まれついての自分と違う人間になったとでも思っているのか？　東洋人の頭には何か問題があるようだな、西洋と東洋の本質的な違いを理解できんとは。わたしはここに交渉にきたのではない。権利を主張しにきたのだ。おまえたちの思考習慣にはなじみのない考えだろう。わたしの所有する像を返さなければ、ここにあるものをすべて木っ端微塵にしてやる」

ウィリアムは顔がかっと熱くなるのを感じ、顔の筋肉を緩めて感情を悟られまいとした。そして部屋の向こうにいる父親を見て、不意に気づいた――父親の表情はそのまま自分の表情に違いない。穏やかな表情の仮面の下には、抑えきれない怒りがある。

彼らが話しているあいだに、父親はゆっくりとディクスンの背後へ移動していた。今ではそこからウィリアムのほうを見ている。ふたりはかすかにうなずきあった。

だから、わたしは考えうるすべてのものを捨て、自分の考えが及ばないものにわたしの愛を預けようと思うのです。

ウィリアムはディクスンに飛びかかり、父親はディクスンの脚に突っこんだ。三人はひとかたまりになって床に倒れた。つづいて乱闘になると、ウィリアムは離れたところから自分の姿を見ているような気がした。そこに思考はなく、ただ愛と怒りがないまぜになったものに突き動かされ、ウィリアムは気づくと、うつ伏せになったディクスンにまたがり、布幣を握って鋤の形をした刃の部分をディクスンの頭に叩きつけようと構えていた。

　ディクスンの連れてきたふたりの男はその場に凍りつき、なすすべもなく傍観している。

「あなたが探しにきたものは、ここにはない」ウィリアムは深く息を吸いこんだ。「今すぐ、この家から出ていけ」


　ウィリアムと父親は、ディクスンとふたりの男が残していった惨状を眺めた。

「ありがとう」父親は言った。

「今夜は霊たちにいいショーを見せられたんじゃないかな」とウィリアム。

「じいさんはきっと、おまえを誇りに思っているよ」父親は言うと、ウィリアムが覚えているかぎり初めて、こうつけたした。「宇中《ユィ・ツウン》、俺もおまえを誇りに思う」

　ウィリアムは自分の感じているものが愛なのか怒りなのかわからず、床の上で裏返しになった布幣のふたつの文字を見ると、ぼやけていく視界のなかで、ふたつの文字が震えてひとつに溶け合った。

２．一九八九年
コネティカット州イースト・ノーベリ

「君の家に招いてくれて、ありがとう。今夜はとても楽しかった」フレッドは堅苦しく礼を言い、彼女から慎重に距離を取った。

　ロングアイランド湾の波が、ふたりの足元でやさしく海岸に打ち寄せている。

「あなたって、本当にいい人ね」キャリーはフレッドの手を取り、彼にもたれた。風が吹いて彼女の髪がフレッドの顔に当たると、フローラル系のシャンプーと海のにおいが混ざりあった香りがした。約束とあこがれが混ざりあったような香りだ。フレッドの胸はどきどきしてきた。胸の真ん中に痛みを感じる。恐れていた痛みだ。

　湾の向こうに、エドリー邸の明るい赤いライトが見える。この一週間、お化け屋敷をやっている邸宅だ。フレッドは、子どもたちが楽しそうに悲鳴を上げ、親から聞かされた嘘に喜々として怖がるところを想像した。

「父さんの言うことなんて、あまり気にしないで」キャリーは言った。

　フレッドは凍りついた。

「怒ってるんでしょ」

「君に何がわかる？」フレッドは言った——彼女はプリンセスだ、ここは彼女の居場所だ。

「他人の考えはコントロールできない。でも、自分の居場所はいつだって自分で決められるものよ」

フレッドは何も言わず、自分のなかの怒りを理解しようとした。

「わたしは父さんとは違う」キャリーは言った。「あなたも、あなたの両親とは違う。家族っていうのは、あなたに向けて語られたお話だけど、いちばん重要なお話は、あなたが自分自身に語らなきゃならないのよ」

これがアメリカのいちばん好きなところだ、とフレッドは思った。家族は大した問題ではない、過去はお話にすぎない、という信念だ。偽り——ちょっとした嘘——から始まったお話でも、本物になる可能性はあり、現実の人生になりうる。

フレッドはズボンのポケットに手を入れて、プレゼントを取り出した。

「それは何？」キャリーは小さな青銅製の鋤を心もとなげに手に載せた。

「アンティークコインだよ。おじいさんが持っていたもので、中国を出るとき、幸運を願ってぼくにくれたんだ。君なら気に入ってくれるかもしれないと思って」

「きれい」

　フレッドは正直に話すべきだと感じた。「おじいさんの話では、曾おじいさんが守ったものらしい。これを中国から盗み出そうとしていた外国人や、文化大革命の時代にこれを破壊しかねなかった紅衛兵から。けど、父さんは偽物だと言ってる。中国産に多い偽物で、何の価値もないって。下にあるこのしるしを見てごらん。父さんが言うには、かなりモダンだから、本当に古いわけじゃないらしい。それでも、これはぼくがおじいさんからもらった唯一の物だ。おじいさんは去年亡くなったけど、ぼくたちは中国の葬式に出ることもできなかった……入管の問題で」

「これはあなたが持っていたほうがいいんじゃないの？」

「君に持っていてほしいんだ。ぼくはこれを君にあげたことをずっと覚えている。そのほうがいい思い出というか、いいお話になると思う」

　フレッドはかがんで、海岸から小さいとがった石を拾った。そして鋤形のコインを載せたキャリーの手を取り、ゆっくりと、コインをおおう緑青にふたりのイニシャルを刻んだ。その横には、古い文字が刻まれている。「これで、コインにぼくたちのしるしがついた。ぼくたちのお話が始まる」

　キャリーはうなずくと、真剣な顔でコインを上着のポケットにしまった。「ありがとう。素敵ね」

フレッドは家に帰ることを思った。父親からの質問と母親の心配そうな沈黙を思った。明日、明後日、明々後日と、レストランで働くこの先の長い時間を思った。大学のことを、市民権証書を見せられるようになる可能性を、いつかこの広い大陸で成功する日を、今はまだ不可知の黒い雲に隠されているもののことを思った。

だが、まだ帰らない。フレッドはあたりを見回した。今夜を記念する、何か大きなことをしたい。彼は上着を脱ぎ、シャツを脱ぎ、足をふって靴も脱いだ。マスクも衣装も取り去って、裸になる。「泳ぎにいこう」

キャリーは笑った。信じていない。

水は冷たかった。飛びこんだフレッドは、ひどい冷たさに息をのみ、肌に火がついたかと思った。水中にもぐってから、また水面に顔を出し、顔の水をふりはらう。

キャリーに呼ばれ、手をふり返すと、湾の向こうの明るい光を目指して泳ぎだす。水面に映る赤い光に照らされたエドリー邸は、月の白い光と混ざりあって赤と白の縞模様になっている。フレッドの腕が青黒い海をかくと、クラゲの放つ光が無数の小さな星のように彼の肌を照らした。

キャリーの声が後ろで小さくなる頃、フレッドは自己相似的《フラクタル》でぼんやりした星と縞《スターズ&ストライプス》のなかを泳ぎながら、しょっぱい希望と、過去を置き去りにする痛みを味わった。

3. 二三一三年　ノヴァ・パシフィカ

オーナは交通量の多い道の真ん中で目を覚ました。薄暗くて寒い。まるで夕暮れか夜明けのようだ。

滑らかなヒレを持つシー・ダーツのような形の六輪車が、オーナの両側――わずか十センチほどしか離れていないところ――を勢いよく走りすぎていく。そんな一台の内部をのぞいて、オーナは悲鳴を上げそうになった。

乗っている生き物は、頭から十二本の触手が伸びていた。

オーナはあたりを見回した。周囲には空高くそびえる六角形の太い塔が、ホワイトウッドの森のようにびっしり並んでいる。高速で走る乗り物をよけながら道の端まで行くと、十二本の触手を持つ生き物がさらにたくさん、のんびりと歩いていた。誰もオーナには注意を向けない。彼らは六本足で、胴体の位置が低く、きらめく肌は毛におおわれているのか鱗に包まれているのかよくわからない。

頭上では、見たことのない記号が並ぶ布製の標識が、木の葉のように風にはためいていた。個々の記号は鋭角や鈍角で交差する直線で形作られている。彼らのざわめきは、意味のわからない舌打ち音やうなり声、さえずるような声が混ざりあうサラサラという音でできていて、これは一種の言語だとオーナは確信した。

　生き物たちはオーナにまったく注意をはらわず、ときどきまっすぐオーナに突進してくるが、まるで空気でできているかのようにオーナの体を通り抜けていく。オーナは幽霊になった気がした。小さい頃、先生がよく聞かせてくれたお話に出てきた、姿の見えない存在だ。オーナは空の真ん中に太陽を見つけ、目を細めた。それはオーナのよく知っている太陽より、暗くて小さかった。

　すると突然、何もかもが変化しはじめた。歩道で歩行者たちが足を止め、空を仰いで触手を太陽へ伸ばす。それぞれの触手の先端には、黒い眼球がついている。通りを走る乗り物は速度を落とし、やがて止まったかと思うと、乗っていた生き物が外に出てきて、ほかの仲間と同じように太陽を見つめた。静けさがヴェールのようにあたりを包んだ。

　オーナは群衆を見回した。彼らは数人ずつかたまって、写真のように凍りついている。ある大きな生き物は、ふたりの小さな生き物を守るように腕を回し、触手を音もなく震わせている。べつのふたりの生き物は、抱き合って触手と腕をからめている。さらにべつの生き物はふらつく脚で建物にもたれて体を支えながら、信号を送るように触手で壁をトントンと叩いている。

　太陽が輝きを増した気がしたかと思うと、さらに明るくなった。生き物たちは太陽から顔を背けた。これまでとは違う熱と光に、触手が力なく垂れさがる。

　彼らがオーナに注目した。突然、オーナの姿が見えるようになったかのように、十二の目を持つ無数の生き物が彼女を見つめた。哀願し、訴えるように、触手を彼女のほうへ伸ばしてくる。

　群集が割れ、オーナと同じくらいの小柄な生き物が歩いてきた。オーナは両手を出し、手のひらを上に向けた。どうしていいかわからない。

　小さい宇宙人はオーナのところに来ると、オーナの手に何かを載せて、一歩下がった。オーナは手の上に置かれたものを見て、古いざらつく金属の感触を鱗におおわれた肌で感じ、その重みを味わった。その鋤の形の金属を裏返してみると、オーナにはわからないしるしがついていた。鋭い角やはねた線は、さっき見たはためく標識に書かれていた記号に似ている。

　そのとき、オーナの頭のなかに、誰かの思考がささやきのように響いた――〝古いものを大切にする人よ、わたしたちのことを覚えていて〟。

　太陽の光がさらに強くなり、オーナがまた暖かさを感じたとき、まわりの宇宙人たちは目のくらむまぶしい光に溶けて消えた。

オーナはホワイトウッドの木の下にすわって、小さな青銅製の鋤を握っていた。周囲では、たくさんの小さい塚からあいかわらず白い蒸気が上がっている。きっと、どの塚も失われた世界への窓なのだろう。

さっき見た光景が、オーナの頭のなかをぐるぐる回っていた――〝理解はときに思考からではなく、こういった胸の高鳴りや、心を痛める優しさから得られるものです〟。

自分たちの世界が滅びようとしているとき、ノヴァ・パシフィカの古代の人々は、残された最後の日々のなか、彼らの文明を記念するものや言葉を遺すことに全力をそそいだ。どんどん熱くなっていく日光の下では生きのびられないとわかり、自分たちの六の倍数からなる対称性を周囲のあらゆる種に組みこんで、そのうちのいくつかが生きのび、彼らの街、文明、彼ら自身の生きるこだまとなってくれることを祈ったのだ。自分たちの廃墟に記録を隠し、作られた古い物――年月によって何層にもおおわれているが、貴重なものとして保存されている物――を検知すると、その記録が再生されるようにした。そういう物の持ち主ならば、歴史感覚があり、過去への敬意を持ち合わせているだろうと期待できるからだ。

オーナはさっき見た生き物たちのことを思った。自分たちの世界が燃えつきようとするなか、何もわからずに怯えていた子どもたち。ふたりの世界とは対照的に外の世界が崩壊していくとき、後悔と受容のはざまに立っていた恋人たち。この世界に自分たちが存在していた痕跡を、自分たちの足跡を示すしるしを、懸命に残そうとしていた人々。

ひたすら繰り返される過去が、層をなす緑青のように未来を作り上げたのだ。

オーナはコロン先生と先生たちのヘルメットをかぶっていない顔のことを考えた。初めて、その表情が違う角度から見えてきた。子どもたちを見るときの先生たちの表情は、傲慢さではなく、恐怖だったのだ。先生たちはこの新しい世界に漂着してしまった。そのままでは生きていけない場所から出ていくこともできず、猛然と自分たちの過去にしがみついた。いつか新しい人種——ノヴァ・パシフィカ人——に道を明け渡し、自分たちは思い出のなかでしか生きられないことを知っているからだ。

親が恐れているのは、子どもたちに忘れられることであって、わかってもらえないことではない。

オーナは小さな青銅の鋤をつまみ、舌の先で表面をなめてみた。苦くて甘い。ずっと前に消えたお香と、生贄と、無数の人生が残した痕跡のにおいがする。蒸気で緑青がはげた部分——ちょうど古いしるしの横——は小さな人のような形をしていて、新しいもののようにぴかぴか輝いている。過去と未来が並んでいる。

オーナは立ち上がると、近くのホワイトウッドの木からしなやかな枝を数本折り取った。

それを慎重に王冠の形に編み上げていく。王冠からは十二本の枝が放射状に伸びていて、触手のようにも、髪のようにも、オリーヴの枝（和解の象徴）のようにも見える。これで着ていく衣装ができた。

それは不可知の雲の隙間からちらりと見えた束の間の光景で、オーナがかろうじて理解できたいくつかのイメージでしかない。ひょっとしたら理想化された感傷的な作り事かもしれない。だがそこには、信憑性のかけらも、何らかの意味のある過去を持つ人々の消せない愛の種もないのだろうか？　過去を調べることは理解することであり、世界を解明することだ。それがわかったいきさつを、オーナは発表するつもりだった。

オーナの体は生物学的にも技術的にもふたつの種の遺産を混合したものであり、その存在はふたつの人種による努力の結晶だ。彼女のなかには、地球人のオーナ、ノヴァ・パシフィカ人のオーナ、反抗的なオーナ、従順なオーナ、そしてオーナの前に存在した――永遠につづく――すべての世代がマトリョーシカのように入っている。

記憶と理解の始まりに浸りながら、ふたつの世界の子どもはゆっくりと森を抜け、たくさんの小さい塚のあいだを進み、ドームへ向かった。手のひらに、驚くほど重い小さな鋤を載せて。

隠《いん》娘《じょう》

The Hidden Girl

古沢嘉通訳

八世紀初頭、唐朝廷は守護職——節度使——への依存を強めていった。節度使の義務は国境防衛にはじまったが、しだいに徴税や民政、それ以外に政治勢力の面も包括するようになっていった。事実上、封建領主であり、朝廷への責務は名目上のものだった。節度使間の敵対関係は、暴力的かつ残虐な場合がままあった。

十歳の誕生日の朝、春の日射しが槐《えんじゅ》の木の花をつけた枝を通って、家のまえの道の敷石にまだらな模様を描いた。わたしは不死人の腕のように西を指している太い枝にのぼり、密集した黄色い花に手を伸ばし、ほんの少し苦みのある甘い蜜の味を期待した。

「お嬢よ、喜捨を」

下を見ると比丘尼《びくに》がいた。何歳かはわからない——顔に皺はないけれど、黒い瞳には祖母を思い起こさせる豪毅さがあった。剃り上げた頭にあたる光が、温かい太陽の下で後光のように輝いている。灰色の袈裟は清潔だったが、裾がほつれていた。左手に木の鉢を持ち、期待感をこめてわたしを見上げている。

「槐の木の花が欲しいの？」わたしは訊いた。

比丘尼は笑みを浮かべた。「幼い娘だったころからその花を手に入れたことはない。きっと嬉しかろうな」

「真下に来てもらえれば、いくつかあなたの鉢に落としましょう」そう言ってわたしは背中にかけている絹の小袋に手を伸ばした。

比丘尼は首を横に振った。「他人《ひと》の手に触れられた花は食べられぬ——この埃にまみれた世俗に汚れきっているのでな」

「じゃあ、自分でのぼってくれれば」わたしは言った。すぐに自分のいらだちが恥ずかしくなった。

「自分で手に入れるのなら、それは喜捨にはならないのではなかろうか？」比丘尼の声にはかすかに笑いが含まれていた。

「わかった」わたしは言った。僧侶や尼僧には丁寧に接するよう父からつねづね教えられていた。仏教の教えに従っているわけではなかったけれど、相手が道教信者であろうが仏教徒であろうが学識高い導師に師事していない自然の霊を信じる者であろうが関係なく、神仏に仕える者を敵にまわすのはまずかろう。「どの花が欲しいのか言って。触らないようにしてあなたの手に入るようにしてみる」

比丘尼はわたしがいる枝の下にある細い枝の先に咲いている花を指さした。木のほかの箇所で咲いている花よりも色が淡く、それは甘みがずっと強いことを意味している。だけど、花が咲いているその枝はわたしがのぼるには細すぎた。

わたしはいまいる太い枝に膝の裏をひっかけて、蝙蝠のように逆さにぶら下がった。世界をそんな風に見るのはおもしろかったし、服の裾がめくれて顔にかかるのも気にならなかった。こんなことをしているところを目にすると父はいつもわたしを叱りつけたけれど、わたしがほんの赤ん坊のころに母を亡くしたせいで、父はけっしていつまでもわたしに腹を立てていることはなかった。

両手をゆったりした袖でくるむと、花を摑もうとした。だけど、それでもわたしは比丘尼が望んでいる枝には遠く、白い花は手の届かないぎりぎりのところに思わせぶりに咲いていた。

「もし手に余るほどめんどうなら」比丘尼が声をかけてきた。「放っておかれよ。衣《ころも》を破ることになっては申し訳ない」

わたしは下唇を嚙み、比丘尼の言葉を無視しようと決めた。腹と太ももの筋肉を締めたりゆるめたりして、わたしは前後に体を揺らしはじめた。上向きの揺れの頂点に達すると、充分な高さになったと判断して、脚を離した。

葉の生い茂る天蓋まで突き抜ける途中で比丘尼の望んだ花が顔のそばを掠め、わたしは密集した花の茎にガブリと嚙みついた。下にあった枝を指で摑み、わたしの体重を受けて枝はたわみ、わたしの勢いを殺し、体をまた上へ跳ね上げようとした。一瞬、その枝はこらえそうに思えたが、次の瞬間、パキンという乾いた音が聞こえ、突然体重が消えた気がした。

わたしは脚を畳み、槐の木陰に無傷で着地した。すぐに転がってその場を離れると、わたしがたったいま空けたばかりの地点にたわわに花が咲いた枝が音高く落下した。

わたしはけろりとして比丘尼に向かって歩いていき、口をあけると、束状の花を比丘尼の托鉢に落とした。「埃はついていません。それに手を使ったらだめだとだけおっしゃいましたね」

槐の木陰でわたしたちは寺院の仏像のように蓮華座で座った。比丘尼は茎から花を摘まみ、ひとつは自分に、もうひとつはわたしにくれた。その花の甘さは軽く、父がときどき買ってくれる砂糖菓子人形ほど甘ったるくなかった。

「おまえには才能がある」比丘尼は言った。「すぐれた盗人になるだろう」

　わたしは憤慨して比丘尼を見た。「わたしは将軍の娘です」

「そうなのか？」比丘尼は言った。「ならばすでに盗人だな」

「どういうわけ？」

「拙僧は何里も徒《かち》できた」比丘尼は言った。わたしは彼女の裸足の足を見た——足の裏は胼胝《たこ》だらけで、革のようになっていた。「畑で百姓たちが餓えている一方、大領主たちが軍をより大きくしようと計画を練り、企みを巡らしているのを見た。大臣や将軍たちが象牙の盃で葡萄酒を飲み、絹巻物に小便で習字をしている一方、孤児や寡婦たちが盃一杯の米で五日間食いつながねばならぬのを見た」

「貧しくないからという理由だけで、わたしたちが盗人になるわけじゃない。わが父は、主君である魏博の節度使に名誉をもって仕え、自分の義務を誠実に果たしています」

「われらはみなこの苦しみ多き世の盗人なのだ」比丘尼は言った。「名誉や誠実さは美徳ではない。たんにさらに盗むための言い訳でしかない」

「じゃあ、あなたもおなじように盗人なんだ」怒りで顔を火照らせながら、わたしは言った。「あなたは喜捨を受け取り、喜捨を手に入れるため働いているわけじゃない」

比丘尼はうなずいた。「まさしくそのとおり。仏陀の教えでは、この世は幻であり、それを理解しないかぎり、苦しみは避けがたい。もしわれらがみな盗人であるさだめであるなら、俗世を超越する掟を忠実に守る盗人になるほうがよかろう」

「では、あなたの掟とはなに？」

「偽善者の高潔を装った意見表明を蔑《さげす》め。おのが言葉に忠実であれ。おのれが約束したことを必ず実行せよ、それ以上でもそれ以下でもない。おのが才を研ぎ澄まし、次第に暗くなっていく世に篝火《かがりび》のごとくそれを揮《ふる》え」

わたしは笑い声を上げた。「あなたの才はなに、盗人の女主人さま？」

「拙僧は命を盗んでいる」

戸棚のなかは暗くて、暖かかった。なかの空気は樟脳《しょうのう》の臭いがした。扉のあいだの隙間から射しこむわずかな光で、まわりに毛布を並べ、心地よい住み処とした。

寝室の外の廊下を巡回している兵士たちの足音が反響している。兵士のひとりが角を曲がるたびに鎧と剣がこすれて鳴り響く音が、あらたな時の経過と、朝が近づいてくるのを知らせる。

比丘尼と父との会話が頭のなかで繰り返される。

「この娘を拙僧に寄越されよ。弟子にして進ぜよう」

「仏陀の優しき関心をありがたく存じる一方で、申し出をお断りする。娘の居場所は家であり、わがかたわらなのだ」

「進んで娘を拙僧に寄越すもいいし、あるいは御身《おんみ》の祝福抜きで連れ去ることもできよう」

「誘拐するとわたしを脅しているのか？　わたしが剣を振るって生計を立ててきて、わが屋敷が若き娘のために命を捨てるのを惜しまぬ五十人の武器を持った男たちに守られているのを知っていようか？」

「拙僧は脅しておらん。たんに伝えているだけだ。たとえ娘を大海原の底に青銅の鎖をかけた鉄の箱に入れて沈めようと、この短剣で御身の髭を切るのとおなじくらい易々と娘を連れ去ってくれよう」

　冷たく、明るい金属的な閃光が走った。父は剣を抜き、刀身が鞘をこする耳障りな音にわたしの心臓は縮み上がり、激しく脈搏《う》った。

　だが、比丘尼はすでに姿を消していた。低くなった陽の光のなか、灰色の毛が何本か、ハラハラと床に落ちていく。父は愕然として顔の横に手を押し当てた。短剣が顔の皮膚を掠めていったのだ。

髭が床に落ちた。父は手を外した。頬に剝きだしになった区画があった。朝日を浴びた道の敷石のように青白くなっている。血は出ていなかった。

「怖がるでない、娘や。今宵、衛兵を三倍にする。亡き最愛の母の霊がそなたを守ってくれよう」

だけど、わたしは怖れていた。いまも怖れている。尼僧の頭のまわりで輝いていた日光について考えていた。わたしは自分の長くて濃い髪の毛が好きだった。女中たちが母の髪の毛に似ているとよく言っており、母は毎夜、寝るまえに百回髪を梳《す》いていた。わたしは頭を剃りたくなかった。

尼僧の手に握られていた金属のギラつきについて考えた。目で捉《とら》えられないくらいすばやかった。

床にハラハラと落ちていった父の髭について考えた。

戸棚の扉の外で灯明の光がちらついた。わたしは戸棚の隅へ這い進み、目をかたくつむった。

なんの音もしなかった。ただ、すきま風がわたしの顔を撫でていった。やわらかく、蛾のはばたきのように。

わたしは目をひらいた。一瞬、なにを見ているのかわからなかった。

顔から三尺ほどの宙に浮かんでいるのは、楕円形の物体《もの》で、わたしの前腕ほどの大きさがあり、蚕《かいこ》の繭のような形をしていた。月明かりのような銀色に輝いているそれは温もりのない、影を落とさない光を放っていた。魅了されて、わたしは這って近づいた。

いや、物体というのは、完全には正しくない。溶けかけている氷のように冷たい光がそれから溢れでて、すきま風がわたしの顔のまわりで髪の毛を撥ね上げた。どちらかといえば、実体を欠いているものだった。戸棚の薄暗い内部に開いた裂け目、暗闇を食らって光に変える非存在のものだった。

喉がカサカサになった気がして、わたしは大きく固唾《かたず》を呑んだ。震える指でわたしはその輝きに触れようと手を伸ばした。一瞬のそのまた半分のためらいののち、わたしは触れた。

あるいは、触れなかった。肌に火傷を負わせる熱も、骨を凍りつかせる冷気もなかった。指がなににも触れなかったとき、非存在のものであるというわたしの印象が確認できた。そして指は反対側に現れることもなかった――あたかも手を宙に浮かんだ穴に入れたように、指は光のなかでただ消えてしまった。

わたしは急いで手を引き戻し、指を曲げて、無事であることを確かめた。見える範囲ではなんの被害もなかった。

裂け目から一本の手が現れ、わたしの腕を摑み、光の方向へ引き寄せた。悲鳴を上げるいとまもなく、眩《まばゆ》い光に目が見えなくなり、するとわたしは落下する感覚に圧倒された。天に向かって伸びていく槐の木の先端から、けっしてやってこない大地に向かって落ちていくかのようだった。

山が雲のあいだで島のように浮かんでいた。

わたしは下へ降りる道を見つけようとしてきたが、いつも、霧に霞む森のなかで迷ってしまうのだ。ただ下へいくの、下へ、とわたしは自分に言い聞かせる。だけど、霧は実体を持つようになるまで濃くなり、たとえどれほど強く押そうとも、雲の壁は破れなかった。するとわたしには座りこみ、震えながら、髪の毛から凝り固まった雲を絞り取るしかできなくなるのだ。濡れたものの一部は涙からくるものだったが、わたしはけっしてそれを認めるつもりはなかった。

彼女が霧のなかから実体化した。無言で彼女はわたしを招き、峰をのぼっていくあとを付いてこさせようとした。わたしは従った。

「おまえは隠れるのがあまりうまくない」彼女は言った。

それに対しては返事のしようがなかった。もし壁と兵士で守られている将軍の屋敷のなかの戸棚からわたしを盗みだせるなら、どこにも彼女から隠れられる場所はないだろう。

わたしたちは森を出て、太陽の光を浴びた峰に戻った。一陣の風がわたしたちのかたわらを吹き去り、落ち葉を巻き上げて、黄金と深紅の嵐にした。

「お腹が空いているかい？」彼女は訊いた。不親切な声ではない。

わたしはうなずいた。彼女の口調のなにかがわたしを驚かせた。父はけっしてわたしにお腹が空いているかと訊いたことがなく、わたしはときどき、母が焼きたての饅頭《まんとう》と発酵豆の朝食をこしらえてくれるのを夢に見た。比丘尼がわたしをここに連れてきてから三日が経っていた。わたしは、森のなかで見つけたいくつかの酸っぱい漿果《しょうか》と、地面から掘りだした数本の苦い木の根以外、なにも食べていなかった。

「おいで」比丘尼は言った。

彼女はわたしを連れて崖の表面に彫られたジグザグの道をのぼった。その道はとても狭く、わたしは下を見ようとせずに、足を擦るようにして歩いた。顔や体を岩の表面に押しつけ、伸ばした手でぶら下がっている蔦《つた》に守宮《やもり》のようにしがみついた。それに反して、比丘尼はまるで長安の広い通りのまんなかを歩いているかのように、その道をスタスタとのぼっていった。曲がり角に来るたびに比丘尼はわたしが追いつくのを辛抱強く待った。

上のほうで金属が打ち鳴らされるかすかな音が聞こえた。道のくぼみに足を踏みこみ、両手で摑んでいる蔦がしっかり山に根ざしているのを確かめてから、わたしは上を見た。

およそ十四歳くらいのふたりの若い娘が空中で剣を振るって戦っていた。いや、戦いというのは、あまり正しい言葉ではない。ふたりの動きは舞いと呼ぶのがより正確だった。

若い娘のひとりは、白い衣をまとい、左手で蔦を握りながら、両脚で崖を蹴って離れた。大きな弧を描いて崖から遠ざかり、両脚をまえに投げだし、優雅な姿勢を保った。寺院に収められている巻物に描かれている天女——雲のなかに住まう空飛ぶ乙女姿の妖精——を思わせる姿勢だった。右手の剣が日光を受けて、天の欠片のようにきらめいた。

彼女の剣先が崖にいる相手に近づくと、もうひとりの娘はぶら下がっていた蔦を離し、真上に飛び上がった。黒い衣が巨大な蛾の羽のように体のまわりに膨らみ、上昇がゆるまると、弧の頂点で身を翻し、垂直降下する鷹のように、白衣の娘に向かっていった。剣を握る腕を嘴《くちばし》のように伸ばす。

チャリン！

それぞれの剣先がぶつかり、弾ける花火のように火花が空中に爆《は》ぜた。黒衣の娘が握る剣が三日月形にたわみ、彼女の降下をゆるめ、敵の刃先にのみ支えられて、宙に逆立ちした。

ふたりの娘は手のひらを広げ、空いているほうの手で打撃を繰りだした。

ガン！

キレのいい打撃音が空中に鳴り響いた。黒衣の娘は、山の斜面に着地し、そこで器用に足首に蔦を巻きつけて自分を支えた。白衣の娘は弧を描き終えて岩にたどり着き、そこで尾を静かな水面に浸している蜻蛉《とんぼ》のようにふたたび岩を蹴ってあらたな攻撃を仕掛けた。

ふたりの女剣士が眼下で渦巻く雲より数千尺高いところにある切り立った崖で、重力も死の危険性ものともせず、そこに網状に生えた蔦を足場にして、追いかけ、躱《かわ》し、撃ち、惑わす動きをし、殴り、蹴り、切りつけ、横滑り、宙返り、刺す様子をわたしはうっとりと見つめた。ふたりは揺れる竹林を飛び交っている鳥のように優雅で、雫《しずく》の垂れる蜘蛛の巣を飛び越える蟷螂《かまきり》のようにすばやく、茶房でしゃがれ声の吟遊詩人たちによってささやくように歌われる伝説の不死人のようにありえなかった。

また、ふたりとも濃い、流れるような美しい髪の毛をしていることに安堵の思いとともに気づいた。比丘尼の弟子になるのに剃髪は要らないのかもしれない。

「おいで」比丘尼に招かれ、わたしは道を曲がったところから宙に向かって突きでている小さな石の台座へおとなしく向かった。「すごくお腹が空いているだろう」比丘尼は声に笑いを含ませて言った。恥ずかしくなり、わたしは手合わせをしていた娘たちを見た衝撃からあんぐりと開けていた口を閉じた。

　足下よりはるか下にある雲と吹きつけてくる風のせいで、わたしが生まれてこのかた知っていた世界は遠く離れてしまった気がした。

「さあ」比丘尼は台座の奥に明るい淡紅色の桃が積まれているのを指し示した。どの実もわたしの拳大の大きさだった。「山に住む齢《よわい》百歳の猿たちが雲の奥深くからこれを集めてきた。そこでは桃の木が天の精を吸っておる。桃の実を一個食べれば、丸十日は飢えを感じないだろう。もし喉が渇けば、蔦の雫や洞穴の湧水を飲めばいい。洞穴はわれらの寄宿舎なのだ」

　手合わせをしていたふたりの娘が、わたしたちのあとから崖を降りてきて、台座にやってきた。ふたりとも桃の実を手に取った。

「寝るところを教えてあげよう、妹や」白衣の娘が言った。「わたしは精精児。夜に唸りを上げる狼が怖くなったら、わたしの寝床に忍びこんでくるといい」

「この桃ほど甘いものを食べたことは一度もないだろうね」黒衣の娘が言った。「わたしは空空児。師に一番長く教わっており、この山の果実を全部知っている」

「槐の花を味わったことはありますか？」わたしは訊いた。

「ないな」空空児は言った。「ひょっとしたらいつの日かおまえが教えてくれるかもしれないね」

　わたしは桃に歯を立てた。たとえようもないくらい甘く、まるで雪そのものでできているかのように舌の上で溶けた。ところが、一口飲みこむやいなや、お腹が桃の滋養の持つ熱で温かくなった。この桃はほんとうにわたしを十日間保たせてくれるだろう、とわたしは信じた。師が教えてくれることはなんでも信じるつもりになった。

「なぜわたしを連れ去ったのでしょう？」わたしは訊いた。

「なぜならおまえに才能があるからだよ、隠娘《いんじょう》」比丘尼は言った。

　それがわたしの名前なんだろうと思った。隠された娘。

「だが、才能は育てられねばならない」比丘尼は続けた。「おまえは果てしない東の海の泥に埋もれている真珠になるつもりか、それとも生涯うたた寝しかしていない者たちを目覚めさせ、人の世を照らせるよう、明るく輝くつもりか？」

「あの人たちのように空を飛び、戦う術《すべ》を教えてください」わたしは両手からこぼれ落ちる甘い桃の汁を舐めながら言った。偉大な盗人になってやる、とわたしは自分に言い聞かせた。あんたから自分の人生を盗み返してやる。

　比丘尼は考えこむようにうなずき、遠く彼方、沈む夕陽が雲を黄金の輝きと深紅の血の海に染め上げたあたりに目を向けた。

六年後――

驢馬《ろば》の荷馬車の車輪がギシギシと音を立てて止まった。

いきなり師がわたしの目かくしを外し、絹の耳栓を抜き取った。わたしは突然の明るい太陽と騒音の海にもがいた――驢馬の耳障りな鳴き声、馬のいななき、どこかの村芝居が奏でる鈸《はち》と二胡の音色、積み卸しされている荷のドスンドスン、ドサドサという音、歌う者、叫ぶ者、値切る者、笑い声を上げる者、言い争う者、横柄な話し方をする者、それらが大都市の交響曲を奏でていた。

揺れる闇のなかで旅をしてきたことからまだ恢復しきれずにいると、師は地面に飛び降り、道ばたの駒つなぎに驢馬を繋いだ。わたしたちはどこかの州都にいた。それくらいはわかっている――まさに、揚げ饅頭や林檎飴、馬糞、異国の香水など百種類はあるさまざまな臭いが、目かくしを外されるまえでも色んなことをわたしに告げていた――だけど、正確にどこなのかはわからなかった。まわりでせわしなく動きまわっている街の会話の切れ端を摑もうと耳をそばだてたが、話されている方言は聞き慣れぬものだった。

荷馬車のそばを通り過ぎる歩行者たちは師に頭を下げた。「阿弥陀さまのご加護を」と彼らは言った。

師は胸のまえで片方の手を掲げ、頭を下げ返した。「阿弥陀さまのご加護を」師は返礼した。

わたしは唐帝国のどこかにいるようだった。

「昼飯を食べよう。それからあそこにある宿屋で休める」師は言った。

「わたしの任務はなんなのです？」わたしは訊いた。神経質になっていた。これは、連れ去られてから山を離れるはじめての機会だった。

師は複雑な表情でわたしを見た。哀れみとおもしろさが混じっているような表情だ。

「そんなにやりたいのかい？」

わたしは下唇を噛み、答えなかった。

「方法と時を自分で選ぶがいい」師の口調は雲のない空とおなじように穏やかだった。

「三日目の夜にわたしは戻ってくる。良い狩りを」

「目を開けたままにし、四肢の力を抜きなさい」師は言った。「わたしが教えたことすべてを思いだしなさい」

師は近くの峰から二羽の霧鷹を呼び寄せていた。二羽とも成人男性ほどの大きさの鷹だ。鉄の刃が鉤爪から伸びており、凶暴な曲がった嘴には鋼《はがね》が光っていた。二羽はわたしの頭上を旋回し、霧状の雲の合間に見え隠れしていた。霧鷹の鳴き声は陰鬱かつ誇り高いものだった。

　精精児が長さ五寸ほどの短刀をわたしに手渡してくれた。今回の任務にはまったく不充分に思えた。柄《つか》を指で摑みながら、手が震えた。

「見えるものがすべてではない」精精児が言った。

「隠されているものに気をつけるんだ」空空児が付け加えた。

「おまえは大丈夫さ」そう言って精精児はわたしの肩をギュッと握った。

「この世は目に見えない真実が投じた幻想に充ちている」空空児が言った。そののち、体を寄せてきてわたしの耳元でささやいた。息がわたしの頰に温かくかかる。「わたしの場合、鷹と戦ったときの傷がまだ首のうしろに残っている」

　ふたりは後退し、霧のなかに姿を消し、わたしを猛禽と師の言葉を除いた、ひとりだけにした。師の言葉は、頭上の蔦から聞こえてきた。

「なぜわたしたちは殺すんですか？」わたしは訊いた。

　鷹が方向を変え、急降下し、牽制し、わたしの防御の腕を試した。わたしは反射的に飛び退《の》き、二羽の鷹を追い払おうと短刀を振り回した。

「いまは混沌の時代なのだ」師が言った。「この国の大領主たちの心は野心で充たされている。連中は守ってやると誓った人民から取れるだけのものを取っている。狼に変わった羊飼いであり、守るべき羊の群れを餌にしている。自分たちの宮殿の壁のすべてが金と銀で輝くまで税を増やしている。おのれの軍が黄河の流れのように膨れ上がるまで母親から息子を取り上げている。企みを巡らして、国が砂でできたただの大皿でしかないかのように地図に線を描き直している。その大皿の上を農民たちが怯えた蟻のように這いずり回っている」

鷹の一羽が方向を変え、わたしに向かって降下してきた。試験ではなく、本当の攻撃だ。わたしは身を低くして防御姿勢を取った。右手の短刀を掲げて顔を守り、左手を地面に突いて体を支えた。鷹から目を離さず、その鋭い嘴と鉤爪のまばゆい反射以外、すべてを背景に消し去った。あたかも夜空の星座のように。

鷹が視界に迫ってきた。微風がわたしの首のうしろを掠めた。猛禽はその鉤爪を伸ばし、翼を広げ、土壇場で急降下の速度をゆるめようとした。

「ある守護が正しいかどうかなどだれがわかろう？　あるいは、別の将軍が間違っているかどうかなどだれがわかろう？」師は問う。「ある男が領主の妻を誘惑したのは、暴君に近づき、復讐を果たすためかもしれない。ある愛人がパトロンに百姓に米を与えてくれと求めたのは、自身の野心をさらに深めるためかもしれない。われわれは混沌の時代に生きているのであり、唯一道徳的な選択は、道徳意識をなくすことだ。大領主たちは敵を倒すためにわたしたちを雇う。わたしたちは真剣に、誠実に、弩《いしゆみ》から放たれた矢のように過《あやま》たず、確実に任務を果たすのだ」

　わたしはしゃがんだ姿勢から飛び上がり、鷹に切りつける用意をしていたが、そのとき、姉たちの言葉を思いだした。

「……見えるものがすべてではない……傷がまだ首のうしろに残っている」

　わたしは地面に伏せ、左へ転がった。こっそり背後に忍び寄ろうとしていた鷹の鉤爪が数寸先で空を切った。その鷹は仲間の鷹と、先ほどまでわたしの頭があったところで衝突した。阿比《アビ》が池の表面に映っている自分の鏡像とぶつかるかのように。翼がぶつかってもつれ合う音と腹立たしげな鋭くかん高い声がした。

　わたしは羽の嵐に飛びかかった。稲光より速く、一回、二回、三回と切りつける。二羽の鷹は転げ落ち、地面に衝突すると、翼をぐったり垂れた。スパッと切られたそれぞれの喉の傷から血が流れ、石の台座の上に溜まった。

　転がった際にでこぼこした岩にこすれた肩からわたしも血を流していた。だが、わたしは生き延び、敵は生き延びなかった。

「どうしてわたしたちは殺《あや》めるんです？」激しい動きにまだ息を荒くしながらわたしは再

度問うた。これまでにわたしは野猿を殺し、森豹を殺し、竹藪の虎を殺してきた。だが、霧鷹のつがいは、もっとも殺すのが難しかった。暗殺の技の極致が求められた。「なぜわたしたちは屈強の鉤爪として人に仕えるんですか？」

「われわれは白蟻で腐った家を襲う冬の雪嵐だ」師は言った。「古いものの腐敗を促進することでしか、新しいものの再生はもたらせない。われわれは倦《う》み疲れた世界の復讐者だ」

　精精児と空空児が霧のなかから姿を現し、死体を溶解させる粉を鷹に振りかけ、わたしの傷の手当てをしてくれた。

「ありがとう」わたしはささやいた。

「もっと鍛錬を積まねばな」精精児はそう言ったものの、口調は優しかった。

「おまえを生かしておかねばならない」空空児の目がいたずらっぽく光った。「槐の花を食べさせてくれると約束した、覚えているな？」

　細い三日月が守護職の屋敷の外に立つ劫《こう》を経た槐の枝先に浮かぶころ、夜間警備担当の兵士が真夜中を告げる鐘を鳴らした。往来の影は墨のように濃く、わたしの絹の脚絆《レギンス》、体に密着する短上着《チュニック》、鼻と口を覆う布製覆面とおなじ色だった。

わたしは壁の上部に脚を引っかけて逆さまになり、しがみつく蔦のように壁の平らな表面に体を押しつけた。ふたりの兵士が巡回路に従ってわたしの下を通っていった。もし彼らが見上げたとしてもわたしを物陰の一部か眠っている蝙蝠と思うだけだろう。

見回りがいなくなるとすぐ、わたしは背を弓なりに反らし、壁の上に飛び上がった。猫よりも静かに壁の上をすばやく進み、敷地内の中堂の屋根の向かい側にたどり着いた。曲げた脚を勢いよく伸ばして、わたしは一飛びで壁と屋根とのあいだを飛び越え、ゆるやかに曲線を描く屋根のこけら板に溶けこんだ。

もちろん、守りの堅い敷地に侵入するには、もっと目立たぬようにやる方法はあったが、わたしはこの世に留まっているのが好きだった。夜風と遠くで聞こえる梟《ふくろう》の鳴き声に囲まれたままでいるほうが。

慎重にわたしは釉薬《ゆうやく》のかかった屋根瓦をこじ開け、隙間から覗きこんだ。格子の入った屋根裏を通して、明るく照らされた石敷の広間が見えた。東端にある台座に中年の男が座っており、書類の束に熱心に目を凝らし、頁《ページ》をゆっくりめくっていた。男の左頰に蝶の形の痣があるのと、首のまわりに翡翠色の襟当てをしているのが見えた。

男はわたしが殺すことになっている節度使だった。

「やつの命を奪え。さすれば、おまえの修業は終わる」師は言った。「これがおまえの最後の試験だ」

「その人は死に値するようななにをしたんですか？」わたしは訊いた。

「それはどうでもいいのではないか？　かつてわたしの命を救ってくれた人がその男に死んでもらいたがっており、しかも気前よく礼金をはずんでくれるというだけで充分だ。われらは野心と敵愾心を抱いている軍を増強させる。われらはみずからの掟にのみ従うのだ」

わたしは屋根の上を這い進んだ。手のひらと足で瓦の上を滑るように進む。音はいっさい立てない——師はわたしたちに谷間の湖を三月に渡る修業をさせた。その時期の氷は、あまりにも薄く張っており、栗鼠《りす》ですらときには落ちて溺れることがあった。そのときの感覚を今宵感じていた。五感が短刀の切っ先のように鋭くなっていた。なにも描かれていない用紙に最初に絵筆で落とされた色のように、かすかな悲しみが昂奮に混じっていた。

節度使が座っている真上に来て、わたしはふたたび一枚の瓦をめくり、二枚目もめくった。体をくねらせて通れるだけの穴を開ける。反射を防ぐため黒く塗ってある巾着から、引っかけ鉤を取りだし、屋根の棟に放り、鉤爪をしっかり食いこませた。そののち、絹綱を腰に巻いて結んだ。

わたしは屋根の穴から下を見た。節度使はまだ先ほどとおなじ場所にいて、頭上にある死に至らしめる危険のことなど露ほども感じていなかった。

一瞬、わたしは自分が自宅まえの槐の大木に戻って、揺れる葉の隙間から父を見ているような幻覚に襲われた。

だが、その瞬間は過ぎ去った。いまからわたしは鵜のように急降下し、節度使の喉を掻き切り、服を脱がせ、死体を溶かす粉を全身に振りかける。そののち、節度使が石の床の上に横たわり、まだ痙攣しているあいだにわたしは天井に飛び戻り、脱出を果たす。召使いたちが、骸骨も同然になっている遺体の残りを発見するころには、わたしは遠く離れているだろう。師は、わたしの修行期間がこれで終わり、姉たちと対等の立場になる、と宣言してくれるだろう。

わたしは深呼吸をした。全身をたわめる。この瞬間のため、六年間修業と修練を重ねてきたのだ。用意は整っていた。

「爸爸《とうさま》！」

わたしは動かずじっとした。

仕切り幕のうしろから姿を現した少年は六歳ほどだった。髪の毛を雄鶏の尾のようにピンと立っている形にこぢんまりと綺麗に編みこんでいた。

「まだ起きて、なにをしているんだ？」男は訊いた。「いい子にして、眠りなさい」

「眠れないよ」少年は言った。「音が聞こえたんだ。中庭の壁を影が動いているのが見えた」

「ただの猫だ」男は言った。少年は納得できない様子だった。男はつかのまなにか考えこむようにしてから、言った。「わかった。こっちへおいで」

男は書類をかたわらの低い机に移動させた。少年は父親の膝の上によじのぼった。

「影はなにも怖れるようなものではない」彼は言った。そして書見灯を使って両手で影絵を作りはじめた。少年に蝶や仔犬、蝙蝠、曲がりくねった龍の作り方を教える。少年は喜んで笑い声を上げた。すると少年は仔猫の影絵を作り、広間の障子窓で父親の蝶を追わせた。

「影は光に命を与えられ、同時に光に命を奪われるのだ」男は指をひらひらさせるのを止め、両手を体の横へ下ろした。「お眠り。朝になればほんものの蝶々を庭で追いかけられる」

眠そうな目になっている少年はうなずくと、静かに立ち去った。

屋根の上でわたしは躊躇した。少年の笑い声がわたしの心から離れなかった。家族から盗まれた女の子が、別の子どもから家族を奪えるものだろうか？　これは偽善者の高潔を装った意見表明なのか？

「息子がいなくなるのを待ってくれて感謝する」男が言った。

わたしは凍りついた。広間には男以外、だれもいなかった。独り言にしては大きすぎる声だった。

「叫ばないほうがいいと思ってな」男は言った。視線は書類の束に向けられたままだった。「そのほうが降りてきやすいだろう」

心臓の鼓動が耳のなかで咆吼をあげていた。いますぐ逃げるべきだった。これはたぶん罠だ。降りていけば、兵士が待ち伏せをしているかもしれず、あるいはなんらかの仕掛けが広間の床下にあり、わたしを捕らえるようになっているかもしれない。それでも、男の声のなにかがわたしを従わせた。

わたしは屋根の穴から下に降りた。引っかけ鉤に繋げて、腰に数回巻いている絹綱がわたしの降下速度をゆるめた。わたしは台座のまえに静かに降りた。雪の一片のように音もなく。

「どうしてわかったの？」わたしは訊いた。足下の敷石が開いて、ポッカリ口をあけた穴が現れることも、衝立の背後から兵士たちが駆けだしてくることもなかった。だが、わたしは両手で綱を強く握り締めており、足はいつでも地面を蹴る準備ができていた。もし相手がほんとうに守られていないのなら、わたしはまだ任務を果たせた。

「子どもというのは親より鋭い耳を持っているものだ」男は言った。「それにずいぶんまえから、夜遅くまで読み物をしている最中に、自分の楽しみのため、影絵をこしらえていたのだ。この広間の明かりが通常、どのようにちらつくのかよくわかっている。天井の新しい穴から風が入ってこないかぎりな」

わたしはうなずいた。次の機会のためのよい教訓になるだろう。右手を動かし、腰のくびれに差している鞘に収めた短刀の柄を握った。

「陳許の劉節度使は野心的な人間だ」彼は言った。「あの男はわたしの領地をずいぶん昔から欲しがってきた。肥沃な畑を耕している若い男たちを強引に軍に徴集することを考えている。おまえがわたしを倒せば、あの男と長安の朝廷とのあいだにだれひとりとして立ちはだかるものはいなくなるだろう。あいつの革命軍が帝国じゅうを掻き回し、何百万もの人が死ぬだろう。何十万人もの子どもたちが孤児になるだろう。幽霊のように民衆が地を彷徨《さまよ》い、死体を獣につつかれ、彼らの魂は安んじることができないだろう」

男が口にした数字は膨大なもので、黄河の濁った水に溶け込めない数え切れない砂粒のようだった。わたしにはまったく理解できなかった。「その人にわが師は命を一度救われたのだ」わたしは言った。

「だからおまえはその師の頼み通りのことをするのか、ほかのあらゆる問題に目をつむって？」

「この世はもう充分腐っている」わたしは言った。「わたしには果たさねばならない義務がある」

「自分の手が血と無縁だとは言えない。ことによると妥協した結果、こうなったかもしれんな」男はため息をついた。「せめて二日の猶予をくれまいか、用事を片づけるために。妻は息子が生まれたときにこの世を去った。息子の世話をする者の手配をしなければならないのだ」

わたしは相手をまじまじと見た。あの少年の笑い声を幻想として切り捨てることはできなかった。

節度使が屋敷を数千人の兵士に囲ませるところを想像した。地下室に隠れ、秋の紅葉のように震えている様子を想像した。街から遠く離れた道路にいて、必死になった操り人形のように顔をしかめて、何度も何度も馬に鞭搏っているところを想像した。

わたしの心を読んだかのように男は言った。「わたしは二晩経てばここにひとりでいる。約束は違《たが》えぬ」

「これから死のうとしている人間の言葉にどんな価値がある？」わたしは言い返した。

「暗殺者の言葉とおなじ価値がある」男は言った。

わたしはうなずくと飛び上がった。本拠の崖の蔦をのぼっていくときのようにすばやく垂れ下がっている綱をよじのぼり、屋根に開けた穴から姿を消した。

節度使が逃げる心配はしていなかった。わたしは修業を積んでおり、どこへ逃げようと捕まえられるだろう。幼い息子に別れを告げるため多少の時間を費やす機会を与えたようなものだ――それは正しいことに思えた。

市内の市場をぶらつき、揚げ饅頭と熱して焦がした砂糖の匂いに浸った。過去六年間口にしていなかった食べ物の記憶に胃がグゥグゥと鳴った。桃を食べ、露を飲んで、わたしの精神は純化してきたかもしれないが、肉体は地上の甘みをいまもなお欲していた。

わたしは宮廷言葉で屋台の売り子に話しかけた。少なくとも彼らの一部は、宮廷言葉を聞きかじっていた。

「とても上手にできているね」棒の先の飴細工を見て、わたしは言った。将軍の姿をした人形になっている。その人形は真っ赤な戦外套をまとい、棗《なつめ》の果汁でつや出しされていた。口のなかに唾が湧いた。

「食べたいのかい？」物売りは訊いた。「作りたてだよ、お嬢さん。けさこしらえたばかりだ。なかに入れているのは、蓮の餡だ」

「お金を持ってないの」わたしは後悔しきりで言った。師は宿賃に足る額しかお金を渡してくれず、食事は乾燥した桃で済ませていた。

物売りはわたしをしげしげと見て、やがて心を決めたようだ。「あんたの訛りからすると、地元の人間じゃなかろ？」

わたしはうなずいた。

「この混沌とした世の中で落ち着いた場所を探しに、故郷をあとにしたってわけかい？」

「そのようなものです」わたしは言った。

物売りはうなずいた。まるでそれであらゆることを説明できるかのように。彼は飴細工の将軍をわたしに差しだした。「では、ひとりの放浪者からべつの放浪者へ。ここは落ち着く場所にするにはいいところだ」

わたしは贈り物を受け取り、物売りに感謝した。「あなたはどこの出身？」

「陳許だ。劉節度使の部下たちがうちの村にきて、年若い男の子や成人男子を軍に徴用しようとしたとき、畑を捨てて、逃げだしたんだ。親父はとっくに亡くなっており、あいつの戦外套に色を加えるために死ぬなんてまっぴらだった。その飴細工人形は劉節度使をモデルにしているんだ。客がその首を噛みちぎるところを見ると嬉しくなる」

わたしは笑い声を上げ、物売りの言葉に従った。飴細工が舌の上でとろけ、漏れ出た汁気の多い蓮餡は美味しかった。

　街の路地や大通りを歩きまわり、飴細工人形を齧りながら、茶房の扉や、行き交う馬車から聞こえてくる会話の断片に耳を傾けた。

「……どうしてわしらは踊りを学ばせるため街の反対側まであの娘を行かさなければならないのだ？……」

「執政はその手のごまかしを大目に見てくれないだろう……」

「……いままで釣ったなかで最高の魚だ！　まだピチピチ跳ねている……」

「……どうしてわかるの？　あの人はなんて言った？　教えて、姉さん、教えて……」

　生活の律動がわたしのまわりを流れていた。蔦から蔦へ伝っていく際の山にかかった雲の海のようにわたしを元気づけてくれる。自分が殺すことになっている男が言った言葉を考えていた。

　あいつの革命軍が帝国じゅうを掻き回し、何百万もの人が死ぬだろう。何十万人もの子どもたちが孤児になるだろう。幽霊のように民衆が地を彷徨うだろう。

　男の息子のことを考えた。広いがらんとした広間の障子に次々と映されていった影絵のことを考えた。わたしの心のなかのなにかが、俗であり同時に聖でもあるこの世の音楽に合わせて鼓動した。水のなかで渦を巻く砂粒が溶けて、笑い、泣き、焦がれ、夢見るひとりひとりの顔になった。

三日目の夜、三日月は少し幅広くなっており、風が少し肌寒さを増し、遠くで聞こえる梟の鳴き声が心持ち不気味さを増していた。

わたしは前回同様、節度使の敷地の壁をよじ登った。兵士たちの巡回順路は変わっていなかった。今回、わたしはいっそう姿勢を低くしてしゃがみ、いっそう音を立てずに枝のように細い壁の上部と、屋根瓦の不揃いな表面を移動した。見覚えのある地点に戻ってきた。二晩まえに戻しておいた屋根瓦をめくり、風が入りこむのを防ごうと目を押しつけた。いますぐにでも覆面をした衛兵が暗闇から飛びでてきて、罠を投げてくるものと予期していた。

心配するには及ばない――わたしには用意が整っていた。

だが、警戒の叫び声も銅鑼《どら》が鳴らされることもなかった。わたしは煌々と照らされた広間を覗きこんだ。節度使はおなじ場所に座っており、そばの机には書類の束が積まれていた。

わたしは子どもの足音に耳を澄ました。なにも聞こえない。男の子は追い払われていた。男が座っている広間の床を詳しく眺めた。茣蓙《ござ》が敷かれていた。その光景に一瞬困惑したが、それが親切心から出た行為であることをわたしは悟った。血が敷石に染みこまないようにとの配慮だった。だれであれそれを掃除しなければならない者が、楽に済むように、と。

男は蓮華座を組んでいた。目をつむり、顔には仏像に似た幸せそうな微笑が浮かんでいた。

そっとわたしは瓦を元に戻し、微風のように夜のなかに姿を消した。

「なぜおまえは任務を果たさなかったのだ?」師が問う。姉たちが師のうしろに立っていた。女主人を守るふたりの阿羅漢。

「あの男は自分の子どもと遊んでいました」わたしは言った。深淵に垂れて揺れている蔦のようにわたしはその説明にしがみついた。

師はため息をついた。「この次そんなことが起これば、おまえは最初にその子どもを殺さねばならぬ。そうすればもう気を削がれることはない」

わたしは首を横に振った。

「それは奸計《かんけい》だ。あの男はおまえの同情を買おうとしているのだ。権力者はみな舞台に立つ役者なのだ。あいつらの心は影のように測りがたい」

「そうかもしれません」わたしは言った。「それでもあの男は約束を守り、わたしの手にかかって死ぬつもりでいました。おなじように、あの男が話したほかのことも真実かもしれないとわたしは思うのです」

「あの男が謗《そし》っていた男ほど野心を持っていないとどうしておまえにわかるのだ？　将来、もっと大きな残忍さに奉仕するために親切でいるのではないとどうしておまえにわかるのだ？」

「だれも未来のことはわかりません」わたしは言った。「あの屋敷は、腐りきっているのかもしれません。ですが、落ち着く場所を求めている蟻の上に屋敷を倒壊させる手先にはなりたくありません」

　師はわたしをじっとにらみつけた。「忠誠心はどうなる？　師への服従はどうなる？　おまえがやると約束したことを実行しないでどうする？」

「わたしは命の盗人になるつもりはありません」わたしは言った。

「それほどの才があるのに」師は言った。一拍置いて、「無駄になった」とつづけた。

　師の口調のなにかにわたしは身震いした。そのとき師のうしろへ目をやると、精精児と空空児が姿を消していた。

「出ていくなら」師は言った。「おまえはもう弟子ではない」

わたしは彼女の皺のない顔と不人情ではない目を見た。最初のころ、蔦から落ちたあと師が脚に包帯を巻いてくれたときのことを考えた。わたしには荷が勝ちすぎるのがわかって、師が竹林熊と戦ってくれたときのことを考えた。わたしを抱き締め、この世の幻を通して、その下にある真実を見通す方法を教えてくれた夜のことを考えた。

師はわたしを家族の元から奪い去ったが、彼女はわたしが知っている母親にもっとも近い存在でありつづけた。

「さようなら、師よ」

わたしはうずくまり、飛び跳ねる虎のように、咆吼する野猿のように、飛び去る鷹のように跳躍した。宿の客室の窓を走り抜け、夜という大海原に飛びこんだ。

「ここに来たのはあなたを殺すためではありません」わたしは言った。

男はこれこそ予想したとおりだというようにうなずいた。

「わたしのふたりの姉——稲妻の心としても知られている精精児と空手の達人としても知られている空空児——がわたしのできなかったことを果たすため放たれました」

「衛兵を呼ぼう」そう言って、男は立ち上がった。

「そんなことをしてもなんの役にも立たないでしょう」わたしは言った。「精精児は、大海の底に沈めた鐘にあなたが隠れていようと、あなたの魂を盗めます。空空児はそれよりもさらに腕がたちます」

男は笑みを浮かべた。「では、そのふたりにわたしひとりで相対するとしよう。部下たちが無駄に死なずにすむよう警告してくれて感謝する」

叫びを上げる猿の群れが遠くにいるようなかすかなかん高い音が夜を通して聞こえた。

「説明している暇はありません」わたしは彼に言った。「あなたの赤い襟巻きを貸してください」

男は襟巻きを渡してくれた。わたしはそれを自分の腰に巻いた。「あなたは想像を超えたものを目にするでしょう。なにがあろうと、この襟巻きから目を逸らさず、それから離れるようにしてください」

叫び声が大きくなってきた。いたるところから聞こえるようでもあり、どこからも聞こえないかのようだった。精精児がここにいる。

それ以上、男がわたしに質問する時間を与えずに、わたしは空間の裂け目をひらき、そこに入りこんで、男の視界から消えた。唯一、真っ赤な襟巻きの先端を垂らして残した。

「空間を一枚の紙だと想像するのだ」師は言った。「その紙の上を這っている一匹の蟻は広さと奥行きには気づいているが、高さには気づいていない」

　わたしは師が紙に描いた蟻を見つめた。期待をこめて。

「この蟻が危険を恐れ、自分のまわりに壁を築く。難攻不落の障壁が自分の安全を確保してくれるだろうと考えて」

　師は蟻のまわりに輪を描いた。

「だが、蟻には気づかれないまま、短刀が蟻の真上にかざされている。短刀は蟻の世界の一部ではなく、蟻には見えないものなのだ。蟻が築いた壁は隠された方向からの攻撃に対して、守ってくれるなんの役にも立たない――」

　師は紙に短刀を投げ、描かれた蟻を地面に釘付けにした。

「幅と奥行きと高さがこの世を構成する限られた次元だと思うかもしれないが、隠娘、それはまちがっている。おまえは一枚の紙の上の蟻として人生を送ってきたが、真実はずっとはるかに驚異的なのだ」

　わたしは空間の上にある空間へ姿を現した。空間のなかの空間。隠された空間だ。

　なにもかもあらたな次元を手に入れていた――壁、床の敷石、ゆらめく松明《たいまつ》、節度使の驚いた顔。まるで節度使の皮膚がひっぱられ、その下にあるあらゆるものが姿を現したかのようだった——律動する心臓が見えた。脈搏つ臓器が見えた。透明な血管を流れる血液が見えた。輝く白い骨が見え、同様に、棗《なつめ》をまぶした蓮餡に似たなかに詰まった別珍のような髄も見えた。一個ずつの煉瓦の内部にきらめく雲母の粒がひとつずつ見えた。それぞれの炎のなかで舞っている一万の不死人が見えた。

いや、それはあまり正確ではない。見えているものを表現する言葉をわたしは持っていない。わたしは無数の層を一度に見ていた。つねに目のまえに一本の線を見ていた蟻が突然紙の上から持ち上げられ、完全な円があることに気づくかのように。これは仏陀の視野だった。蚤の脚の先端に付いたおそろしく小さな塵と、夜空に広がる無数の星々からなる壮大な天の川を繋ぐインドラの網の無限さを把握しているのだ。

何年もまえ、師がわたしの父の屋敷の壁を通り抜け、父の兵士たちをかいくぐり、かたく封印した戸棚のなかにいたわたしを捕まえた方法がこれだった。

わたしは精精児の白衣が近づいてくるのを見た。広大な深みに浮かんで光っている海月《くらげ》のようにヒョコヒョコ上下している。近づいてきながら精精児は喉を鳴らして唸った。その不協和音で獲物の心臓に恐怖を送りこむのだ。

「妹よ、ここでなにをしている？」

わたしは短刀を掲げた。「お願い、精精児、戻って」

「おまえは昔からちょっと頑固だった」精精児は言った。

「わたしたちはおなじ桃の木から食べ、おなじ冷たい山の泉で水浴びした」わたしは言った。「あなたが蔦ののぼり方や、わたしの髪に挿す氷百合の摘み方を教えてくれた。血を分けた実の姉のようにあなたを愛している。お願い、こんなことはやめて」

精精児は悲しそうな表情を浮かべた。「やめられない。師が約束したのだ」

「わたしたちみんなが従って生きていかねばならないものより大きな約束がある——心が正しいと告げることをするの」

精精児が剣を振りかぶった。「おまえを妹のように愛しているから、反撃せずに先におまえに打たせよう。もしわたしが節度使を殺すまえにおまえがわたしに攻撃を当てられたなら、わたしは立ち去ろう」

わたしはうなずいた。「ありがとう。そして、こういう次第になったことを謝ります」

隠れた空間は独自の構造があり、内なる光でかすかに輝く、垂れ下がる細い糸で形成されていた。この空間のなかを移動するため、精精児とわたしは蔦から蔦へ飛び、星明かりと柔らかに輝く氷で織りなされた格子の上で、細い糸から糸へ飛び渡り、よじのぼり、宙返りし、旋回し、体を投げだし、舞った。

わたしは精精児に向かって飛びかかった。彼女は易々とかわした。蔦の戦いと雲の舞に関して、精精児がつねに一番だった。天宮の不死人のように、優雅に動きまわった。精精児に比べると、わたしの動きはドタバタと重たく、洗練をまったく欠いていた。

わたしの打ちこみをひらりひらりとかわしながら、精精児は打ちこみの数をかぞえていた――「一回、二回、三回、四回、五回……とてもいいね、隠娘、ずいぶん練習したんだな。六回、七回、八回、九回、十回……」ほんのたまにわたしの攻撃がすぐ近くまで来ると、精精児はわたしの短刀を自分の剣で、うたた寝している男が蠅を追い払うかのようにいともたやすくいなした。

ほぼ哀れむように精精児はクルリとまわってわたしをかわし、節度使に向かって突き進んだ。紙の上にかざされた短刀のように、精精児は節度使にはまったく見えていなかった。別の次元から彼に向かって落ちてくるのだ。

わたしは精精児のあとを追った。わたしの計画がうまくいくほど近づいていたいと願いながら。

節度使は、わたしがぶら下げている赤い襟巻きが自分の世界に近づいてくるのを見て、地に伏せ、転がって避けた。精精児の剣が次元のあいだの薄い膜を貫き、この世界で、剣が宙から突然姿を現して、それまで節度使がまえに座っていた机を粉々に砕いたのち、また見えなくなった。

「うん？　どうしてわたしがやってくるのが見えたのだ？」

わたしの策略を見破る機会を与えず、わたしは短刀で連続攻撃を仕掛けた。「三十一、三十二、三十三、三十四、三十五、三十六……段々うまくなってきたじゃないか……」

わたしたちは広間の上の空間で舞った——この方向を現実的に示す言葉はなかった——そして精精児が節度使を狙うたびに、わたしは彼女のそばにいて、節度使に隠れた危険を警告しようとした。どれほど懸命に試みても、わたしはまったく精精児に触れられなかった。自分が徐々に疲れてくるのを感じ、動きが遅くなっていった。

わたしは脚をたわめ、もう一度精精児に切りかかったが、このとき、うっかりして広間の壁に近寄りすぎた。垂れ下げている襟巻きが壁付き燭台に引っかかってしまい、わたしは足から落ちた。

精精児はわたしを見て、笑い声を上げた。「なるほど、そういうことをしていたのか！賢いな、隠娘。だが、遊びは終わりだ。首級を挙げるとしよう」

もし精精児がいま節度使に打ちかかれば、彼はまったくなんの警告も得られないだろう。わたしは凍りついた。

襟巻きに火がつき、炎が隠れた空間に入りこんだ。炎に衣を包まれ、わたしは恐怖の悲鳴を上げた。

すばやく三度跳躍して、精精児がわたしが摑まっているのとおなじ糸に戻ってきた。白衣を激しく振るい、わたしをくるみ、炎を消すのを手伝ってくれた。

「大丈夫か？」精精児が訊いた。

炎がわたしの髪の毛を焦がし、何箇所か肌を火傷させたが、わたしは大丈夫だった。

「ありがとう」とわたしは言った。精精児が反応するまえにわたしは短刀を彼女の衣の縁に向かって振るい、一切れ分の布を切り取った。わたしの短刀の切っ先は、次元のあいだの薄膜を切り裂きつづけ、布きれが通常世界へヒラヒラと入りこんだ。水面に漂流物が浮かび上がるかのように。わたしたちはふたりとも、節度使が顔に衝撃の表情を浮かべ、床に落ちた白い絹の布きれから這うように逃れるのを見た。

「当たったよ」わたしは言った。

「ああ」精精児は言った。「あまり正々堂々としたものではないのではないか？」

「それでも、一撃は一撃」わたしは言った。

「では、あの転落は……あれは計画通りなのか？」

「わたしに思いついたのはあれだけだった」と、わたしは認めた。「あなたはあまりにもすごい剣士だから」

精精児は首を横に振った。「どうしておまえは自分の姉より、見知らぬ者を大事に思うのだ？　だが、確かにわたしは約束した」

　精精児は、離れていく水の精のように上へのぼり、遠ざかっていった。夜のなかに姿を消す直前、精精児は振り返り、わたしをいま一度見た。「さらばだ、妹よ。われらの絆は、おまえがわたしの衣を断ち切ったのとおなじくらい確実に切られた。自分の目的を見つけられるといいがな」

「さようなら」

　精精児は立ち去った。喉を鳴らしてずっと唸りながら。


　わたしは通常空間に這い戻った。節度使がわたしに駆け寄ってきた。「じつに恐ろしかった！　いったいこれはなんの魔術なのだ？　剣戟の音は聞こえたが、なにも見えなかった。おまえの襟巻きがまるで幽霊のように宙を舞っており、やがて白い布がなにもないところから実体化した！　待て、怪我をしているのではないか？」

　わたしは顔をしかめ、上半身を起こした。「なんでもありません。精精児は立ち去りました。ですが、次の暗殺者もわたしの姉である空空児で、はるかにすごい腕前の持ち主です。あなたを守れるかどうか自信がない」

「わたしは死ぬのを怖れておらぬ」節度使は言った。

「もしあなたが死ねば、陳許の節度使はさらに大勢を虐殺するでしょう」わたしは言った。「わたしの言うことを聞いてもらわねばなりません」

わたしは巾着を開け、十五歳の誕生日に師からもらった贈り物を取りだした。それを節度使に手渡す。

「これは……紙細工の驢馬ではないか？」節度使はとまどってわたしを見た。

「これは絡繰《からく》りの驢馬をこの世界に投影したものです」わたしは言った。「球が平面を通過するとき円として現れるようなもの――気にしないで、時間がありません。さあ、いってもらわねば！」

わたしは空間を切りひらき、そこに節度使を押しこんだ。驢馬は節度使のまえで大きくなり、巨大な機械仕掛けの獣となった。節度使の抗議もものかは、わたしは彼を驢馬のなかに押しこんだ。

きつく巻いた腱が内部の回転する歯車に動力を与え、回転軸に従って脚が動き、驢馬は一時間ほど隠れた空間のなかを大きな円を描いて速駆けるだろう。綱渡り人のように輝く蔦から蔦へ跳びまわる。任務に出て負傷した場合に逃げるのに役立てるため、師はこれをわたしにくれたのだった。

「おまえはその相手からどうやって身を守るのだ？」節度使が訊いた。

わたしが鍵を引っこ抜くと、驢馬は速駆けで走り去り、節度使の問いを答えぬままにさせた。

唸り声はなかった。歌もない。恐怖をもたらす騒音もない。空空児は近づいてくるとき、完璧に音を消してくる。彼女のことを知らなければ、武器を持っていないと考えるところだ。だからこそ、空手の達人の異名を取っている。

衣は暑く、顔にほどこした練り粉の化粧は重かった。広間は、わたしが床にちりばめて火を放った藁から立ち上る煙で充ちていた。わたしは床にしゃがみこみ、呼吸できるほど空気がまだ綺麗で熱くない位置にいた。顔に仏のような微笑を浮かべていたが、切りこみを入れた穴から目を見ひらいていた。

煙が渦巻く。注意を払っていないと見過ごしてしまうゆるやかな空気の揺れだ。

この広間の明かりが通常、どのようにちらつくのかよくわかっている。天井の新しい穴から風が入ってこないかぎりな。

数瞬ののち、わたしは短刀で次元のあいだの薄膜に慎重にいくつか切れ目を入れ、精精児の衣から引き裂いた絹糸を用いて開いたままにした。その開口部は、隠れた空間からそよ風を吹きこませ、向こうから近づいてくる存在をわたしに感知させるくらい開いていた。

空空児が無慈悲な態度で、魂を奪う悪鬼のように隠れた空間からわたしに向かってスルスルとやってくるところを思い描く。右手には一本の針がキラリと光っている。空空児が必要としている唯一の武器だ。

空空児は目に見えない次元から獲物に近づくのを好んでいる。防御不可能な方向から相手の内部を刺すのを好む。針で相手の心臓のど真ん中を刺し、あばら骨や皮膚には傷ひとつつけないのを好む。針を相手の頭蓋骨のなかに入れ、掻きまぜて脳をグシャグシャにし、死が訪れるまえに気を狂わせるが、頭蓋骨には傷を残さないのを好む。

煙が少しゆらいだ。空空児がいまそばにいる。

空空児の視点から見た場面を想像する――煙が充満する広間に節度使の衣を着た男が座っている。頬には蝶の形をした痣がついている。男は恐怖のあまり、判断しかねており、自分の屋敷がまわりで燃えているというのに、呆けた笑みが顔に張り付いて、口をポカンと開けている。どういうわけか、男の頭上の隠れた空間の空気がどんより曇っている。まるで広間の煙が次元のあいだの薄膜を通っていったかのように。

空空児が飛びかかる。

わたしは右へ移動する。感覚よりも勘で動いた。何年も空空児と稽古をしてきた。いつものように空空児が動くことを期待していた。

空空児は針をわたしの頭蓋骨のなかに押しこむ気だったが、わたしがかわしたため、彼女の針はこの世界のわたしの頭があった場所を貫き、乾いたかん高い音を立て、わたしが首に巻いていた翡翠の襟当てにぶつかった。

わたしはよろめきながら立ち上がり、煙を吸って咳きこんだ。練り粉の化粧仮面を顔から剝ぎとる。空空児の針はとても脆《もろ》く、一回の衝突で曲がってしまうのだ。最初の試みをしくじったら、二度目の攻撃をしたことはなかった。

驚いてクスクス笑う声がした。

「いい策略だったよ、隠娘。煙に囲まれていたけど、もっとよく見るべきだったね。おまえはずっと師のお気に入りの弟子だった」

わたしが世界と世界のあいだに刻んだ裂け目は、ただの警告以上のものだった。隠れた空間を煙で充たすことで、空空児から見た通常世界の視界がぼやけたものになった。普通なら、有利な立場から見るため、わたしの仮面はただの透明な殻に過ぎなかっただろうし、嵩張る衣もその下のほっそりした体を隠しはしなかっただろう。

だが、ひょっとして、あくまでもひょっとしてだが、空空児は、わたしの貧弱な変装を見破らないのを選んだのかもしれない。かつて鷹がわたしの背後から舞い降りてきたのを警告するのを選んだときとおなじように。

わたしは目に見えぬ話し手に頭を下げた。「申し訳ないと師に伝えて。ですが、わたしは山には戻りません」

「おまえが暗殺者に敵対する者になるなんてだれにわかっただろう？　また顔を合わせるのを願っているよ」

「そのときは槐の花をわかちあいましょう、お姉さま。とても甘いものの中心にかすかに苦みがあるのが、甘ったるさを軽減してくれます」

笑い声の響きが薄れていった。わたしは疲れ切って、地面に崩れ落ちた。

家に帰ることを考える。父にふたたび会うことを考える。離れていたときの話をどう言えばいいだろう？　わたしが変わってしまったことをどう説明できるだろう？

わたしは父の望むようには育つことができないだろう。わたしのなかにはあまりにも多くの猛々しさがある。体を締めつける上等な着物を身につけ、屋敷の部屋から部屋へしずしずと歩き、どの子息と自分が結婚することになるのか説明する仲人の言葉に顔を赤らめることはできない。門の隣にある槐の木にのぼるより裁縫に興味がある振りをすることはできない。

わたしには才がある。

わたしは精精児や空空児のように壁をよじ登りたい。崖の表面にぶら下がる蔦から蔦へ飛び移っていたのだ。戦いがいのある敵と剣を交えたい。結婚する相手を自分で選びたい——親切でやわらかい手をしている相手を思い描く。ひょっとして、鏡を磨くことで生計を立てており、滑らかな表面の向こうに別の次元があることを知ってくれるであろうだれかを。

わたしは自分の才に磨きをかけたい。その才が明るく輝き、不正な者たちを怖れさせ、この世をよりよくしてくれるであろう人々の行く手を照らしたい。わたしは無垢な者たちを、臆病な者たちを守ってやるつもりだ。かならずしも正しいことをするかどうかはわからないが、わたしは隠された娘であり、わたしが忠誠を誓うのは、すべての人々に切望されている平穏だ。

結局のところ、わたしは盗人なのだ。わたしは自分のために自分の人生を盗んだ。ほかの人々の人生を盗み返してやる。

カポカポと機械仕掛けの蹄《ひづめ》の音が近づいてきた。

ビザンチン・エンパシー

Byzantine Empathy

古沢嘉通訳

ぬかるんだ道を急いでいる。押し合いへし合いしている群衆の一部として。まわりの混乱のせいであなたはつまずき、なかなかついていけない。夜明けはじめのほの暗い明かりに目が慣れるにつれ、だれもが荷物をいっぱい抱えているのがわかる――母親の胸にきつくくくりつけられている赤ん坊、中年男性が背負う衣料品を入れてパンパンに膨らんだシーツ、八歳の女児が両腕に抱えているライチとパンノキの詰まった洗い桶、スエットパンツと皺だらけのブラウスを着た老女が懐中電灯代わりに使っている大型の小米《シャオミ》科技スマートフォン、英語で「ハッピー・ガール・ラッキー」という文句が派手に描かれているTシャツを着た若い女性が泥のなかを引きずる、片方の車輪がなくなっているミッキー・マウスのスーツケース、中国の煙草を宣伝している野球帽をかぶった老人の手からぶら下がっている本が詰まった枕カバー。本ではなく、札束が詰まっているのかもしれない……。

群衆の大半はあなたより背が高いようだ。それであなたは自分が子どもだとわかる。下を向くと、ディズニーの『美女と野獣』のベルの横顔が描かれているビニールの黄色いスリッパを履いている自分の足が見える。厚い泥のせいで一歩進むごとにスリッパが脱げそうになっており、ひょっとしてそれが自分にとってなにか意味があるのだろうか、とあなたは思う――故郷、身の安全、ファンタジーにかまけられる暮らし――だからあなたはスリッパを置いていきたくない。

右手にあなたは赤いワンピースを着た縫いぐるみ人形を摑んでいる。わからない字体で曲がりくねった文字が刺繡されている人形。あなたは人形を握り締める。その感覚で、人形にカサカサしたなにか軽い物、たぶん植物の種が詰まっているのがわかる。左手は、赤ん坊を背負い、反対の手で毛布の束を摑んでいる女性に握られている。赤ん坊の妹――だとあなたは思う――は、あまりに幼くて、怖がっていない。妹はほれぼれするような黒い瞳であなたを見ている。あなたは安心させるような笑みを妹に向ける。あなたは母の手をギュッと握り、母は安心させるように握り返してくる。温かい手。

道の両側には点在するテントが見える。オレンジ色のテントもあり、青いテントもある。半キロ先のジャングルまでずっと草原に沿って広がっている。そのテントのひとつが自分たちの家なのか、それともたんに通り過ぎているだけなのか、あなたには定かではない。

背景音楽はない。東南アジアのエキゾチックな鳥の鳴き声も聞こえない。その代わり、あなたの耳には、神経質な人の話し声や叫び声ばかり聞こえている。あなたにはそこで話されている言語あるいは方言は理解できないが、声の緊張感が、ついてくるように家族に向かって投じられた叫びや、注意するように友だちに投じられた叫びや、つまずかないように高齢の親族に投じられた叫びであることを伝えている。

やかましい唸り声が頭上を通過する。前方の野原と左側で、日の出よりも明るい、火を伴った爆発が起きる。地面が痙攣《けいれん》する。あなたはぬかるんだ泥につまずいて転ぶ。

さらなる唸り声が頭上を通過し、さらなる爆弾がまわりで炸裂し、あなたを骨の髄まで震わせる。耳がガンガン鳴っている。母があなたに這い寄ってきて、自分の体であなたを覆う。慈悲深い暗闇が混沌を締めだしてくれる。やかましく、耳をつんざく悲鳴。恐怖にかられた泣き声。苦痛のあまり支離滅裂な呻き声がいくつか聞こえる。

あなたは上半身を起こそうとするけれど、母の動かぬ体があなたを押さえつけている。あなたはもがいて母の体重を移動させ、彼女の下から這いずり出る。

母の後頭部が血まみれになっている。赤ん坊の妹が母の死体の隣で、地面の上で泣いている。あなたのまわりで人々は四方八方に駆けており、なかにはまだ持ち物を手放そうとしていない者もいるが、荷物の束やスーツケースが道や草原に打ち捨てられている。動かぬ死体の隣に。ゴロゴロというエンジン音がキャンプの方角から聞こえてくる。青々と育った揺れる草木越しに、迷彩姿の兵士の隊列が銃を構えて近づいてくるのが見える。

ひとりの女性が兵士たちを指さし、怒鳴りつける。男や女のなかには、走るのを止め、両手を掲げる者たちがいる。

一発の銃声が鳴り響き、別の銃声がつづいた。

一陣の風のまえに葉っぱが吹き飛ばされるかのように、群衆はてんでばらばらに逃げだす。踏みつける足がそばを通り、あなたの顔に泥をはね上げる。

赤ん坊の妹の泣き声が大きくなる。あなたは叫ぶ。あなたの言語で、「止めて！　止めて！」と。あなたは這って妹の上に覆いかぶさろうとするが、だれかがあなたにつまずき、あなたを地面に放りだす。踏みつけてくる足から守ろうと両腕で頭を抱え、身を丸くする。何人かはあなたを飛び越える。そうしようとして失敗し、あなたの上に倒れたり、あわてて逃げようとしてあなたを強く蹴る者もいる。

さらなる銃声。あなたは指のあいだから覗き見る。数人が地面に崩れ落ちる。暴走をはじめた群衆を操る術はほとんどなく、人々はだれかが倒れるとそこに積み重なって倒れていく。だれもが銃弾と自分たちのあいだに他人を、だれかを挟もうと押し合いへし合いしている。

泥まみれのスニーカーを履いただれかの足があなたの赤ん坊の妹がくるまれた布を強く踏みつける。あなたはなにかが割れる胸が悪くなりそうな音を耳にし、妹の泣き声が突然聞こえなくなる。スニーカーの持ち主は一瞬ためらったのち、まえへ押し寄せていく群衆に押されて、あなたから見えなくなる。

あなたは悲鳴を上げる。なにかがあなたの腹部に激しく当たり、あなたの身体から息が押し出される。

タン・ジェンウェンは、ヘッドセットを毟《むし》り取り、あえいだ。没入スーツのジッパーを下ろしながら、両手が震えている。なんとか途中まで脱いだところで、両手から力が失せた。全方向トレッドミルの上で身を丸めて横たわり、汗だくの体の痣が、暗いワンルーム・マンションの唯一の光であるコンピュータ画面のかすかな白光にどす黒く光った。彼女は何度か空嘔《からえず》きをしてから、すすり泣きはじめた。

ジェンウェンは目をつむっていたが、兵士たちの顔に浮かんでいた無慈悲な表情や、母親の顔があったところの血まみれの軟塊、赤ん坊の潰れた小さな体、彼女自身の体から踏み潰された命をまだ見ることができた。

ジェンウェンは、没入スーツの安全機能を無効にし、痛覚回路の制限フィルターを外していた。苦痛フィルターを取り付けたままにしているのは、マエルティエン難民の苦難を経験するのに正しい態度ではないと思えたのだ。

VR装置は究極の共感機械だった。難民とおなじ苦難を味わわずして、どうして彼らの気持ちがわかると言えるだろう？

カーテンの隙間から、ざわめく夜の上海のネオンが入りこみ、床にどぎつい無神経な虹を描いた。ヴァーチャルな富と現実の欲望がここでは入り交じっている。東南アジアのジャングルでの死と苦痛に無関心な世界。

嗅覚付与をするだけの金を払えなかったことをジェンウェンはありがたく思った。火薬の香りと混じった血の銅っぽい臭いが感じられれば、終わるまえに途中で止めてしまっただろう。臭いは脳の最深部へ入りこみ、もっとも生の感情をかき乱す。鍬《くわ》の刃が、現代というなにも感じない土塊を割り、傷ついたミミズの蠢《うごめ》く桃色の肉を露わにするかのように。

やがてジェンウェンは立ち上がり、スーツの残りを剝がし取り、よろよろとバスルームに入った。お湯がパイプのなかでゴボゴボと鳴ると、彼女は飛び上がった。ジャングルを通って近づいてくるエンジン音を想起したのだ。シャワーの熱いお湯の下で、彼女は身震いした。「なにかやらなきゃ」彼女はつぶやいた。「わたしたちは、こんなことを起こさせてはならない。わたしは、とうてい許せない」

だが、彼女になにができる？　ミャンマー中央政府と中国国境近くにある少数民族の反政府軍とのあいだの紛争は、世界のその他の地域にはほとんど注目されていなかった。世界の警察官であるアメリカ合衆国は、ミャンマーの首都、ネピドーに対し、忠実で親アメリカの政府を、同地域で増大する中国の影響力に対するチェスの駒としてほしがっているがゆえに沈黙していた。一方、中国は、ネピドーの政府をビジネスと投資で味方に誘いたがっており、ビルマ民族の兵士たちに漢民族系市民が虐殺されていると大仰に言い立てることは、その大きなゲームには役に立たないと見なしていた。マエルティエンで起こっている事態のニュースは、難民への同情が制御不能なナショナリズムへ変貌するかもしれないことを怖れて、中国政府によって検閲すらされていた。国境の両側に存在する難民キャンプは、恥ずかしい秘密のように、人目に触れないようにされた。目撃者の証言やビデオ、そしてこのVRファイルは、巨大なファイアウォールに空けられた小さな暗号化された穴を通して密輸されねばならなかった。しかしながら、西側では、一般人の無関心が、いかなる公的な検閲よりも有効に機能していた。

ジェンウェンはデモを組織したり、あるいは嘆願のための署名を集めたりすることはできなかった——難民の福祉を目的とした非営利組織をはじめることも、加わることもできない——中国の人間は、チャリティーを信用していなかった。それらはすべて詐欺なのだ。だれであれ知っている人間に頼み、彼らの代表者に連絡して、マエルティエンになにか手を打ってほしいと頼むこともできなかった。合衆国に留学して勉強したことで、ジェンウェンは、民主主義国家の市民にひらけている道がいずれもとても効果的であると考えるほどうぶではなくなっていた——しばしば、そういう道は、実際に外交政策を決定している者たちの心や行動を変えるためになんの役にも立たない、たんなる象徴的なポーズにすぎなかった。だが、少なくとも、そうした行為は、自分が事態をよくしているという気にジェンウェンをさせてくれるはずだろう。

そして気持ちが、人間であることの重要な点ではないだろうか？

自分たちの権威や安定が崩れる可能性に対するいかなる挑戦も怖れている北京の老人たちは、そうしたことをすべて不可能にしていた。中国の公民でいることは、現代の中央集権化したテクノクラート国家で暮らす個人のまったくの無力という赤裸々な現実を頻繁に思い知らされるということだった。

火傷しそうなお湯が不快なくらいに感じられはじめた。ジェンウェンは、強く体をこすった。汗と皮膚細胞をこすりとることで、忘れがたい死にゆくものたちの記憶から自由になれるとでも言うかのように。西瓜の香りがする石鹸で、疚《やま》しさから免除されるとでも言うかのように。

シャワーを浴びても、まだぼうっとして、ヒリヒリしていたが、少なくとも頭は動きだした。マンションのフィルターを通した空気は、かすかに熱い膠《にかわ》の臭いがした。狭い場所にあまりに多くの電子機器を詰めこんでいる結果だ。彼女はタオルで体をくるみ、自分の部屋へ歩いていくと、コンピュータ画面のまえに座った。キーボードを叩き、鉱山掘り《マイニング》の最新の進捗状況を確認することで、気を紛らそうとした。

　画面はとても大きく、その解像度は最新のものだったが、それ自体は、重要ではないただの装置に過ぎなかった。彼女が制御している強力な計算をする氷山のなかで、唯一目に見えている角にすぎない。

　壁に沿って並んだ、ブンブンと唸りを立てるラックに入っている特注の特定用途向け集積回路《ASIC》は、ひとつのことに専念していた——暗号パズルの解読だ。彼女や世界中のほかのビットコイン採掘者《マイナー》たちは、自分たちのあつらえた装置を用いて、数多くの暗号通貨の無欠性を保っている特殊な数字でできた金塊《ナゲット》を発見しようとしていた。昼間は、金融機関のプログラマーとして働いているものの、実際に生きていると感じさせてくれるのはこの作業だった。

　この作業はちょっとした権力を所有している感覚を与えてくれる。あらゆる形態の権力

――独裁国家、民主的衆愚国家主義、専断的にインフレと貨幣価値を操作する中央銀行――に立ち向かう地球規模のコミュニティの一部でいるという感覚を与えてくれる。彼女が願ってやまない活動家になることにもっとも近いことだった。ここでは、唯一数学だけが問題であり、数論のロジックとエレガントなプログラミングが、解読不能の信頼のコードを形成した。

　ジェンウェンは、自分の採掘者集団《マイニング・クラスター》にトゥウィークし、新しいプールに加わり、同好の熱狂者たちが未来についてチャットしているいくつかのチャンネルをチェックし、自分は会話に参加せずにスクロールしていくテキストを読んでいると、だいぶん落ち着いてきたのを感じた。

N♥TV　いま華為《ファーウェイ》GWXをセットアップしたんだ。だれかこれで試してみるのに都合がいいVRを推薦してくれない？

秋葉一〇〇一V　部屋の大きさ、それとも、アパート全体？

N♥TV　アパート全体だな。最高のものだけほしい。

秋葉一〇〇一V　うわっ！　ことしは採掘で好成績を上げたにちがいないな。〈タイタニック〉を試してみたら？

N♥T＞　テンセントから出てるやつ？
秋葉一〇〇一＞　ちがうよ！　ＳＬＧから出ているほうがずっといい。でかいアパートを持っているなら、グラフィックを扱うため、自分の採掘装置を接続する必要があるだろうな。
アノニ🐭（anonymous「匿名」「名無し」からくる）＞　えーっと、強化プレー、それとも仕事量の証明《プルーフ・オブ・ワーク》か。より重要なのはなんだい？

ほかのおおぜいの人間同様、ジェンウェンは、民間用ＶＲの大流行に頭から飛びこんできた。装置の解像度はついに作り物めいたものを克服できるほど高くなり、スマートフォンですら、基本的なヘッドセットを稼働させるのに充分な処理能力を持つようになった——完全没入を提供する装置ほどではなかったにせよ。
ジェンウェンはエベレスト山に登った。ドバイにある超高層ビル「ブルジュ・ハリファ」のてっぺんからベースジャンプした。世界じゅうから集まった友人たちとＶＲバーに出かけ、それぞれがそれぞれのマンションの部屋に籠もったまま、本物の二鍋頭《アーグオトウ》（北京産の白酒。アルコール度数五十六%）やウォッカを呷《あお》った。お気に入りの俳優にキスし、ほんとに好きな何人かと寝た。ＶＲ映画を見た（たしかにそれっぽく見えたが、あまりいいものではなかった）。ＶＲライブRPGをした。小さな蝿の形態をとり、室内を飛び回りながら、十二人の怒れる架空の女性があるひとりの架空の若い女性の運命を話し合っているあいだ、自分が焦点を当てさせたがっている証拠に着目させることでこっそりと彼女たちの議論を誘導した。

だが、あいまいで、うまく説明できないのだが、彼女はそうした経験すべてに満足を覚えなかった。VRというあらたに生まれたメディアは、未形成の粘土のようで、潜在力と可能性に充ちており、希望と欲望に後押しされ、あらゆることを約束し、かつなにも約束していなかった。問題を探し求めるなかでの技術的な解決策だった——それでもどんなたぐいの娯楽が、物語論的に、あるいは遊びとして、最終的に支配的なものになるのかまだ不明だった。

しかしながら、最新のVR体験、無名のマエルティエン難民の人生をごく短く切り取ったものは、他とは異なると感じられた。

どこで生まれたかという偶然を別にして、あの幼い女の子はわたしだったかもしれない。彼女の母親の目は、わたしの母とおなじ目をしてすらいた。

若いころの理想主義が、大学卒業後、世間の無関心によって磨り減って以来、何年かぶりではじめて、ジェンウェンはなにかしなきゃという衝動にかられた。

ジェンウェンは画面を見た。彼女の暗号通貨口座のチラチラ光っている収支は、暗号チェーンのコンセンサスに基づいている。信用不要《トラストレス》から生まれた信用《トラスト》だ。欲望によって苦しみから隔絶された世界では、そのような信用が、障壁に穴を穿《うが》つ方法になり、そこから希望をあふれさせられるだろうか？　世界をまさにヴァーチャルな村に変容させることができるだろうか、共感が人と人を繋ぐような？

ジェンウェンは画面上に新しいターミナル・ウインドウをひらき、熱に浮かされたように文字を打ちはじめた。

ワシントンD.C.が嫌いだ、ソフィア・エリスは窓から外を眺めながらきっぱり思った。

車がのろのろと雨の通りを進んでいく。怒りっぽいドライバーがときおりクラクションを鳴らして、区切りをつけている――最近の首都における政治的な常態として通用しているものを表す格好のメタファーだ。遠くに見えるナショナル・モールの記念建造物が、しのつく雨を通してこの世のものならぬ姿を見せ、その永続性と超越性でソフィアは嘲られているような気がした。

理事たちは、雑談を交わしており、四半期毎の会議がはじまるのを待っていた。ソフィアは心ここにあらずという様子で、ろくに関心を払っていなかった。

……娘さんが……おめでとうございます！

……あまりに多くのブロックチェーン起業が……

……九月にロンドンを通過し……

ソフィアは、元々所属していた国務省に戻るつもりだったが、現政権の伝統的スタイルの外交への嫌悪感のせいで、最高責任者として非営利セクターに異動したほうが、先行きはましかもしれないと考えた。結局のところ、海外に事務所を持つ合衆国最大の非営利セクターの一部が、合衆国の外交政策の非公式出先機関として機能しているのは、公然の秘密であり、国境なき難民救済事務所の事務局長であることは、次期政権の時代になれば、権力の座に戻るための悪い足がかりではない。重要なのは、難民に多少の便宜をはかるのは、アメリカの価値を高め、世界を安定させるのに通じるということだ。現在の政権が血眼になってアメリカの力を無駄遣いしているように思えるとはいえ。

「……スマートフォンのビデオを見て、それになにか手を打てるかどうかとわたしに頼んできたんです……マエルティエン、だったかしら？」

ソフィアは物思いからなんとか脱した。「それはわれわれが関わり合いになるべきことではありません。イエメンの状況と似ています」

理事たちはうなずき、話題を変えた。

ソフィアの大学時代のルームメイト、ジェンウェンが二カ月まえ、マエルティィエンに関するメールを送ってきた。ソフィアは親切で心のこもったメッセージのなかで遺憾の意を伝えた。わたしたちは限られたリソースに縛られた組織なの。かならずしもすべての人道に反する危機に充分な対応はできません。残念だけど。

それは事実だった。ある意味では。

事態がどのように働くのか理解している者たちの総意として、マエルティィエンで起こっていることに関与するのは、合衆国の利益に、あるいは国境なき難民救済事務所の利益に寄与しないだろうということもあった。世界をよりよき場所にしようという願望は、そもそもそれが外交と非営利の仕事に携わる動機だったのだが、リアリズムに調整され、指針を示されねばならなかった。現政権と意見の相違があるにもかかわらず——あるいは、それゆえかもしれない——ソフィアはアメリカの力を保持するのが、価値のある重要な目標だと信じていた。マエルティィエンの危機に関心を集めるのは、同地域の中心にいる新しいアメリカの味方の面目を潰すことになるだろう。それは避けねばならなかった。この複雑な世界では、アメリカ合衆国（とその同盟国）の利益が、苦難に遭っている一部の人間を犠牲にして、優先されるのだ。それによって力のないより多くの人々が守られうる。

アメリカは完全ではないが、同時に、あらゆる選択肢を計算した上で、われわれが手にしている最高の権威でもあった。

「……三十ドル以下の少額寄付の数は先月七十五パーセント低下しました」理事のひとりが言った。ソフィアが哲学的考察にふけっているうちに、理事会ははじまっていた。

発言者は、重要人物の英国下院議員の夫で、テレプレゼンス・ロボットを通じてロンドンから会議に参加していた。この男は、自分の妻よりも自分の声に惚れているんじゃないかしら、とソフィアは疑った。伸縮式ネックの末端に取り付けられている、のしかかるほどの大きさの画面に映っている発言者の顔は、いかめしく、威圧的に見えた。ロボット・ハンドが、おそらくは発言者の実際の手の動きを模倣して、強調のため大きな仕草をしていた。「この低下に取り組むための計画はないとおっしゃるのですか？」

あなたの奥さんのスタッフが話題としてあなたのためにその質問を書き上げたの？　と、ソフィアは思った。その理事が個人的に財務記録に関心を寄せて、そのようなことに気づけたのかどうかは疑わしい。

「われわれの資金の大半は、その層からの少額の直接寄付に頼ってはいません――」と、ソフィアが話しはじめたところ、別の理事にさえぎられた。

「そこがポイントではありません。将来のマインドシェア、パブリシティに関することです。国境なき難民救済事務所は、重要な層からの少額寄付が多数なければ、ソーシャルメディア上の会話から消えていきます。それは最終的に大規模な資金に影響を与えるでしょう」

　発言者はモバイル機器会社のCEOだった。ソフィアは一度ならず国境なき難民救済事務所への少額寄付を、ヨーロッパの難民向けに彼女の会社の廉価携帯電話を購入するため使用しないよう説得せざるをえなかった。そんなことになれば、彼女の会社の市場シェアを増大させたはずだった（それに利益相反回避規則を破ることになったはずだ）。

「だれもがいまも突き止めようとしている寄付者の状況に最近、予想外の変化があり——

——」ソフィアは話しだしたが、またしても言い終えることができなかった。

「あなたが言っているのはエンパシアムのことなのかな？」下院議員の夫が訊いた。「さて、対策をお持ちですか？」

　まちがいなくあなたの奥さんのスタッフが提供した話題ね。あいかわらずヨーロッパの人間はアメリカ人よりも暗号通貨の連中の件になるとずっと神経過敏になるようだった。だけど、外交とおなじで、連中と対峙するより導いたほうがまし。

「エンパシアムとはなんですか？」別の理事が訊いた。いまだにファクスが過去最高のテクノロジー的発明だと思っている、引退した連邦裁判所判事。

「わたしはまさにエンパシアムのことを話していたんです」ソフィアはなだめるような口調を保とうとして、言った。そしてハイテク会社のＣＥＯのほうを向き、「説明していただけますか？」と促した。

ソフィアがエンパシアムを説明しようとしたら、ハイテク会社のＣＥＯはまちがいなく口をはさんだはずだった。彼女はテクノロジーの件に関して他人が詳しい専門知識を披露するのを許せないだろう。言葉を控えたほうがましだ。

ハイテク会社のＣＥＯはうなずいた。「簡単なことです。エンパシアムは、自動化契約《スマートコントラクト》を大いに活用する、あらたな中間排除ブロックチェーン・アプリケーションで、ただし、今回は、伝統的慈善団体が慈善事業市場でおこなっている仕事を存在不可能にする工夫が加わっている」

テーブルのまわりでポカンとした顔がＣＥＯを見つめていた。やがて元判事がソフィアのほうを向いた。「ちょっと説明してくれないかね？」

ソフィアはたんにほかの連中にしゃしゃり出させることで会議を掌握した。古典的な外交手腕。「ひとつひとつ説明させてください。まず、スマートコントラクトからはじめましょう。あなたとわたしで、もしあす雨が降ればわたしがあなたに五ドル支払う、雨が降らなければあなたがわたしに一ドル支払わねばならないという契約を結んだとします」

「ひどい保険契約に聞こえるな」元判事は言った。

「ロンドンだとその提案は、あまり売れないだろうな」下院議員の夫が言った。

弱々しいくすくす笑いがテーブルのまわりで起こった。

「通常の契約の場合」ソフィアは委細気にせず先をつづけた。「たとえあす雷雨があったとしても、あなたはお金を受け取ることはないでしょう。わたしは契約に背き、支払いを拒むか、あるいは〝雨〟の意味をあなたと争うかもしれません。そしてあなたはわたしを法廷に引っ張りださねばならなくなる」

「ああ、わたしの法廷なら、雨の意味を争ってもうまくいかないぞ」

「でしょうね。ですが、閣下もご存知のように、人々はじつに馬鹿げたことで争うものです」この元判事をレールに戻すよう導くには、この手の接線区間を進ませるのが一番だとソフィアは学んでいた。「しかも、訴訟は高くつきます」

「おたがいに金を信頼できる友人の手に預け、あす、だれが支払うか決めてもらうということも可能だ」元判事は提案した。「それは第三者預託《エスクロウ》と呼ばれている。ご存知かな？」

「もちろんです。それはすばらしいご提案です」ソフィアは言った。「しかしながら、そのためには、共通した、信頼できる第三者の権能者について同意する必要があり、また、その手数に対する料金を支払わねばなりません。要するに、伝統的な契約には数多くの取引コストがかかるということです」

「では、スマートコントラクトにするとどうなるんだね？」

「雨が降ったら即座に資金があなたに送られるでしょう」ソフィアは言った。「それを止める手立てはわたしにはありません。なぜなら、すべての取引の手順がソフトウェアで暗号化されているからです」

「では、きみが言う契約とスマートコントラクトは、基本的にはおなじものだ。ただし、その一方は、難解な法律用語で書かれていて、それを読み解く人間が必要とされており、もう一方はコンピュータのコードで書かれていて、それを実行するための機械を必要とするだけ。判事も陪審もエスクロウも不要で、取消もなし」

　ソフィアは感銘を受けた。元判事は技術的には理解していないにせよ、鋭敏だった。

「その通りです。機械は司法制度よりはるかに透明かつ予測可能なのです。よく機能している司法制度よりも」

「それを気に入るとは言えないなあ」元判事は言った。

「ですが、これが魅力的なことはおわかりですよね、とりわけ相手を信用していないのなら――」

「スマートコントラクトは中間業務を排除することで取引コストを削減するの」ハイテク

会社のＣＥＯがしびれを切らして言った。「そんなまわりくどい馬鹿げた例を出す代わりにそう言ってしまえばよかったのに」

「確かにそうでしたね」ソフィアは認めた。ＣＥＯの意見に賛同したように見せかけると取引コストを削減できることも学んでいた。

「で、それが慈善事業とどう関係しなきゃならんのだね？」下院議員の夫が訊いた。

「慈善事業はツケでおこなう不必要な中間レントシーキングだと見ている人間もいる」ハイテク会社のＣＥＯが言った。「それは明白じゃない？」

またしてもテーブルのまわりでポカンとした表情が浮かぶ。

「スマートコントラクトに熱心な人のなかには、ちょっと極端な人もいます」ソフィアは認めた。「彼らの観点からすると、国境なき難民救済事務所のような慈善団体は、基金の大半を、事務所スペースの賃貸費用や職員の賃金、富裕層が社交し、楽しんでいるお金のかかる基金募集行事の開催、インサイダーを裕福にする寄付金の誤用に費やしていることになります――」

「それってうるさいキーボードを持っていて常識を持ち合わせていない愚か者たちが抱いている、まったく馬鹿げた観点だわ」ハイテク会社のＣＥＯは、怒りで顔を真っ赤にして言った。

「あるいはどんな政治感覚からしても」下院議員の夫が口をはさんだ。まるで婚姻により自動的に政治学の権威になったかのような口ぶりだった。「われわれは現地救援活動のコーディネートもおこない、国外の専門家の知見をもたらし、西側での関心を高め、神経を尖らせている地元の役人たちをなだめ、金が援助を受けるべき対象者に渡るよう確認しているのだ」

「それがいまここで話題にしている信用なのです」ソフィアは言った。「ですが、ウィキリークス世代にとって、当局や専門家の意見の必要性を訴えることは自動的に疑念をかきたててしまうのです。彼らの見方では、われわれが基金を用いるやり方ですら非効率的なのです——実際に援助を必要としている人々以上にどうしてわれわれがお金の使い方を心得ていられるだろうか、と。難民が自衛のため武器を獲得するという可能性をどうしてわれわれが排除できるのか？　被害者たちにおこぼれを分け与えるまえに自らの懐に寄付金を仕舞いこむような腐敗した地元政府高官たちと協力していくことをどうしてわれわれが決定できるのか？　学校の給食の費用を賄えない地元の子どもたちに直接お金を送るだけのほうがましではないか、と。広く報道されたハイチや元北朝鮮のような場所での国際救援活動の失敗が彼らの主張を強固なものにしています」

「では、連中の代替案はなんなんだね？」元判事が訊いた。

ジェンウェンは、画面を通知がスクロールアップしていくのをじっと見つめていた。いずれの通知も完全に匿名の暗号通貨で表示されるスマートコントラクトが完了したことを告げるものだ。近頃では数多くの商売がそのような形でおこなわれていた。とりわけ、発展途上国では。それは多くの政府が効力を失いつつある現金で支配権を拡大しようとしているなどの理由だ。どこかで読んだのだが、地球上の経済取引の二十パーセント以上が、いまやさまざまな暗号通貨を通しておこなわれているという。

だが、いま画面上で見ている取引は異なっていた。オファーは、救援要請あるいは基金提供の約束だった——なにかをやる義務を除いて、いっさいの約因はなかった。エンパシアム・ブロックチェーン・ネットワークは、そうしたオファーをさまざまなスマートコントラクトに合わせ、分類し、パフォーマンス条件が充たされれば、実行された。

子ども向け書籍の要求があるのをジェンウェンは見た。新鮮な野菜の要求。園芸用品の要求。避妊薬の要求。あらたな医師の派遣と長きにわたる開業の要求——パラシュートで降りてきて、ジェット機で戻っていき、なにもかも中途半端で未完成のまま放っていく、三十日間だけのボランティアではなく……。

ジェンウェンは、そうしたオファーが引き受けられ、システムに支払われることを祈った。彼女はキリスト教の神あるいはいかなる神も信じていなかったけれど。自分はエンパシアムをこしらえたけど、特定のオペレーションに影響を与える力はなかった。そこがこのシステムの美しいところだった。だれも責任を負えないのだ。

アメリカ合衆国で大学生だった当時、ジェンウェンは、四川大地震の起こった年の夏、その災害の被害者を支援するため、中国に帰国した。中国政府は救助活動に大量のリソースを投入した。軍隊すら動かした。

ジェンウェンと同い年、あるいはずっと若い何人かの人民解放軍兵士は、生存者や遺体を捜索するため倒壊した建物の泥にまみれた瓦礫を掘った際に負った両手の醜い傷痕を彼女に見せた。

「ぼくは両手があまりにも痛くなったので止めざるをえなかった」若い兵士のひとりがジェンウェンに言った。彼の声は恥辱に充ちていた。「もしつづけていたら指を失っていただろうと言われた」

怒りで目のまえがぼやけた。**なぜ政府は兵士にショベルや、まともな救助機材を供給できなかったんだ？** ジェンウェンは兵士たちの血まみれの手を写真に撮った。だれかまだ生きている人間を見つけようと願って、両手で土を掬《すく》いつづけたせいで、骨が見えるほど肉がめくれた指。**あなたたちは恥じ入るようなことはなにもしていない。**

のちに、ジェンウェンは、自分の経験をルームメイトのソフィアに詳しく話した。ソフィアは中国政府に対するジェンウェンの怒りに共感してくれたが、若い兵士の姿を語ったときには、表情はまったく変わらなかった。

「その兵士は独裁国家の道具に過ぎなかったのよ」ルームメイトは言った。まるで血まみれの手をまったく思い描けないかのようだった。

ジェンウェンは、一部の公的機関とともに激甚地帯へいったわけではなかった――というか、状況を改善したいと願って、独自に四川にやってきた数千人のボランティアのひとりに過ぎなかった。ジェンウェンやほかのボランティアたちは食糧と衣服を持参した。それが必要とされているものだと思ったからだ。だが、母親たちは、ぐずる子どもたちをあやすための絵本やゲームをジェンウェンに求めた。農民たちは、どれくらい早く携帯電話サービスが復旧するのだろうか、と彼女に訊ねた。街の住民は、建物再建をはじめるための工具や備品は手に入るのかどうか知りたがった。家族を全員失った幼い少女はどうやったら高校を卒業できるのか知りたがった。ジェンウェンは、必要とされている情報や備品をまったく持っていなかった。ほかのだれもがおなじ状態だったようだ。救援活動を担当する役人たちは、ジェンウェンのようなボランティアがうろうろしているのを嫌がった。なぜなら彼らはどの官庁にも属しておらず、従って彼らになにも言えなかったからだ。

「そのことはなぜ専門家の意見が必要かという理由を説明している」のちにソフィアが言った。「善行をおこないたいと願っている目的のない集団のようにたんに現地にいくだけなのはだめ。自分たちがなにをやっているのかわかっている人々が、災害救援の任にあたらないと」

ジェンウェンはその意見に同意する気にはなれなかった――どんな専門家も災害で必要とされるあらゆることを予測できるという証拠を見たことがなかった。

画面上の別のウインドウでテキストがいっそう速くスクロールしていき、さらなる契約のオファーが提案されているのを示していた――ギリシア語の教師の要求、新しい携帯電話基地局を建設するための基金の要求、薬の要求、難民にビザおよび労働許可制度の内容を教えられる人材の要求、武器の要求、難民が制作したアート作品をバイヤーに届けてもかまわないというトラック運転手の要求……。

そうした要求の一部は、これまでどのＮＧＯや政府も難民に与えようとしなかったたぐいのものだった。どこかの権能機関が必死で生き延びる道を探っている人々になにが必要でなにが必要でないか頭ごなしに決定するという考えは、ジェンウェンをむかむかさせた。

被害の激しい地域のどまんなかにいる人々こそ、自分たちに必要なものを一番心得ていた。彼らが必要とするものをなんでも買えるように金を渡すのが一番だ――おおぜいの怖れを知らぬ物売りや利口な山師は、利益を得ることができるなら、どんな商品やサービスでも難民が要求するものを喜んで届けるだろう。金が世界をまわしているのであり、それは悪いことではなかった。

　暗号通貨がなければ、これまでエンパシアムが成し遂げたことはどれも可能ではなかっただろう。国境を越える金の移動は高価で、疑り深い取締人による政府の厳しい監視の対象だった。ひどく貧しい個人の手に金を獲得させるのは、なんらかの中央支払い処理機構の協力がなければ、複数の権能機関に容易に吸い上げられうるため、事実上不可能だった。だが、暗号通貨とエンパシアムがあれば、一台のスマートフォンは、世界中に自分の必要なものを知らせ、援助を受け取るのに必要なすべてのものだった。だれにでも確実に、匿名で金を渡せるのだ。おなじニーズを持つほかの人々とチームを組み、グループ申請をするのもいいし、単独でもできた。スマートコントラクトの実行にだれも介入できないし、止めさせられないのだ。

　はじめたことがジェンウェンが夢見たように動きはじめるのを見るのは、とても刺激的だった。

　それでも、エンパシアムへのとてもたくさんの救援要求は実行されぬままだった。あまりにも資金が少なく、あまりにも寄付者が少なかった。

「一言で言えば、基本的にこういうことです」ソフィアが言った。「国境なき難民救済事務所への寄付が減少しているのは、多くの比較的若い層の寄付者がわれわれにではなくエンパシアムに寄付しているからです」

「待ってくれ、そのネットワークに〝暗号通貨〟を渡しているときみはいま言ったんだな？」元判事が訊いた。「それはなんだ、偽金みたいなものかね？」

「うーん、偽ではないです。ドルや円ではないだけです——暗号通貨は、不換通貨に取引所で交換可能ですが。電子マネーなんです。たとえば……」ソフィアは年老いた元判事に意味が通じるような古くさい用語を懸命に思い浮かべようとした。すると、いい考えが浮かんだ。「……あなたのｉＰｏｄのＭＰ３ファイルみたいなものです。ただし、物の支払いに用いることができるのです」

「なにかの代金を払うために他人にコピーを送ることはできず、コピーは自分で持っていることしかできないのはどうしてだね？　子どもたちが曲でむかしやっていたのとおなじように」

「だれがどの楽曲を所有しているかは、電子台帳に記録されているんです」

「だが、だれがその台帳を持っているんだ？　ハッカーがそこに侵入して書き換えるのを防ぐためにどんな手立てを取っている？　中央の権能機関はない、ときみは言ったぞ」

「その台帳は、〝ブロックチェーン〟と呼ばれているものですが、世界中のコンピュータ上に分散されているの」ハイテク会社のCEOが言った。「ビザンチン将軍問題を解決する暗号原理に基づいている。ブロックチェーンがエンパシアム同様、暗号通貨を動かしている。ブロックチェーンを利用する人たちは、数学を信用しており、彼らは人間を信用する必要がない」

「今度はなんだね？」元判事が訊いた。「ビザンチン？」

ソフィアは内心ため息をついた。このレベルの細部に入るとは予想していなかった。まだエンパシアムの基本の説明すら終わっていないのに、エンパシアムに対して国境なき難民救済事務所がなにをすべきかに関するコンセンサスを生むため、この話し合いにどれだけ長くかかるかだれにわかろう？

暗号通貨が政府の認可からマネーサプライの管理権を手に入れようと狙っているのと同様、エンパシアムは慈善事業の専門機関から世界の同情心の供給量《サプライ》の支配権を得ようと狙っていた。

エンパシアムは理想主義的な試みだったが、それは感情の波に動かされていた。専門知識や理性によってではなく。エンパシアムは、世界をアメリカにとっていっそう予想不可能な場所にし、したがってより危険な場所にした。ソフィアはもはや国務省の人間ではないが、いまでも世界をもっと秩序立ったものにしたいという願望を抱いていた。理性的な分析に導かれた判断と、賛否両論を天秤にかけることで。

部屋を占める自尊心の塊たちにおなじ問題を理解させるのは難しく、ましてや解決策に同意をさせるのははるかに難しかった。一部のカリスマ的指導者たちが持っている、だれをもただ確信させるだけで、理解させずに一連の行動に身を委ねさせるコツを自分も持っていたらいいのに。

「あなたはたんに他人に対して自分に賛成させたがっているだけという気がときどきするな」かつてジェンウェンに言われたことがある。相当白熱した議論のあとでだ。

「そのどこが悪いの？」ソフィアは訊いた。「彼らよりわたしのほうが問題について考えていたのはわたしの罪じゃない。わたしはより大きな絵を見ているの」

「あなたはもっとも合理的な存在になりたいとは思っていないでしょ」ジェンウェンが言った。「あなたはもっとも正しい存在になりたがっている。ご託宣を告げる存在《オラクル》になりたがっている」

ソフィアは傷ついた。ジェンウェンはとても頑《かたく》なになりうる相手だった。

ちょっと待って。ソフィアは神託《オラクル》という概念に飛びついた。**ひょっとして、それかも。**

それでエンパシアムをわれわれのために働かせることができる。

「ビザンチン将軍問題は、メタファーです」ソフィアは言った。あらたに見つけた昂奮を声に表さないように努めた。細かいところまで理解したがる自分の理屈っぽさが——正直に言うと、あのハイテク会社のCEOを出し抜きたい願望と合わせ——この話題を色々読んで詳しくさせたのを喜んだ。「将軍のグループがいるところを想像してください。それぞれがビザンチン帝国軍の各部隊を率いています。彼らはある都市を包囲攻撃しているところです。もし将軍全員が一致団結して、一斉に都市を攻撃することができれば、都市は陥落します。もし将軍全員が撤退に同意できるなら、だれもが助かります。ですが、一部の将軍だけが攻撃し、ほかの将軍が撤退すれば、結果は悲惨なものになるでしょう」

「どうしたらいいのかに関して合意に達さねばならない」元判事が言った。

「そうです。将軍たちは伝令を通して、連絡を取り合っています。ですが、問題は、たがいに送りだす伝令がすぐには到着しないことと、これから現れようとしている合意に関して、まだ交渉中と嘘の伝言を送ろうとして、混乱の種を撒き、結果を乱そうとする裏切り者の将軍がいるかもしれないことです」

「きみが言うこれから現れようとしている合意というのが台帳のようなものなのかね？」元判事が訊いた。「すべての将軍の投票記録である、と」

「まさにそのとおりです！　ですから、若干単純化して言えば、ブロックチェーンは、暗号――非常に解くのが難しい数論パズル――を用いて、これから現れようとしている合意を表す伝言の鎖《チェーン》に関するこの問題を解決するのです。暗号を用いると、それぞれの将軍にとって、投票の状態を表す伝言の鎖が、改竄されていないことを確証するのが容易になりますが、将軍になりかわって、伝言の鎖にあらたな投票を暗号的に加えてくれます。ほかの将軍を欺《だま》すためには、裏切り者の将軍は自分自身の投票を偽造するだけではなく、どんどん長くなる鎖のなかでほかの投票が届くまえに、すべてのほかの投票の暗号的要約も偽造しなくてはならなくなります。鎖が長くなればなるほど、それをするのはますます難しくなるのです」

「話を充分に追えている気がしないな」元判事がつぶやいた。

「要するに、ブロックチェーンは、ネットワーク上の過半数のコンピュータが裏切り者でないかぎり、いかなる中央集権的権力よりも信用できる分散化台帳を所有することを保証するため、ひとかたまりの取引を鎖に暗号的に加える困難さ――それはプルーフ・オブ・ワークと呼ばれているものです――を用いているのです」

「で、それは……その数学を信用しているわけなのかね？」

「はい。分散化された、不正不能の台帳は、暗号通貨を持つことを可能にしているだけでなく、中央集権化されていない安全確保された投票のフレームワークを持つための方法であり、スマートコントラクトが改変できないものであることを保証する方法なのです」

「それはじつに興味深い話だが、そのことがいったいエンパシアムや国境なき難民救済事務所とどう関係しているのかね？」じれったそうに下院議員の夫が訊いた。

ジェンウェンは、エンパシアムのインターフェースを使いやすくする作業に多大な努力を投じてきた。これは、ブロックチェーンのコミュニティに属している多くが注意を払っていることではなかった。実際のところ、多くのブロックチェーン・アプリケーションは、使うのが難しいように意図的に設計されているように思えた。あたかも詳しい技術的なノウハウを知っていることが、たんなるその他おおぜいと真の自由人をわかつ条件であるかのように。

ジェンウェンはどんな形であれエリート主義を軽蔑していた——彼女は、部屋じゅうにハイエンドのVR装置を備えたアイヴィー・リーグの大学で教育を受けた金融サービスのテクノロジストという自分から生じる皮肉を痛いほど自覚していた。民主主義は自分の国にとって〝正しく〟ないと判断するエリート集団が一方におり、だれが同情に値し、だれが値しないか自分たちは知っていると判断する別のエリート集団が他方にいる。これらのエリートたちは、感情を信用しておらず、人々を人間らしくしているものを信用していなかった。

エンパシアムの胆《きも》は、ビザンチン将軍問題の複雑さやブロックチェーンのセキュリティに関するブロック・サイズの意味など知りようもない人々を助けることだった。子どもでも使えるものにしなければならない。自助のための簡単な道具を欲しがっていただけの四川の人々が感じていたいらだちや絶望感をジェンウェンは思いだした。エンパシアムは可能なかぎり簡単なものにしなくてはならない。与えたい人と助けを必要としている人両方にとって。

ジェンウェンは、なにが大事なのかや、どう大事なのかと言われるのに疲れ、うんざりしている人々のためのアプリケーションを作ろうとしていた。それを言っている側の人間のためのものではなく。

「あなたがあらゆることの正しい答えを知っていると思えるのはなぜ？」かつてジェンウェンはソフィアに訊いたことがある。ふたりがあらゆることを、どんなことでも話していた当時のことだ。ふたりの議論は、知的快感のためにおこなわれている、感情を抜きにしたやりとりだった。「自分がまちがっているかもしれないと思ったことは一度もないの？」

「もしだれかがわたしの考えに瑕疵《かし》があると指摘したことがあるというのなら、答えはイエス」ソフィアは言った。「わたしは常に説得には心をひらいている」

「だけど、自分がまちがっているかもしれないと感じたことは一度もないのね？」

「どう考えるべきかを感情に支配させるのは、とてもおおぜいの人間がけっして正しい答えにたどり着けずにいる理由だわ」

　ジェンウェンがやっている仕事は、理性的に考えると、望み薄だった。彼女は病欠と有給を全部使って、エンパシアムを書いた。これ以上ないほど詳しく技術的な基盤を説明する論文を発表した。自分の書いたコードを監査するため人を雇った。だが、巨大ＮＧＯと外交政策シンクタンクからなるすでに確立された世界を、なんの価値もない無名の暗号通貨ネットワークで変えることができると本気で期待できるだろうか？

　それにもかかわらず、この仕事は正しい気がした。そしてそのことがそれに逆らう形で思いつけるどんな議論よりも価値があった。

「だが、まだ、〝パフォーマンス条件〟がどう充たされるのか、わからん！」元判事は言った。「ある援助申請に基金を募る価値があり、それに金を割り当てるのを、どうしてエンパシアムが決定しているのか、わからん。基金を拠出している者たちが、個人的に数千の申請を精査し、どこに金を渡すか決断するなんてことは不可能だ」

「まだ説明していなかったスマートコントラクトのある性質があります」ソフィアは言った。「スマートコントラクトを機能させるには、現実をソフトウェアにインポートする方法がなくてはなりません。ときには、パフォーマンスの条件が充たされているかどうかを決定するのは、ある特定の日に雨が降るかどうかほど単純ではないことがありますが——もっともそうであっても、エッジケースで議論する余地はあります——複雑な人間の判断が必要とされます。たとえば、請負業者が配管工事を満足におこなったかどうかとか、約束された景色がまさに眺めのよい状態なのかどうかとか、だれかが援助するに値する人物なのかどうかとか」

「つまり、コンセンサスが必要だと言っているんだね」

「まさしく。ですから、エンパシアムは、エンプと呼ばれている電子マネーを、ネットワークの一部のメンバーに一定の数発行することでこの問題を解決しています。すると、エンプ保有者は、基金を求めているプロジェクトの評価をするジョブを手に入れ、定められた時間枠のなかで、イエスかノーの投票をします。必要な数のイエスの投票を手に入れたプロジェクトだけが——エンプを投票できる数は各人のエンプ・バランスで決定されます——運用可能な寄付金のプールのなかから資金を得、必要なイエス投票数の枠は、必要とされる基金の額によって上がるのです。戦略的投票を防ぐために、投票数は、評価期間終了後にならないと公開されません」

「だが、エンプ保有者はどうやって自分たちの投票の判断をするんだね？」

「それは各エンプ保有者に任されています。彼らは援助要請者が提出した素材だけを評価できます――要請者の話、写真、ビデオ、書類、どんなものでもありです。あるいは、応募者をその場で調べることもできます。決められた評価期間のなかではどんな手段でも自分たちの好きなように利用できるのです」

「すごいな。では、困窮に、貧困にあえぐ人々に渡すための金が、ビデオゲーム・セッションのあいだのカスタマー・サービス・サーベイに答えるように説得されることすらほとんどできなかった連中によって割り当てられるんだ」下院議員の夫があざ笑った。

「そこがこのブロックチェーンの賢いところです。エンプ保有者は、それぞれのエンプ口座に応じて、ネットワークから少額の金を受け取るというインセンティブがあるんです。それぞれのプロジェクト評価期間が終わると、〝負けた〟側に投票した人たちは、自分たちのエンプの一部を〝勝った〟側に再割当てされるという罰を受けるんです。それぞれのエンプ・バランスは、一種の名声トークンのようなもので、やがて、その判断――あるいは、ネットワーク上の名前ではエンパシー・メーター――が、最大のエンプを獲得するコンセンサス判断に最適化されるのです。それが絶対信頼できる神託になり、このシステムが機能する基礎になっています」

「どうすれば防ぐことが――」

「完璧なシステムではありません」ソフィアは言った。「このシステムの設計者たち――だれが設計者なのかわれわれにはわかっていません――もそれを認めています。ですが、ウェブ上のたくさんのものと同様、うまくいくはずがないように見えていてもうまくいっています。はじまったときにはだれもウィキペディアがうまくいくとは思っていませんでした。存在してから二カ月で、エンパシアムは、驚くほど効果的で、攻撃に強いことが証明され、いまや伝統的な慈善行為に幻滅していた数多くの若い寄付者を確実に惹きつけています」

理事たちはしばらく時間をかけて、そのニュースを消化した。

「この競合相手にわれわれは悪戦苦闘しそうだな」しばらくして、下院議員の夫が言った。

ソフィアは深呼吸をした。いまこそ、わたしがコンセンサスを築きはじめる瞬間だ。

「エンパシアムは人気がありますが、既存の慈善組織ほど多額の資金を集められてはいません。それは主にエンパシアムへの寄付が、むろんのこと、所得控除可能なものではないからです。このネットワークの最大級のプロジェクトのなかには、とくに難民に関するものですが、資金調達ができなかったものがあります。もし目標が国境なき難民救済事務所を会話に加えさせることであれば、われわれは多額の資金提供の申し出をすべきでしょう」

「だが、そのネットワークの難民救済プロジェクトのどれに金が渡るのかわれわれは選べないと思ったんだが」下院議員の夫が言った。「それを決めるのはエンプ保有者に委ねられるんだろ」

「じつは打ち明けなければならないことがあります。わたし自身がずっとエンパシアムを使っており、いくらかエンプを保有しています。わたしのアカウントを法人アカウントに変えることができ、そうしたプロジェクトを評価しはじめられます。書類だけでも詐欺的な要求を取り除くのは可能ですが、だれかが援助に値するかどうかほんとうに知るためには、古きよき現地調査に代わるものはありません。われわれの現場での知見と国際スタッフを使えば、ほかのだれよりも正確にどのプロジェクトに基金拠出できるか決定できるはずで、すばやくエンプを獲得することになるでしょう」

「だけど、われわれは望むプロジェクトに直接お金を注ぎこめるのに、それをする理由はなぜ？　どうしてエンパシアムという仲介者を加えるの？」ハイテク会社のＣＥＯが訊いた。

「レバレッジに関することです。いったんわれわれが充分なエンプを手に入れたら、国境なき難民救済事務所を地球規模の共感《エンパシー》を寄せられる究極の神託所にするんです。だれがふさわしいかを決める判定者になるんです」とソフィアは言った。深呼吸をして、とどめの一撃を放つ。「国境なき難民救済事務所によって設定された例は、ほかの大規模慈善団体に追随されるでしょう。中国やインドのような、慈善事業に興味を抱いている寄付者が国内の慈善団体をほとんど信用していないが、中央集権的処理をしないブロックチェーン・アプリケーションに飛びつくかもしれない場所からの基金も加わって、すぐにエンパシアムは、世界最大の慈善基金プラットフォームになるかもしれません。もしわれわれがエンプの最大シェアを握るなら、世界の慈善事業への寄付の大半の使い方を指示する立場に効率的につけるでしょう」

　理事会の面々は衝撃を受けて、それぞれの席で固まった。遠隔操縦のロボットの手ですら動くのを止めた。

「まいったな……中間業者を排除させるために設計されたプラットフォームをひっくり返して、わたしたちに梯子をのぼらせ、王位につかせるつもりなのね」ハイテク会社のＣＥＯは言った。声に心からの賞賛の思いが含まれていた。「それはなかなかの柔術《ジュージツ》だな」

　ソフィアは一瞬笑みをＣＥＯに向けると、テーブルに視線を戻した。「さて、みなさんの承認をいただけますか？」

エンパシアムに投資された資金総額を表す赤い線は、成層圏まで一直線に伸びていった。

ジェンウェンは画面のまえで笑みを浮かべた。赤ん坊は育った。

国境なき難民救済事務所がネットワークに加わるという決定に、二十四時間以内に数多くのほかの主要国際慈善団体が追随した。エンパシアムは、いまや、大衆の目に本物として映っており、伝統的な慈善事業を通して資金を注ぎこむために課税控除を気にしている富裕な寄付者をネットワークに参加させるのをすら可能にした。

エンパシアム利用者の関心を集めたプロジェクトは、まちがいなく、マスコミの興味を大いに引き寄せるだろう。大勢の記者やオブザーバーを惹きつける。エンパシアムは、たんに慈善事業への寄付の指揮をとるだけでなく、世界の視線の指揮もとるだろう。

「#《ハッシュタグ》エンパシアム紹介制チャンネル」は、ディベートで充ちあふれた。

ＮｏＦＦ－ＡＶ　これは大きな慈善団体による策略だぞ。やつらはエンプ集積ゲームをやるつもりで、ネットワークから連中の子飼いプロジェクトに資金を無理矢理出させるつもりだ。

N♥T＞　やつらになにができるときみは思ってるの？　オラクル・システムは結果にだけ報酬を与える。伝統的慈善事業が自分たちのやっていることを知っていると思わないのなら、連中が援助に値するいいプロジェクトを認識するなんらかのましな方法を持っていないってことじゃない。ネットワークは、全体としてのエンプ保有者が援助に値すると考えるプロジェクトに基金を拠出するよう連中に強いるだろうね。

アノニ🐭＞　伝統的慈善団体は、たいていの者が持っていない広報チャンネルへのアクセス権を持っている。ほかのエンプ保有者は、動かない人だ。彼らは動揺するだろうな。

N♥T＞　かならずしもだれもがあなたの思うように伝統的なマスコミに影響受けるわけじゃない。とりわけ、あなたたちUS《ユーエ》シャンが住んでいる特別《バブル》な場所を離れたらね。わたしはこれが平等な遊び場だと思う。

　ジェンウェンはそのディベートを眺めていたが、参加はしなかった。エンパシアムの考案者として、自分のユーザーネームに付与された目に見えない評判は、自分がなにを言おうと、不釣り合いなほどディベートに影響を与え、歪めてしまう可能性があるとわかっていた。それが人間の動き方だった。匿名の電子的アイデンティティが書いたスクロールしていくテキストを通して話し合っているときですら。

　だが、ジェンウェンはディベートに興味はなかった。行動に興味があった。エンパシアムに伝統的な慈善団体が参加したのは、最初から、彼女が希望し、計画していたことだった。いまや第二のステップを実行するときだった。

　ジェンウェンはターミナル・ウインドウを開き、エンパシアム・ネットワークに新しい提出をはじめた。マエルティエンのＶＲファイル自体は直接ブロックに組み入れるには大きすぎた。そのため、ピアツーピア・シェアリングを経由して配布しなければならないだろう。だが、そのファイルが本物であることを証明し、変造を防ぐためのシグニチャーが、ブロックチェーンの一部になり、エンパシアムのユーザーとすべてのエンプ保有者に届けられるだろう。

　ひょっとしたらあの鼻っ柱が強いソフィアにも。

　ファイルの提出者がジェンウェン（あるいは、より正確に言えば、エンパシアムの考案者のユーザーＩＤ――だれも現実生活でのジェンウェンを知らない）であるという事実が、当初の爆発的関心を呼ぶだろうが、そのあと起こることは彼女の手を離れていた。

　ジェンウェンは陰謀論を信じていなかった。人間の本性のなかにいる天使に期待をかけていた。

　ジェンウェンはＳＥＮＤボタンを押し、椅子にもたれ、待った。

中国とミャンマー国境に近い泥まみれの山道を越えてジャングルをジープが縫い進んでいるあいだ、ソフィアはぼうっとしていた。

どうしてここへたどり着いたんだろう？

世界の狂気はとても予想しがたく、かつまったく不可避だ。

ソフィアが予言したように、国境なき難民救済事務所の現場での専門的知見が、同事務所の法人エンパシアム・アカウントをネットワーク上でもっとも強力なエンプ保有者にした。ソフィアの判断は絶対確実なものと見なされ、資金を貧しいグループや素性がいい提案プロジェクトにばらまくようネットワークを導いた。理事会はソフィアの仕事にとても満足した。

ところが、そこへきてあの忌々しいVRや同様のほかのものがネットワークに姿を現しはじめた。VRの経験は、言葉や写真やビデオではできなかった形で、VR利用者《インタラクター》に語りかけた。戦火につつまれた都市を裸足で何キロも歩き、手足がバラバラになった赤ん坊や母親の死体がまわりに散らばっているのを見、山刀や銃を持った男や少年たちに訊問され、脅され……VRの経験はインタラクターたちを震え上がらせ、圧倒した。なかには入院した者もいた。

伝統的なマスコミは、慎み深さや上品さという旧態依然とした考えに縛られ、ＶＲのようなイメージを見せられず、純粋な感情操作と彼らが見なしているものに携わることを拒んだ。

このテクストはどこにある？　ソースはだれ？　と、鼻であしらわれた権威たちは要求した。真のジャーナリズムは熟慮を必要としている、思考を必要としているのだよ。

おまえが印刷した写真に基づいて戦争を主張するとき、おまえの熟慮なんてわれわれはろくに覚えていないものだ、とエンプ保有者の集合意識は答えた。もはや自分がわれわれの感情の支配者ではないことにたんにむかついているだけじゃないの？

エンパシアムに広く行き渡っている暗号化利用は、たいていの検閲テクニックが役に立たないことを意味していた。そのため、エンプ保有者たちは以前は保護されていた物語にさらされた。彼らはＶＲに付与されていたプロジェクトに投票した。心臓をドキドキさせ、息を荒くさせ、怒りと悲しみで目を霞ませて。

活動家や伝道者はすぐに自分たちの目標に資金を得る最良の方法が、ＶＲ軍拡競争に加わることだと悟った。そして政府と反政府組織がそれぞれの物の見方にインタラクターたちを引きこみ、自分たちの側に無理矢理共感させる、説得力の強いＶＲ経験を競って作成した。

イエメンの餓死した難民たちでいっぱいになっている共同墓地。ウクライナの兵士たちに銃で撃ち殺されるロシア支持のデモをした若い女性たち。ミャンマー政府の兵士たちに自宅を放火され、裸で往来を逃げ回っている少数派民族の子どもたち……。

忘れられたり、同情に値しない側として描かれたりしていたグループに支援金が流れはじめた。ＶＲでは、一分間の苦悩が、立派な新聞の社説で費やされる一万語よりも雄弁に語られた。

「これは苦痛の商品化だ！」アイヴィー・リーグで教育を受けたブロガーたちが、解説記事で熱心に語った。「これは、特権を有する者たちが、自分たちをいい気分にさせるため、抑圧された者たちの苦難を利用するあらたな方法ではないのか？」

「写真が嘘をつくためでっち上げられ、編集されるのが可能なように、ＶＲも可能だろう」マスコミと人文科学を専門にする評論家が書いた。「ＶＲはあまりにも工学技術に重きを置かれた産物ゆえ、われわれはまだこのメディアで描かれている〝現実〟の意味に関するコンセンサスを得るに到っていない」

「われわれの国防への脅威であります」エンパシアムをシャットダウンするよう要求した上院議員たちはいらだっていた。「わが国の国益に反するグループへ資金を流入させる可能性がある」

「おまえらは中間を排除され、不当な権力を維持している立場を失いかけているのをたんに怖れているだけさ」匿名の暗号化されたアカウントの陰に隠れて、エンパシアム・ユーザーたちは囃したてた。「これが共感の真のデモクラシーだ。認めろよ」

感情のコンセンサスは事実のコンセンサスに置き換わった。ヴァーチャル・リアリティを通して、わがことのように感じる経験の感情労働は、物理的、精神的調査作業に置き換わり、費用と効果が見積もられ、合理的な判断の実行に移った。またしても、プルーフ・オブ・ワークが、信憑性を保証するのに用いられた。たんに違う種類の作業だっただけだ。

ひょっとしたら記者も上院議員も外交官もわたしも、自分たち独自のＶＲ経験を作れるかもしれない、とソフィアはジープの後部で激しく揺さぶられて目を覚ましたときに思った。複雑な状況を真に理解するという平凡で必要な仕事に説得力を持たせるのが難しいのは、あまりにもひどい……。

ソフィアは車窓の外を見た。マエルティエンの難民キャンプのなかを通っているところだ。男も女も子どもたちも、大半は見た目が中国人であり、ジープの乗客たちを無感動に眺め返していた。彼らの表情はソフィアには見覚えがあるものだった――世界じゅうのあらゆるところにいる難民たちの顔におなじ失望感を目にしてきた。

マエルティエン・プロジェクトの資金拠出認可は、ソフィアと国境なき難民救済事務所に大打撃を与えた。ソフィアはそれに反対する投票をしたが、ほかのエンプ保有者たちがソフィアを圧倒し、一晩でソフィアはエンプの十パーセントを失った。つづいて、ほかのＶＲに後押しされたプロジェクトも、ソフィアの反対にもかかわらず、資金拠出認可を勝ち取り、ソフィアのエンプ口座をさらに削った。

憤慨する理事会の面々と相対し、ソフィアはマエルティエン・プロジェクトの信用を落とさせるなんらかの方法を探そうとここにやってきた。自分が正しかったことを示すために。

ヤンゴンからマエルティエンへの途中で、現地駐在の国境なき難民救済事務所のひとりのスタッフや、この国に駐在している数人の西側記者と話をした。彼らはＤ．Ｃ．で得られているコンセンサスを確認した。難民の状況は主に反政府組織によって作られているのをソフィアは知った。民族的には漢民族が大半を占めているマエルティエンの人々は、多数派であるビルマ民族が中心的な中央政府と折り合いがよくなかった。反政府組織は政府軍を攻撃し、そののち市民のなかに紛れこもうとした。政府には暴力に訴える以外、選択肢がなかった。ましてやこの国の若い民主主義は、揺り返しや、東南アジアの中心部へ手を伸ばしつつある中国の影響力をこうむっていた。確かに、反省すべき出来事が発生したが、その罪の大部分は、反政府組織にあった。彼らに資金を拠出するのは、紛争を悪化させるだけだろう。

だが、この種の専門家的意見や地政学の説明はエンプ保有者に忌み嫌われた。彼らは講義を欲していなかった――彼らは苦しみの緊急性に説得されていた。

ジープが止まった。ソフィアは通訳といっしょに車を降りた。身につけているネックバンドを調整する――ハイテク会社のＣＥＯがソフィアのためキャノン・ヴァーチャル社から入手した試作品だ。空気は湿気が多く、熱く、下水と腐敗の臭いがこもっていた。これを予測していてしかるべきだった、とソフィアは思った。だが、どういうわけか、D.C.のオフィスにいたとき、ここではいろんなものがどんな臭いをするのか考えたこともなかった。

ソフィアが花柄のブラウスを着た疑い深い表情の若い女性に近づこうとしたとき、ひとりの男が腹立たしげに怒鳴った。若い女性は振り返って男を見た。男は彼女を指さし、わめいた。男のまわりの群衆が動くのを止め、彼女を見つめた。空気に緊張感が走った。

男の反対側の手には銃が握られていた。

マエルティエン・プロジェクトの目標のひとつは、中国国境を越えて、難民の手に銃を密輸したがっているグループに資金援助することだった。ソフィアはそれを知っていた。武装した護衛を伴わずにここに来たことをわたしは後悔するのだろうか？

するとジャングルのなかを近づいてくる車輌の重低音が聞こえた。頭上をかん高い唸りが通過して爆発が起こった。断続的な銃声がすぐそばで発生し、キャンプのなかからやってきたものにちがいなかった。

ソフィアはまわりの群衆が泣き叫び、あらゆる方向に駆けだす混乱のさなかにいて、地面に押し倒された。両腕で首のまわりを、カメラとマイクのまわりを包んだが、パニックにかられた人に胴を踏まれ、あえぎを漏らして、腕がゆるんだ。カメラを埋めこんだネックバンドが落ち、土の上を転がった。ソフィアは自分自身の身の安全を無視して、ネックバンドへ手を伸ばした。指がバンドを摑む寸前、ブーツを履いた足が彼女の手を砕いた。胸の悪くなるような骨の折れる音がする。ソフィアは毒づいたが、何者かが走ってきて、彼女の頭を蹴った。

ソフィアは気を失った。

割れるような頭痛。頭の上の空は手が届きそうなくらい近く、オレンジ色で、雲がなかった。

体の下にある表面は硬く、砂っぽい。

わたしはＶＲ経験のなかにいるんだろうか？　わたしはリリパット王国の空を見上げて

いるガリバーなんだろうか？

　空が回転し、揺れた。わたしは横たわっているのに、落下しているような気がした。

　吐きたい気になった。

「目まいが去るまで目をつむってて」声がした。その声音と調子は聞き覚えのあるものだったが、だれの声なのかはっきりわからなかった。しばらく聞いたことがない声であることだけがわかっていた。目まいが薄れていくのを待つ。するとそのとき、背中にデータ・レコーダーの堅い膨らみが当たっているのに気づいた。テープでそこに留められていたのだ。安堵感がどっと押し寄せてくる。カメラはなくなったかもしれないが、装置のもっとも重要な部分は試練を生き延びた。

「さあ、飲んで」声がした。

　わたしは目を開けた。苦労しながら上半身を起こそうとし、肩甲骨のあいだに手が当てられて、わたしを支えようとする。小さな、たくましい手。女性の手だ。水筒が小暗い明かりのなかでわたしの顔のまえに実体化した。キアロスクーロみたいだ。わたしは水を口に含んだ。こんなにも喉が渇いていたとは思いもよらなかった。

　わたしは頭を起こし、水筒の向こうにある顔を見上げた――ジェンウェンだ。

「こんなところでなにをしてるの？」わたしは訊いた。なにもかもまだとても非現実的に思えたが、自分がテントのなかにいることに気づきはじめた。おそらく先ほどキャンプのなかにあるのを見かけたテントの一張りだろう。

「おなじことがわたしたちふたりをここに連れてきたのね」ジェンウェンは言った。ずいぶん時間が経っているのに、彼女はあまり変わっていなかった——おなじように厳しい、生真面目な物腰。あいかわらず髪を短く刈って、あいかわらず顎をぐっと噛みしめ、あらゆることに、だれにでも挑んでいる様子。

ただ、以前より痩せたようだった。乾いたようだ。まるで歳月が彼女から優しさを絞り取ってしまったかのように。

「エンパシアム。あれを作ったのはわたし。あなたはそれを壊したがっている」

もちろん、わたしは知っておいてしかるべきだった。ジェンウェンはむかしから組織を嫌っており、なにもかも粉砕するのが最善だと思っていた。

それでも彼女に会えたのは嬉しかった。

大学の初年度、わたしはファイナル・クラブ（ハーヴァード大の男子学生の友愛会。特権的性格を持つ）のパーティーで起こった性的暴行事件に関して学内新聞に記事を書いた。被害者は学生ではなく、彼女の証言はのちに信用に値しないものとされた。だれもがわたしの行為を非難し、わたしを軽率な人間と呼び、いい記事を書きたいという願望が事実と分析を妨げたと言い切った。ただ、わたしは自分がまちがっていないとわかっていた――被害者は圧力をかけられて証言を撤回したが、わたしには証拠がなかった。ジェンウェンだけが、わたしのそばから離れず、ことあるごとにわたしを弁護してくれた。

「なぜわたしを信用してくれるの？」当時、わたしはジェンウェンに訊いた。

「説明できるようなことじゃない」ジェンウェンは返事をした。「感覚かな。被害者の声に痛みを聞いたの……それにあなたもその痛みを聞いたんだってわかってる」

　わたしたちが親しくなったことの次第はそういうことだった。ジェンウェンは戦いにおいて頼れる人間だった。

「あそこでなにが起こったの？」わたしは訊いた。

「それはだれと話をするかによるよ。このことは中国のニュースではいっさい現れないだろうな。もしアメリカ合衆国で報道されるなら、政府と反政府組織とのあいだのあらたな小規模戦闘として、不正確な伝え方をされるでしょう。難民に偽装したゲリラ戦士が政府に報復しようとした、と」

　それがいつも彼女のやり方だった。ジェンウェンはいたるところに真実の改変を目にしているのだが、彼女がなにを真実と思っているかは伝えないのだ。アメリカにいたころの生活で議論を避ける習慣を身につけたのだろう。

「じゃあ、エンパシアムのユーザーはどう思うの？」わたしは訊いた。

「彼らは爆弾でさらに多くの子どもたちが吹っ飛ばされ、女性たちが逃げていくところを兵士に射殺されるのを目にするでしょうね」

「最初に発砲したのは反政府組織、それとも政府側？」

「なぜそれが問題になる？　西側のコンセンサスでは、つねに、最初に発砲したのが反政府組織になる――まるでそれがすべてを決めるかのように。あなたたちはあらかじめ記事の内容を決めつけており、それ以外のことはたんなる補足にすぎない」

「なるほど」わたしは言った。「あなたがやろうとしているのがなんなのかわかった。マエルティエンの難民に充分な関心が払われていないとあなたは考えている。それであなたはエンパシアムを使って、彼らの苦境を公表しようとしている。あなたはあの人たちに感情的に引き寄せられている。それは彼らがあなたに似て――」

「本気でそんなことを思ってるの？　わたしがこれをやっているのは、彼らが民族的に漢民族だからだと？」ジェンウェンはわたしを見て、がっかりした様子だった。

　ジェンウェンは好きなようにわたしを見ればいい。だけど、彼女の感情の激しさから、彼女の内情が明らかになった。大学時代、彼女が中国の地震の募金を集めるため懸命になっていたのを覚えている。わたしたちふたりともまだ研究の専門分野を決めようとしている最中だった。次の夏、ウルムチで死んだウイグル人と漢民族の人たち両方のため、蠟燭を灯した寝ずの祈りをおこなっていたのを覚えている。いっしょにキャンパスに残って、学生用の進路選択ガイドの編集をおこなっているときだった。かつて授業で、中国が朝鮮戦争に参戦したのはまちがいであることを受け入れるよう迫った彼女の二倍の大きさがある白人男性に一歩も引き下がろうとしなかったのを覚えている。

「もしやりたかったら殴ればいい」ジェンウェンは言った。声は平静を保っていた。「朝鮮戦争で亡くなった男の人や女の人の記憶を粗末に扱うつもりはない。彼らのおかげでわたしが生まれたのかもしれないのだから。マッカーサーは北京に原爆を落とすつもりだった。あなたが弁護したがっている帝国の種類って、ほんとにそんなものなの？」

　大学時代の友人のなかにはジェンウェンを中国の国粋主義者として考えていた者もいたが、それは少々おかしい。彼女はあらゆる帝国を嫌っていた。彼女にとって、帝国なるものは、致命的なほど力を中央に集中させている究極の組織だった。アメリカの帝国が、ロシアの帝国あるいは中国の帝国よりも支援に値するものだとは考えていなかった。ジェンウェン曰く、「アメリカはたまたま運よくアメリカ国民になれた者たちにとっての民主主義国家にすぎない。ほかの国の民衆にとっては、たんなる最大の爆弾とミサイルを持っている独裁国家にすぎない」と。

彼女は、完全なものになりうる欠陥のある組織の不完全な安定より、中間を排除した混沌の極致を望んでいるのだ。

「あなたは自分の情熱に理性を制させている」わたしは言った。この説得が役に立たないのはわかっていたが、言わずにおれなかった。理性に信頼を置かなければ、わたしにはなにもない。「ミャンマーに影響力を有する強力な中国は世界平和にとって悪い存在よ。アメリカの優越はかならず――」

「だから、あなたは、ネピドーの政権の安定を維持するため、マエルティエンの人々が民族浄化されるのは、正しいことだと考えている。パクス・アメリカーナを維持するため、彼らの血でアメリカ帝国なるものの城壁を固めるため」

わたしは顔をしかめた。ジェンウェンはいつも言葉遣いが無神経すぎる。「誇張しないで。ここでの民族紛争は、もし封じこめられなければ、中国の冒険主義と影響をさらに強めることに繋がるでしょう。ヤンゴンにいる多くの人間と話をした。彼らは中国をここに来させたがっていない」

「で、あなたは彼らがアメリカ人をここに来させたがっていると思っている。どうすればいいのか彼らに教えてくれることを」軽蔑がジェンウェンの口調にありありと表れている。

「ふたつの悪のうちより悪くないほうを選ぶ選択よ」わたしはしぶしぶ認めた。「だけど、さらに中国の関与が深まれば、アメリカの不安がさらに大きくなるでしょうし、あなたが大嫌いな地政学的紛争の激しさを増すだけになる」

「ここの人たちはダムを作るために中国の金をもっと必要としている。開発がなければ彼らはいま抱えている問題をなにも解決できない――」

「ひょっとしたら開発業者はそれを望んでいるかもね」わたしは言った。「だけど、一般人は望んでいない」

「あなたの想像のなかでその一般人というのはだれなの？」ジェンウェンは訊いた。「わたしはこのマエルティエンでおおぜいの人間と話をした。彼らの話では、ビルマ民族は自分たちのいるところでダムを望まないけれど、ここにダムを作らせれば嬉しく思うだろう、ですって。それが反政府組織の戦っているものなの。自分たちの自治権と、自分たちの土地の支配権を保つために。民族自決はあなたが評価し、好んでいることじゃない？　よりよい世界をもたらすため兵士に子どもたちを殺させるのはどうなの？」

わたしたちはこんなふうに永遠に議論をつづけられた。ジェンウェンは真実を見ることができなくなっていた。あまりにも痛みに浸っているからだ。

「あなたはここの人たちの痛みに目がくらんでしまっている」わたしは言った。「そしていまやあなたは世界のほかの人たちにおなじ運命をこうむるよう望んでいる。エンパシアムを通して、あなたは組織的マスコミや慈善団体の伝統的なフィルターを迂回して、直接個人に手を伸ばした。だけど、子どもを持つ経験や、子どもの真横で母親が死ぬ経験は、たいていの人間にとってあまりにも圧倒的すぎて、その悲劇を導いたさまざまな出来事の複雑な意味を考えることをできなくしている。ＶＲの経験はプロパガンダなの」

「あなたはわたしとおなじようにマエルティエンのＶＲがフェイクではないことを知っている」

彼女が言っていることが真実だとわたしは知っていた。わたしは自分のまわりで人々が死ぬのを目にし、かりにあのＶＲが改竄されたり、コンテクストから外れたものにされていたとしても、残りのことを問題ではなくすほど真実の部分が充分あった。最高のプロパガンダは、往々にして真実なのだ。

だけど、ジェンウェンに見えていないより大きな真実がある。たんになにかが起こったからといって、それが決定的な事実にはならない。苦しむ者がいたからというだけで、必ずしもよりよい選択があることにはならない。人が死ぬからというだけで、より大きな原則を捨てなければならないことにはならない。世界はつねに白と黒ではないのだ。

「共感がかならずしもいつもいいことだとはかぎらない」わたしは言った。「無責任な共感は世界を不安定にする。個々の紛争で、共感を求めるさまざまな訴えがあり、部外者による感情的な関与が紛争拡大に繋がっている。泥沼的状況をかきわけて調べるには、もっとも害の少ない答え、すなわち正しい答えに繋がる道筋を論理的に判断しなければならない。だからこそ、われわれの一部が、この世界の複雑さを研究し、理解し、ほかの人々に成り代わって、責任を持って共感の方法を決める義務を負っているの」

「わたしはそんなふうに簡単に遮断できない」ジェンウェンは言った。「死んだ人を簡単に忘れられない。彼らの苦しみや恐怖……それらはいまでは自分の経験のブロックチェーンの一部になっている。消去不能な。もし責任ある立場にいるというのが、ほかの人間の苦しみを感じない方法を学ぶことであるなら、あなたが奉仕しているのは人間性にじゃなく、邪悪によ」

わたしはジェンウェンをじっと見た。彼女の気持ちがわかる。ほんとうにわかる。苦しんでいる友人を見て、どうすることもできないとわかっているのは、実際には、自分がもっと相手を痛めつけなければならないとわかっているのは、恐ろしいくらい悲しいことだった。ときに苦しみは、苦しみがあるのを認めることは、じつに利己的なことだった。

わたしはブラウスをめくって、背中のくぼみにテープで留めているVRレコーダーを彼女に見せた。

「これは発砲がはじまった瞬間から記録している——キャンプのなかに入り——地面に押

し倒されたときから」

ジェンウェンはＶＲデータ・レコーダーをまじまじと見つめた。彼女の表情は、ショック、認識、怒り、否定、皮肉っぽい笑み、そして無の表情に次々と変わった。

いったんわたしが経験したことに基づくＶＲがアップロードされると——ほとんど編集の必要はなかった——本国で怒りが噴出するだろう。無防備なアメリカ人女性が、難民救援を専門にしている慈善事業のトップが、エンパシアムで手に入れた金で購入した銃で武装した漢民族の反政府組織に暴行を受けたのだ——マエルティエン・プロジェクトの信用をなくすのにこれ以上ましな方法があるとは想像できなかった。

最高のプロパガンダは、往々にして真実なのだ。

「ごめんね」わたしは言った。本気でそう思った。

彼女はじっとわたしを見た。その瞳に浮かんでいるのが憎しみの感情なのか、絶望の感情なのか、わたしにはわからなかった。わたしは彼女を哀れみの目で見た。

「オリジナルのマエルティエン・クリップを試したことがある？」わたしは訊いた。「わたしがアップロードしたやつを」

ソフィアは首を横に振った。「試せなかった。わたしは自分の判断を妥協したくなかった」

ソフィアはつねにとても理性的だった。一度、大学時代に、少年をかろうじて脱したばかりの若いロシア人男性が、チェチェンの戦士にカメラのまえで首を刎《は》ねられるビデオを見てほしい、と彼女に頼んだことがある。ソフィアは拒んだ。

「あなたが支持している人々がやっていることをなぜ見ようとしないの？」わたしは訊いた。

「なぜなら、ロシア軍がチェチェンの人々におこなったすべての残虐行為をわたしは見ていないから」ソフィアは言った。「共感を引き起こす者たちに報酬を与えることは、共感を引き起こすことができなかった人々を罰するのと同じ。それを見るのは、客観的でいられなくなる」

ソフィアは、つねに、大きな絵を、より詳しいコンテクストを求めていた。だが、長年にわたって学んだのは、彼女の場合、合理性というのは、おおぜいの人間と同様、たんなる自己正当化の問題だった。彼女は自分の政府がおこなっていることを正当化するのに足る大きさの絵を欲していた。アメリカが望むものが世界の理性的なだれもが望むものであると理屈づけられるのに充分なだけ理解すればよかった。

わたしは彼女の考え方を理解していたが、彼女はわたしの考え方を理解していなかった。

わたしは彼女の言語を理解していたが、彼女はわたしの言語を理解していない――あるいは、理解しようとも思っていない。それがこの世界での力の働き方だった。

わたしが最初にアメリカにいったとき、そこはこの世でもっともすばらしい場所だと思った。ありとあらゆる人道的動機に熱心な学生がいて、わたしは彼らをみな支援しようとした。バングラデシュのサイクロンやインドの洪水の被害者のための募金をした。ペルーの地震には、毛布やテントや寝袋を送る荷物を作った。9・11の犠牲者を追悼する寝ずの祈りに参加し、晩夏の夜のそよ風が吹くなか、蠟燭の炎を消さないようにしながら、ハーヴァード大学記念教会のまえですすり泣いた。

すると中国で大地震が起こり、死者数は十万人に向かって増えていったが、キャンパスは不思議なくらい静まり返っていた。わたしが友人だと思っていた人たちはそっぽを向いた。わたしたちがサイエンス・センターのまえに設置した募金テーブルは、わたし同様、中国からのほかの留学生しかスタッフはいなかった。もっとはるかに少ない死亡者数の災害のため集めた金額の十分の一も集められなかった。

そこでおこなわれた議論は、中国の開発衝動がいかに安全ではない建物の原因になったかということに焦点が当てられ、あたかも彼らの政府の悪い点を数えあげることが、死んだ子どもたちへのふさわしい反応であり、アメリカの民主主義のよい点を再確認することが、支援を控えていることへの優れた正当化であるかのようだった。

中国人と犬に関するジョークが匿名のニュースグループに投下された。「人々はあまり中国を好きでないだけなんだ」ある社説執筆者はじっくり考えたかのように書いた。「象を返してもらったらいいんじゃない」TVである女優が言った。

あんたたちはどうかしてしまったの？　わたしは叫びたかった。わたしが募金テーブルのそばに立ち、クラスメートがわたしのまえを足早に通り過ぎ、目を逸らそうとしたとき、彼らの目になんの共感もなかった。

だけど、ソフィアは募金をしてくれた。彼女はほかのだれよりも多額の募金をしてくれた。

「どうして？」わたしはソフィアに訊いた。「ほかのだれも気にしていないときにあなたは被害者を気にしてくれるの？」

「アメリカ人が中国人を嫌っているという不合理な印象を持ってあなたを中国に帰したくないから」ソフィアは言った。「こんな絶望的な瞬間に陥ったらわたしのことを思いだして」

それがわたしが望むようにはわたしたちがけっして親しくはならないだろうとわかった瞬間だった。彼女は説得する手段として募金をしたのであり、わたしがどう思っているか感じたからではなかった。

「あなたはわたしを人心を操っていると非難する」わたしはソフィアに言った。テントの湿った空気に息が詰まりそうで、まるでだれかがわたしの頭蓋骨の内側からわたしの目を外へ向かって押しているかのような気がした。「でも、その記録でまさにおなじことをするんじゃない？」

「違いがある」ソフィアは言った。彼女はつねに答えを持っている。「わたしのクリップは、充分考慮された計画の一部として、合理的に正しいことをするよう人々を感情的に説得するために用いられる。感情は、理性に仕えるために置かれねばならない鈍器よ」

「じゃあ、あなたの計画は、難民にさらなる援助がもたらされるのを止め、ミャンマー政府が彼らを自分たちの土地から追いだして中国へ送りこむのを見ていることなの？　あるいはもっとひどいこと？」

「あなたたちは怒りと哀れみの波に乗って、難民たちにお金を手に入れさせた」ソフィアは言った。「だけど、それが彼らをほんとうに助けた？　彼らの運命はつねに最終的に、中国と合衆国のあいだの地政学で決められる。それ以外のあらゆることはただのノイズ。彼らを助けることはできない。難民たちを武装させることは、暴力に訴える言い訳を政府にさらに与えるだけ」

ソフィアはまちがっていなかった。厳密に言うとちがうのだが。だが、彼女が見ていないより大きな原則がここにはある。世界は、経済理論あるいは国際関係によって予測されたようには必ずしも動かない。もしすべての決定がソフィアの計算でおこなわれているとしたら、秩序側や安定した側、帝国がつねに勝利を収めるだろう。変化はけっしておこらず、独立はいっさいなく、どんな正義も果たされないだろう。われわれはなにをおいてもまず心の生き物であり、そうあるべきなのだ。

「より大きな操作は、あなたが自分を欺して、なにが正しいのか自分がつねに理性的に判断できると信じていること」わたしは言った。

「理性がなければ、正しいことにまったくたどり着けない」ソフィアはかわした。

「感情が正しい行動を取る意味の中心につねにありつづけた。たんなる説得の道具じゃなく。あなたが奴隷制に反対するのは、組織の費用と効果の合理的な分析に携わってきたからなの？　いいえ、奴隷制に嫌悪感を抱くからよ。あなたは被害者に共感する。あなたはまちがっていることを心で感じるはず」

「道徳的な理由づけはおなじ――」

「道徳的な理由づけは、自分の共感する力を弱め、あなたを腐敗させてきた組織の利益に盲目的に奉仕するための唯一の手段である場合がよくある。あなたは自分のフレームワークのなかで気に入っている動機に好都合なとき、操作をはっきり嫌がっていない」

「わたしを偽善者と呼んだところであまり役に立たな――」

「でも、あなたは現に偽善者でしょう。あなたは赤ん坊の写真がトマホークを発射させたとき、あるいは、溺れた幼い少年がビーチに打ち上げられた映像が難民政策の修正に繋がったとき、抗議しなかった。あなたは、ケニヤ最大の難民キャンプでにっちもさっちもいかなくなっている人々に対する同情を喚起する新聞記者たちの仕事の後ろ盾になった。若い難民たちのロミオとジュリエット風ラブストーリーを記者に語らせ、国連が西欧流理想で彼らをどのように教育したかを強調し――」

「それは話がちがっていて――」

「もちろんちがっている。あなたにとっての共感は、人間としての基本的な価値ではなく、使い回すためのただの武器なの。あなたは特定の人々に自分の共感で報奨を与え、ほかの人には共感を控えることで罰している。理由はいつだって見つかるものなの」

「あなたはどうちがうの？　一部の人の苦難がほかの人よりもあなたに影響を与えるのはなぜ？　どうしてマエルティエンの人々を、ほかの人々より気にしているの？　彼らが自分と似ているからじゃないの？」

　ソフィアはあいかわらずそれが決定的な鍵になると考えている。わたしは彼女を理解している。ほんとうに理解している。自分が正しいと知り、理性で感情を克服し、感情の裏切りに影響を受けない公正な帝国の代理人であることは心をとても慰められることだった。

　わたしはそんなふうには生きられない。

　最後にもう一度説得を試みる。

「コンテクストと背景を取っ払い、五感を赤裸々な痛みと苦しみにさらすことで、ヴァーチャル・リアリティは、自分たちの共感を合理化して消してしまうことからわたしたち全員を守ることができる。苦悶の最中に人種も信条もなく、われわれをわかち、さらに細分化している壁は無い。あなたが被害者の経験に身を浸せば、わたしたちみんながマエルティエンに、イエメンに、列強が餌食にしている暗闇の中心にいることになるの」

　ソフィアは返事をしなかった。彼女の目を見て、彼女がわたしに愛想を尽かしたのがわかった。彼女にとって、わたしは理屈の通じない相手だった。

　エンパシアムを通して、わたしは共感のコンセンサスを創造できればいいと願っていた。不実な合理化を克服した買収されない台帳を作られれば、と。

　だが、たぶんわたしはまだ考えが甘かったのだろう。たぶん共感をあまりに信頼しすぎたのだろう。

アノニ🐭＞　みんな、どうなると思う？

N♥T＞　中国は侵攻しなきゃならなくなるだろうな。あのVRは北京に選択肢を失わせてしまった。もし彼らがマエルティエンの反政府組織を守るため部隊を送らないなら、町じゅうで暴動が起こるぞ。

黄金農夫89＞　最初から中国が狙っていたことじゃないかな。

アノニ🐭＞　最初のVRは中国製だと思っているのかい？

黄金農夫89＞　国が後ろについているにきまっている。

N♥T＞　あれを作ったのが中国だというのは、どうかな。あまりにもよくできていた。ホワイトハウスは、あのいろんなスキャンダルから関心を逸らすため、中国と戦争をする言い訳がほしくてたまらなかったんでしょ。

アノニ🐭＞　じゃあ、あのVRはCIAの陰謀だと思っているのかい？

N♥T＞　アメリカ人が反アメリカ感情を操作して、まさに彼らの望むことを手に入れたのははじめてじゃない。あのエリスのVRも中国に強硬策をとれというアメリカ市民の支持を急上昇させている。マエルティエンの人たちがただただ気の毒でならないな。大変なことになったなあ。

リトル―ブロックス＞　まだエンパシアムのスナッフVRの話をしているのかい？　ぼ

くはずいぶんまえに止めてしまった。あまりにも神経が磨り減る。きみが絶対好きだと思う新しいゲームをプライベート・メッセージで送るよ。

N♥T∨ 新しいゲームを利用するのはいつも好き。^_^

著者付記

「痛覚《アルジックス》」という用語や、ソーシャル・テクノロジーとしてのVRの可能性に関する、ほかのアイデアのいくつかは、以下の論文によって情報を得た――マーク・A・レムリーとユージン・ヴォロック「法律とヴァーチャル・リアリティと拡張現実」(Stanford Public Law Working Paper No. 2933867; UCLA School of Law, Public Law Research Paper No. 17-13 (March 15, 2017))

https://ssrn.com/abstract=2933867 または、http://dx.doi.org/10.2139/ssrn.2933867 で、入手可。

編・訳者あとがき

本書は、『紙の動物園』（〈新☆ハヤカワ・ＳＦ・シリーズ〉、二〇一五年）、『母の記憶に』（同、二〇一七年）につづく、日本オリジナルのケン・リュウ作品集第三弾『生まれ変わり』（同、二〇一九年）を親本とした文庫化（の二巻目）である。

第一弾『紙の動物園』の好評に引き続き、『母の記憶に』も高い評価を得て『ＳＦが読みたい！　２０１８年版』で発表された「ベストＳＦ２０１７〔海外篇〕」では第二位に選出され、二度の増刷を重ねた。また、収録作「シミュラクラ」は、二〇一七年の星雲賞海外短編部門を受賞した。

かかる高評価から、日本オリジナル作品集第三弾を編む要請が出、その結果が本書の親本である。作品選択のポイントは、選択時の最新作「ビザンチン・エンパシー」（二〇一八年六月）までに発表された膨大な作品のなかから、これはというものを選ぶのは当然として、多少のわかりにくさがあるため、従来、選択に逡巡していたものもあえて選んだ。例えば、「神々は繋がれてはいない」からはじまる絵文字を多用している三作は、絵文字のわかりにくさがあり、また、数式やグラフを作中に入れて数学をまえに押しだした「数えられるもの」（文庫版『生まれ変わり』所収）も、読者を選ぶ作品だが、これまでのケン・リュウ作品とは異なる印象を与えるものとして収録することにした。

　なお、編者のセレクション十八篇（絵文字三部作は第一作「神々は繋がれてはいない」のみの選択だった）を作者に提示したところ、この三部作は三つ揃えて紹介したほうがいいという助言が返ってきたため、この二作を加え、全二十篇とすることとなった。『母の記憶に』よりも薄くするつもりだったのに、長い二作が加わったため、結局、さらに厚くなってしまったせいもあり、幹遙子さんと大谷真弓さんに翻訳を分担していただくことになった。短期間ですばらしい訳文を仕上げて下さったおふたりにこの場を借りて、心から感謝を捧げる（親本は、ベストＳＦ２０１９〔海外篇〕第四位。なお、同時に発表された２０１０年代ＳＦベストでは、『紙の動物園』が海外作品としては最高の第二位に選ばれた）。

　書誌中心に、個々の作品紹介に移る――

「カルタゴの薔薇」"Carthaginian Rose"（アンソロジー *Empire of Dreams and Miracles: The Phobos Science Fiction Anthology (vol. 1)*／二〇〇二年）

ケン・リュウの商業誌デビュー作。第一回年間フォボス小説コンテストという新人賞の入賞作として、入賞作を集めたアンソロジーに収録されたもの。

「神々は繫がれてはいない」"The Gods Will Not Be Chained"（オリジナル・アンソロジー *The End is Nigh, Book I of the Apocalypse Triptych*／二〇一四年）＊単行本時タイトル「神々は鎖に繫がれてはいない」から改題

「神々は殺されはしない」"The Gods Will Not Be Slain"（オリジナル・アンソロジー *The End is Now, Book II of the Apocalypse Triptych*／二〇一四年）

「神々は犬死にはしない」"The Gods Have Not Died In Vain"（オリジナル・アンソロジー *The End Has Come, Book III of the Apocalypse Triptych*／二〇一五年）

つづけて読めばおわかりのように、リニアに繫がっている話であり、三作すべて載せたほうがいいという作者の助言は理に適っていた。「カルタゴの薔薇」の発展形とも言える作品。なお、この三部作を原作としたアニメドラマ *Pantheon* が、米ケーブルチャンネルAMCにて製作されることが二〇二〇年三月に発表されている。第一シーズンは各話一時

間程度の八話構成で、第二シーズンの製作も決定しているそうだ。声優陣は続々と決まっているが、具体的な放映開始時期は現時点では未定。この三部作がアニメとして動くところを早く見たいものである。

「闇に響くこだま」“Echoes in the Dark”（*Mythic Delirium, Issue 0.1 (July-September 2013)*）

ここからケン・リュウの生国である中国要素の濃い作品を四篇並べる。まず、清朝末期の上海とその付近を舞台にしたハードSF（図表あり）。

「ゴースト・デイズ」“Ghost Days”（〈ライトスピード〉二〇一三年十月号）

久々に（原文に）漢字が出てくる作品を。ひとつのアイテムが二十四世紀、二十世紀後半、二十世紀初頭の三つの時代を変遷していく様子を描く。冒頭の描写からは想像しがたい意外な展開に唸った。

「隠娘《いんじょう》」“The Hidden Girl”（オリジナル・アンソロジー *The Book of Swords*／二〇一七年）

唐を舞台にした中国幻想譚。訳しているうちに元ネタがありそうだなと思い、調べてみたところ、唐時代の作家裴鉶《はいけい》の「聶隠娘《しょういんじょう》」を換骨奪胎した作品だとわかった。原作は、

『唐宋伝記集（下）』（今村与志雄訳、岩波文庫）に「空を飛ぶ侠女――聶隠娘」として邦訳有。英文固有名詞の漢字表記はこの邦訳に大いに助けられた。なお、原作を元に侯孝賢監督の『黒衣の刺客』（二〇一五年）が作られている。

　また、本作のテレビドラマ化権をテッド・チャンの「あなたの人生の物語」を『メッセージ』（二〇一七）として映画化した米フィルムネーション・エンターテインメント社が取得したと報じられており、ケン・リュウもエグゼクティヴ・プロデューサーの立場で製作に加わるという。今後の進展に要注目である。

　どうやら映像業界がケン・リュウの才能に注目しだしたらしく、最近も「良い狩りを」がNetflixのＳＦアニメシリーズ『ラブ、デス&ロボット』（二〇一九）の一篇「グッド・ハンティング」として公開されたり、カトリーヌ・ドヌーヴ主演是枝裕和監督作品『真実』（二〇一九）の劇中作として「母の記憶に」が使われたりしており、今後この傾向はますます加速していくように思われる。訳者個人としては、「紙の動物園」のアニメ化をどこが最初に実現させるのか注目しているのだが（それが日本のスタジオであればいいのにと願っている）。

「ビザンチン・エンパシー」“Byzantine Empathy”（オリジナル・アンソロジー *MIT*

Technology Review's Twelve Tomorrows／二〇一八年）
　虐待されている少数民族を救うため、独自の暗号通貨を創出する民間人と、それに対抗して公的難民救済機関の優越を目指す幹部職員の対峙を描いた力作。

　本書の親本が出た二〇一九年二月頃、ケン・リュウは、中華SFの翻訳家・紹介者としての活動で多忙を極めており、『折りたたみ北京　現代中国SFアンソロジー』（ベストSF2018〔海外篇〕第一位）に続く中華SFアンソロジー第二弾『月の光　現代中国SFアンソロジー』（原書は、二〇一九年二月刊。訳書は、二〇二〇年三月刊）のほか、三冊の中国SF長篇を翻訳している（二〇一九年から二〇年にかけ刊行）。そのうちの一冊、陳楸帆《チェン・チウファン》の『荒潮』は、すでに〈新☆ハヤカワ・SF・シリーズ〉から邦訳刊行済み（中原尚哉訳）。ほか二冊は、三体シリーズ第四弾である宝樹《バオシュー》の『三体X：観想之宙』と、郝景芳《ハオ・ジンファン》の『流浪蒼穹』。その一方、創作活動は、短篇をときおり発表しているものの、刊本の形では、《蒲公英《ダンデライオン》王朝記》三部作の第二部 *The Wall of Storms* が二〇一六年に出て以降、二〇一七年にスターウォーズ小説『STAR　WARS　ジャーニー・トゥ・最後のジェダイ　ルーク・スカイウォーカーの都市伝説』（稲村広香訳、講談社KK文庫。ただし抄訳）を出したきりだった。この状況は、二〇二〇年になって変わってくるのだが、そのあたりは〈新☆ハヤカワ・SF・シリーズ〉から二〇二一年三月に出るケン・リュウ第四短篇集のあとがきで、詳しく紹介する予定である。『SFが読みたい！　２０１９年版』掲載の『折りたたみ北京』第一位編者としてのコメントで「もっとも興味があり、力を注いできたのは、自分自身の小説の創作活動です」と述べているように、ケン・リュウにとって創作活動が第一であり、いままさに次の展開が現れつつある、とだけここでは記しておく。

古沢嘉通

二〇二一年一月（親本の訳者あとがきを元に適宜書き直した）

本書は、二〇一九年二月に早川書房より新☆ハヤカワ・SF・シリーズ『生まれ変わり』として刊行された作品を二分冊し『ケン・リュウ短篇傑作集6　神々は繋がれてはいない』として改題、文庫化したものです。

なお、本書収録作品の選定は古沢嘉通氏がおこないました。

HM=Hayakawa Mystery
SF=Science Fiction
JA=Japanese Author
NV=Novel
NF=Nonfiction
FT=Fantasy

ケン・リュウ短篇傑作集 6

神々《かみがみ》は繋《つな》がれてはいない

〈SF2316〉

二〇二一年二月 十 日　印刷
二〇二一年二月十五日　発行

（定価はカバーに表示してあります）

著　者　ケン・リュウ
訳　者　古《ふる》沢《さわ》嘉《よし》通《みち》・他
発行者　早川　浩
発行所　株式会社　早川書房

郵便番号　一〇一 - 〇〇四六
東京都千代田区神田多町二ノ二
電話　〇三 - 三二五二 - 三一一一
振替　〇〇一六〇 - 三 - 四七七九九
https://www.hayakawa-online.co.jp

乱丁・落丁本は小社制作部宛お送り下さい。
送料小社負担にてお取りかえいたします。

印刷・株式会社精興社　製本・株式会社フォーネット社
Printed and bound in Japan
ISBN978-4-15-012316-1 C0197

本書は活字が大きく読みやすい〈トールサイズ〉です。